D1717777

"...because my duty was always to beauty and that was my crime."

Condemnation, Depeche Mode

"O Zarathustra, du Stein der Weisheit, du Schleuderstein, du Stern-Zertrümmerer! Dich selber warfst du so hoch – aber jeder geworfene Stein – muss fallen!"

Also sprach Zarathustra, Friedrich Nietzsche

Andreas Keck: RUHM!
Ein Künstlerroman

Original Erstausgabe - November 2008

© 2008 periplaneta.com
Lektorat: Jasmin Bär, Thomas Manegold, Ursula Müller
Covergestaltung: Thomas Manegold

Fotos von Franz Kappa und Olga: Agnes Keck
Graphiken, Bilder, Collagenelemente: Franz Kappa
Collagen und Scans: Jasmin Bär und Marion A. Müller

Satz, Layout: Thomas Manegold
Gedruckt in Deutschland

periplaneta - Verlag und Mediengruppe
Marion Alexa Müller
Postfach: 580664
10415 Berlin

www.periplaneta.com

ISBN: 978-3-940767-10-3

Andreas Keck

RUHM!

Ein Künstlerroman

periplaneta

I

Sitzt man vor einem leeren Blatt Papier, mit einem Stift in der Hand, und wartet darauf, anfangen zu können, und nichts hindert einen daran, die Mine über das Blatt zu führen und ein schönes Jungengesicht anzudeuten, oder eine italienische Landschaft, oder das, was keinen Namen hat und keine Gestalt... Hat man alle Zeit der Welt und kann trotzdem nicht beginnen, dann kann das das Schlimmste sein, was es gibt.

So saß demnach auch Franz Kappa vor einem leeren Blatt Papier und starrte darauf. Genauer: Er stierte durch das Blatt hindurch und hielt einen dunkelroten, plumpen Edding in der rechten Hand. Und er begann bereits den süßlich scharfen Geruch der roten Chemikalie, die süchtig machte, wahrzunehmen und hatte aufgehört, den blechernen Klang aus den leistungsschwachen Lautsprechern seines antiquarischen Nordmende-Fernsehers zu vernehmen, den er vor Stunden eingeschaltet hatte und in dem gerade ein frenetisches Publikum einem bubenhaften Sänger zujubelte, der eben seinen ersten Fernsehauftritt vor einem größeren Publikum absolviert hatte. Leicht war es nicht auszumachen, ob es Abscheu war oder Anbetung, was im großen orchestralen Schall dieses Schreiens lag. Es war schlichtweg Lärm, wie beim Aufreißen einer Straße. Und als das tonale Poltern nachließ, war klar: Es war das reine Entzücken. Dieses Publikum wollte, dass dieser junge Mann, der gegen zehn weitere Singende antrat, die Lorbeeren erntete. Das Publikum wollte genau ihn und keinen anderen. Es selbst wurde in diesem Augenblick zum Schöpfer. Dem Schöpfer eines Künstlers. Etwas, das normalerweise dem Künstler vorbehalten war – erschaffen. Aber der Künstler erschuf die Werke, und das Publikum erschuf den Künstler. Normalerweise. Und in jenem überbordenden Beifall war exakt dieses Element zum Schwingen gebracht.

Jener zittrige und wahnsinnige und höchst zerbrechliche Moment des Erschaffens.

Das Publikum entschied. Und ohne, dass Franz Kappa sich dessen bewusst war, war klar, dass er nichts mehr bewunderte und gleichzeitig fürchtete als diese Autorität. Dies war die Herrschaft des Zuschauers, konnte aber auch die Macht des Zuhörers sein, oder des Lesers. Eines einfachen Mannes oder einer einfachen Frau, die letztlich aber doch über alles bestimmten. Darüber, ob ein Lied weiter im Radio lief, ob über einen Film in zwei Jahren auch noch gesprochen würde, oder ob das Portrait eines Irrenarztes, das sein schizophrener Patient vor über hundert Jahren gemalt hatte, bei Sotheby´s achtzig oder nur dreißig Millionen einbrachte.

Und in diesem Moment schreckte Franz Kappa aus seiner konzentrativen Lähmung auf und sah zum Schwarz-Weiß-Bildschirm hin. Ein verstörter junger Mann verließ tapprigen Schrittes die provisorische Bühne und stellte sich vor den gierigen Augen einer vierköpfigen Jury auf, schaute bescheuert, angstvoll, und wartete auf das Hoch- oder Niedergehen der cäsarischen Daumen.

„Vielleicht solltest du noch ein bisschen an deinem Äußeren arbeiten!", kritisierte das erste Jurymitglied, und sogleich warf die Masse ein Gebrüll wie einen Speer gegen den Juroren, der seine Mundwinkel reumütig nach unten zog und nachsetzte: „Aber dein Gesang war echt klasse, und deine Performance... Ich würde sagen..." – er hielt inne – das Publikum mobilisierte sich für den atomaren Gegenschlag, da es den Kandidaten bereits liebte... „Deine Performance, sie war wirklich zum Niederknien! Ich hatte das Gefühl, Michael Jackson sei aus dem Kinderzimmer auf die Bühne zurückgekehrt!" Der Juror lehnte sich süffisant, genüsslich in seinen Sessel zurück und klatschte in langsamen, kontemplativen Intervallen in die

Hände. Franz Kappa schluckte, und das Publikum schrie auf diesen Kommentar hin so ekstatisch auf, dass Franz Kappa Angst bekam und wegschaltete, auf Orangensaftwerbung. Ein selbstbewusstes, weizenblondes Kind nahm einen großen Schluck von gelb, setzte das Glas wieder ab und lächelte seine Mutter an. Franz Kappa schaltete den Fernseher aus, das Bild faltete sich, nach Sitte alter Fernsehgeräte, in der Mitte zu einem schmalen weißen Strich zusammen. Er legte seinen Zeichenstift aus der Hand und ging zum Fenster. Die Masse, dachte er, die Masse ist zurück. Sie tut noch ganz harmlos, aber sie beginnt, ihr Potential wiederzuentdecken und ihre Möglichkeiten zu erkunden.

Franz Kappa machte sich häufig diese Art von Gedanken. Schließlich war er Kunststudent und musste sehr sorgfältig beobachten, was sich abspielte, direkt vor seinen Augen: die Welt. Um auf sie reagieren, um zurückschlagen zu können, mit den Waffen der Welt. Er musste erst ihre Waffen kennenlernen, sie richtig bedienen lernen, um dann im richtigen Moment auf den Auslöser drücken zu können.

Seinen Mantel etwa zog er sich immer nach dem Vorbild des Jenenser Studenten an, einem Ölgemälde Ferdinand Hodlers, auf dem ein junger, hoch gewachsener Mann seinen dünnen Körper weit nach hinten reckt, um mit seiner Hand verkrampft nach der Öffnung des linken Mantelärmels zu suchen, während sein Blick gedankenverloren ins Leere geht.

Zwar hatte Franz Kappa für jenen jugendlichen Kandidaten der Talentshow nicht gerade Sympathien gehegt, jedoch die Tatsache, dass er nach Ablauf dieser Sendung nach den üblichen Gesetzen der Wahrscheinlichkeit alle anderen Kandidaten geschlagen haben würde, stimmte ihn in der Tat neidisch. Franz Kappa war zum Fenster gegangen, starrte mit leeren Augen hinaus, ließ den Fensterhebel auf- und abklacken und war sich plötzlich im Klaren, dass er es wahrscheinlich niemals schaffen würde, ein Millionenpublikum zu bewegen, vielleicht nicht mal Tausend, oder Hundert. Aber genau das wollte er. Eigentlich wollte er nichts anderes.

„... *planet earth is blue /*
and there´s nothing I can do", hallte David Bowies Stimme im Nebenzimmer aus dem Transistorradio, und Franz Kappa dachte sich in diesem Moment: Wie nur kann ich die Menschen erkennen lassen, dass eine Blume keine Blume ist, eine grüne Vase keine grüne Vase, Licht nicht Licht und der Mensch kein Mensch!

Franz Kappa bewohnte mit zwei anderen eine seel- und lichtlose WG, deren drei Fenster direkt auf eine der meistbefahrenen Kreuzungen Münchens herabsahen. Er wohnte erst seit einem halben Jahr dort. Hatte die Wohnungsanzeige zufällig auf dem Schwarzen Brett der Tiermedizinischen Fakultät entdeckt, sich beworben, sich dort vorgestellt und wurde auch gleich genommen. Fünfzig andere hatten sich für die Wohnung beworben. Sie war günstig und lag relativ zentral. Ausgewählt wurde er.

„There´s a starman waiting in the sky /
He´d like to come and meet us /
but he thinks he´d blow our minds", sang Bowie verzweifelt.

In die Aula der Tiermedizinischen Fakultät ging er des Öfteren, um den großen, alten Leguan zu besuchen, der dort in der Ecke der Eingangshalle in einem Terrarium lebte. Und immer setzte er sich auf den kalten und unbequemen Metallstuhl und verlor sich selbst und seine Zeit vor dem Glaskasten, dessen Scheiben sehr dick waren und einen dezent bläulichen Ton hatten, der die Sicht auf das Innere noch klarer machte, so kam es ihm zumindest vor.

Franz Kappa sah gebannt und wach auf den langen, grünlichen, dicht geschuppten Körper des alten Leguans, um einige Zeit darauf ganz vergessen zu haben, wo er hinsah und nicht mehr zu wissen, warum er eigentlich hergekommen war. Aber immer, wenn er dann die kühle und nach Marmor schmekkende Aula der Tiermediziner verließ, fühlte er sich eindeutig besser. Es war der Leguan. Dessen war er sich ganz sicher. Die Regungslosigkeit und das Desinteresse des Tieres, dessen Art schon seit Jahrmillionen die Oberfläche dieses Planeten bevölkerte und einfach nicht auszurotten gewesen war durch Fressfeinde, Menschen oder ähnliches. Das einfach da saß und an nichts wirklich interessiert gewesen war, jemals.

Auf jeden Fall fand er dort den kümmerlichen und nicht gerade ansprechenden Zettel mit der Wohnungsanzeige an der Pinnwand. Und eine Woche später hatte er das Zimmer. Wusste aber nicht, weshalb das Los auf ihn gefallen war. Er war selbstbewusst, sah gut aus, das alles. Aber häufig wurde er als seltsam befunden, von Menschen, die ihn nicht kannten, die ihn zum ersten Mal sahen. Das Problem war, dass man ihn nicht genau zuordnen konnte. Das kann in der Tat zu einem Problem werden. Denn die meisten kann man genau zuordnen, sehr genau sogar. Hat man eine Weile gelebt, kennt man die wichtigsten Kategorien `Mensch´. Fängt mit der Zeit an, Sammlungen anzulegen, von der Sorte und der und der. Und bald kommt einem keiner mehr, der nicht irgendwo dazupasst.

Die zwei in seiner WG waren das – exakt zuordnungsbar. Eine Soziologin aus Nordrheinwestfalen und ein Musikstudent aus China. Aber hierzu später. Erst einmal zu ihm – Franz Kappa. Hoffentlich ist es nicht ein Fehler, ihn zum Protagonisten zu machen!?

Nun, was lässt sich über ihn sagen...

Franz Kappa.

Voller Verve war er. Wach. Er fühlte sich momentan großartig. Seine Kontaktaufnahme mit dem Unendlichen – sie gelang ihm nicht selten – war wie Spaltung von Plutonium. Die Menge an Energie, die hierbei freigesetzt werden konnte, war für jemand anderen unfassbar. Und er wollte nichts anderes, Franz Kappa, als den anderen von seiner Kontaktaufnahme zu berichten – in Zeichnungen, Sätzen, Skizzen, Fotografien. Wie gewaltig diese Kraft war, so einsam fühlte er sich mit ihr. Er studierte im siebten Semester an der Kunsthochschule in München, einer Stadt, die er meistens hasste, bis aufs Blut, und die er in wenigen Momenten auch wieder recht gern hatte. München. Eine Stadt, die gerade sehr gefragt war und in der laut einer Statistik des Sterns jeder einskommazweite Deutsche leben wollte. Darauf folgte Köln und ganz hinten in der Tabelle Berlin, was Franz Kappa ungeheuerlich fand. War da endlich eine Stadt, in Deutschland, die als Metropole bezeichnet werden konnte, rannten dennoch alle ins oberbayerische München, einem Dörferverbund, der vor Vanitas, deutsch: **Eitelkeit**, **Nichtigkeit**, **Leere**, nur so strotzte und einem wirklich nichts schenkte, außer das sichere Gefühl, nicht genügend Geld zu besitzen. München war niemand und München war jeder. Und keiner gehörte wirklich dazu. Kein Gefühl war da, in München, kein Hauch und kein Ruch, kein Beben. Bestand es doch hauptsächlich aus Stein und Stoff.

In dieser Hinsicht stand es bei Franz Kappa jedoch schlecht. Er hatte kein Geld, war aber immer so gekleidet, als hätte er sehr viel. Er wollte als eine Art moderner Dandy durchgehen, aussehen wie ein braver Schuljunge - bis oben geschlossene Hemden, eng anliegende Hosen, kurze, aufgeplusterte, klobige Jacken. Benehmen: höflich und charmant, in der Tiefe aber zerstörerisch und aufwieglerisch, natürlich im Sinne der Kunst.

Er glaubte, es sei ihm anzusehen, sein inneres Dagegensein, gegen alles. Meinte, durch seine zur Schau getragene Nervosität und Unruhe sein inneres Genie für den noch so tumbsten Betrachter zum Ausdruck bringen zu können. Also war er immer in Eile. Ging meist leicht vorwärts gebeugt, wie die Plastiken von Giacometti, deren hauchdünner Körper mit dem linken Fuß eine vollkommen gerade Linie bildete, während der rechte Fuß leicht gebeugt war und nach vorne schritt und den schrägen, dünnen Leib des Gehenden hielt. Sonst wäre der umgekippt. Franz war der Meinung, der Anschein von Eile verursache eine Art Bewunderung bei langsam gehenden Menschen. Und wenn man ihn darauf ansprach, weshalb er eigentlich immer derart hetze, zitierte er einen amerikanischen Jazzgeiger, der behauptet hatte, dass, seitdem er sich den kleinen Finger der linken Hand verletzt hatte, er immer nur kurz verweilen könne.

Eigentlich hätte Franz Kappa Kunst nicht studieren müssen. Er war bereits Künstler. Er war begabt, im Grunde ein bisschen zu viel begabt. Aber er war unbekannt. Und dies zu ändern war er angetreten. In München. Weit jedoch war er noch nicht gekommen. München und sonst auch keine andere Stadt der Welt interessierte sich für einen jungen Menschen, Mitte zwanzig, der berühmt werden wollte. Warum auch. Wer berühmt war, war es. Und wie man berühmt wurde, war nicht bekannt. Berühmtsein war einfach, war klar umrissen und definiert. Aber der Weg dorthin schien nicht mal zu existieren. In einem Monat war die Vorentscheidung des Professorenkomitees, wer bei der Münchner Galerienwoche teilnehmen durfte. Fünf Studenten aus jedem Semester. Und er hatte gute Chancen. Das hätte ein erster Schritt sein können. Wer in einer Galerie hing, war zumindest schon mal öffentlich. Und dann konnte weiß Gott was passieren. Es musste nur der Richtige vorbeispazieren.

Franz Kappa stand noch immer an seinem Zimmerfenster. An der Wand neben dem Fenster hingen verschiedene buntfarbige Edding-Zeichnungen und Blätter mit riesigen Buchstaben, deren Erkennungsform bis zur Unkenntlichkeit mit Bleistiftstrichen entstellt war. Oder Sätze, die über die ganze Wand gingen, Aufforderungssätze, Fragen, immer zwei Worte auf einem einzelnen großen Zettel wie etwa,

haben Sie

Eine lösUng

für DaS

LebeN

geFunden?

Auf dem langen, gläsernen Schreibtisch lagen Stapel von Zeitschriften, eine ganze Sammlung der *Vogue*, Bildbände großer Architekten, eine Schwarz-Weiß-Abbildung von Walter Gropius´ *Wohnhäusern in Dessau* war aufgeschlagen. Neben einem Bildband über Albrecht Dürer lagen mehrere Geldscheine, deren Nummern Franz Kappa notiert hatte und die er mit unterschiedlichen, bedenklichen Sätzen versah, die dann vielleicht irgendwann von irgendwelchen Leute gelesen werden könnten, wenn sie den Schein aus ihrer Geldbörse zogen und zufällig den Schriftzug darauf entdeckten – sie wären für eine winzige Sekunde verdutzt.

Indessen spielte Franz Kappa gedankenverloren mit dem Fensterhebel, öffnete das Fenster schließlich und beugte sich hinaus. Er dachte darüber nach, wie weit er sich hinausbeugen könnte, lehnte sein ganzes Gewicht auf den Fensterrahmen und hob ein Bein vom Boden. Dann das andere. Unten stob der Verkehr vorbei. Jetzt balancierte sein ganzer Körper auf der spitzkantigen Metallleiste des Fensterrahmens. Aus dieser Position heraus senkte Franz Kappa sein Gewicht langsam gen Abgrund. Bis er vor sich selbst Angst bekam und seinen Körperschwerpunkt wieder ins Zimmer verlagerte, mit den Füßen den Boden berührte und sich selbst verfluchte. Bescheuerter Vollidiot! Du gehst zu weit! Du gehst immer zu weit!

München lag in Deutschland, und mit Deutschland stand es schlecht, zurzeit. Die Jahrtausendwende war passé, schon seit längerem, und nichts war geschehen. Als sie kurz bevorstand, gab es jene, die sagten, der erste Januar Zweitausend sei nur eine willkürlich gesetzte Zahl, und andere, die meinten, das Ganze sei etwas wirklich Außerordentliches. Der erste Januar war vorbeigegangen, und nichts Außergewöhnliches hatte sich ereignet. Und dann folgte Zweitausendeins, und die Erde begann sich zu erwärmen. Es fing an, bergab zu gehen, mit allem. Ein Haufen Nostalgie-Shows im Fernsehen über die Sechziger, Siebziger oder Achtziger konnte die *Neue Angst* noch ein wenig kaschieren, bis dann noch die Antike im Kino wiederbelebt wurde, und jene längst vergessenen Schlachtszenarien der vulgärfarbenen Fünfziger-Jahre-Filme ein weiteres Mal auf die Leinwand geworfen wurden und mit einem Mal das Kinopublikum wieder in den Krieg geführt wurde. Womit auch die Zeit der Anti-Kriegsfilme endgültig beendet war, und das Thema **Krieg** zunächst optisch wieder da war. Kriege von Troja und Rom und Konstantinopel als ultima ratio politischer Ungereimtheiten. **Hollywood** wollte eigentlich damit sagen, dass Kriege tatsächlich wieder denkbar waren und nützlich und vielleicht auch notwendig. Die Politik hielt sich dann auch ans filmische Vorbild.

In den Neunzigern, bevor die großen Türme brannten, war eher die Leere das Problem gewesen, das große X. Ein X, das nicht ausgefüllt werden konnte. Nun aber begann etwas anderes. Das Auffüllen – das Stopfen dieser Leere. Die

Mittelschicht begann zu schrumpfen, und die Portemonnaies wölbten sich nicht mehr, wie noch in den Achtzigern, aus den Hosentaschen der Jeans. Es geschah so rasant, dass einem die Leere bald gar kein Kopfzerbrechen mehr machen musste, da nun andere Probleme vorlagen, wirkliche. Die Sinnleere der Neunziger war überwunden. Das Durchkommen, so einfach und eindeutig wie nichts anderes, stand wieder auf der Tagesordnung.

Und in dieser Zeit lebte unser Protagonist, Franz Kappa. Und er wollte mitreden, als Künstler, jetzt, wo sich diese gesellschaftliche Umwandlung abzuzeichnen begann. Er wollte aufzeigen, wie sehr sich die äußere Welt beständig veränderte, während der Mensch an sich stets der relativ gleiche blieb. Er sah beide klar und deutlich vor sich, **Mensch und Welt**, und im Grunde wollte er sagen, **vereinigt euch!** Und passt auf, dass sie nicht größer wird als ihr. Passt ja auf!

Diejenigen, die von früher schwärmten, wusste er, machten sich etwas vor und brauchten Schuldige. Hätten am liebsten das Jetzt verklagt. Bei Franz Kappa dagegen war es andersrum. Schuld an seinem möglichen Versagen als Künstler konnte nur er haben. Er selbst war für alles verantwortlich. Schließlich war er die exakte Mitte der Welt.

Iana, die Freundin von Franz, hatte sich dergleichen Gedanken noch nie gemacht. Wie auch ihr Freund lebte sie im Heute. Lebte vom Heute, wie es Franz einmal nannte. Und als sie ihn fragte, was er mit `vom Heute´ meine, erklärte er ihr, dass sie eben nun mal schön sei, und dass ein Model schön zu sein hatte, und die heutige Zeitepoche ohne Models nicht funktionieren würde, ja, der Spätkapitalismus in ernste Schwierigkeiten geriete, wenn ihre Sorte nicht mehr existieren würde. Das Model sei die Quintessenz der Moderne, meinte er dann immer, ein optisch unschlagbares Argument für das Kapital. Sie erwiderte dann, dass er einen Scheiß daherrede und nur ein Problem habe damit, dass sie modelte. Sie hatte das Gefühl, Franz lehne ihren Beruf vehement ab, verachte ihn.

Sie hatte anderthalb Semester Amerikanistik studiert, bevor sie ein Modelscout in der Münchner U-Bahn ansprach, gerade nachdem eine Gruppe von Fahrkartenkontrolleuren ihre Daten aufgenommen hatte, weil sie ausnahmsweise mal schwarzgefahren war und dann peinlich berührt am Bahnsteig stand und zusah, wie die vier Kontrolleure wieder in der nächsten U-Bahn verschwanden, da war hinter ihr eine Stimme erklungen, „Verzeihung – dürfte ich Sie etwas fragen?"

Sie hatte anfangs versucht, neben dem Modeln, das sie im Handumdrehen beherrschte - ein Naturtalent - ihr Studium fortzuführen. Wollte aber nicht funktionieren. Und nun arbeitete sie schon seit zwei Jahren in diesem Gewerbe und erkannte das Leben, das sie damit führte, als adäquat an. Zürich. Nagoay. Skopje. Stockholm. Argel. Vancouver. Andorra La Vella. Meran. Rijeka. Rozvadov. Nagano-City. Maadi. Tel Aviv. Piräus. Ann Arbor. Alexandria. Kopenhagen. Jene Städte, deren Name auf die hellen, glänzenden Einkaufstüten der großen Modelabels gedruckt war. Städtenamen, deren Abfolge sie schon als junges Mädchen bewundert hatte, da sie dachte, es müsse einem fantastischen Gesetz folgen, dass die Namen der Städte genau in dieser Reihenfolge abgedruckt waren. Heute weiß sie, es war kein geisterhaftes Absehen, sondern Zufall. Und je öfter sie ihre Liebe zum Modeln betonte, desto häufiger redete Franz Kappa ihr ein, dass sie das Modeln nicht wirklich liebe und sie aus eben diesem Grunde so häufig betonen müsse, dass sie es wirklich gern habe.

Franz Kappa hatte Iana vor etwa drei Monaten bei einer Juristen-WG-Party kennengelernt. Sie war das schönste Mädchen, das ihm bis zu diesem Zeitpunkt begegnet war. Als er

sie an jenem Abend auf der Party erspähte, wurde seine natur-
gemäße Verachtung für Juristen ins Unermessliche gesteigert.
Gerade dieses Pack durfte die schönsten Kommilitoninnen in
seinen Reihen wissen. Und als er sie nochmals ansah, wurde
der Hass so schmerzlich, dass er sich entschied, entweder auf
der Stelle zu verschwinden oder sie anzusprechen, obwohl er
auch sie dafür hasste, dass sie so hübsch war und wahrscheinlich Juristin.

„Juristin?"

„Nein!", kam ihm entschieden entgegen.

Und ein Lächeln.

„Das beruhigt", erwiderte er.

„Wieso?!", hakte sie nach.

„Weil ich Jura-Studenten nicht wirklich gerne hab."

Und er sah sie an dabei und dachte, dass er sie nur einfach
ewig anschauen wollte, und dass er das Gespräch am Laufen
halten musste, und wäre der Gesprächsstoff noch so inhalts-
leer. Nur um noch ein paar Augenblicke länger vor ihr stehen zu können und dieses verdammte Gesicht anblicken zu
können. Er blieb auch noch mehrere Augenblicke vor ihr stehen und sogar noch Stunden und den ganzen Abend, bis sie
schließlich gegen Mitternacht gemeinsam die Party verlie-
ßen, um von da an jeden Tag die Möglichkeit zu haben, sie
so lange, wie er es für nötig befand, anzusehen. Es gab nur
Schönheit für Franz Kappa, sonst nichts.

Nach jenem Abend in der Jura-WG trafen sie sich täglich,
unverbindlich, wie sie beide geflissentlich und sehr häufig
betonten. Sie zeigten sich gegenseitig die besten Plätze der
Stadt, wobei sie seine Auswahl bisweilen etwas gewöhnungs-
bedürftig fand. Sie zeigte ihm Klassiker, während er ihr Orte
vorführte, die sonderbar und oft unheimlich waren. Als sie
merkte, dass noch niemand ihr solche Orte gezeigt hatte, sondern immer nur die schönen, knickte irgendetwas in ihr ein.

Das Unverbindliche wurde verbindlich, und sie beschlossen, zueinander zu gehören. Ab und zu war sie ihm ein wenig zu oberflächlich. Aber das würde sich geben, mit der Zeit, je länger er mit ihr zusammen war. Irgendwann sollte er ihr Sicherheitssystem umgehen können. Und dann war in jedem Menschen unglaublich viel zu entdecken. Dieser unerschütterlichen Überzeugung war Franz. Und nach diesem Richtwert handelte er, behandelte er eigentlich jeden. Wenn Franz Kappa vor einem stand, hatte man das sichere Gefühl, ein fabelhaftes, einzigartiges Wesen der belanglos großen Masse Mensch zu sein. Und das glaubte auch er.

Franz Kappa, der in der Zwischenzeit den Fernseher wieder angeschaltet hatte, als Geräuschkulisse – er liebte eine beständige Nuance Nervosität - ging zu seinem Bücherregal und griff einen Rothko-Bildband heraus. Er schlug eine zufällige Seite auf und betrachtete die leuchtende Fotografie eines Rothko-Bildes. Zwei rechteckige Farbfelder. Übereinander. Das obere rot. Das untere braun, kaffeebraun. Dazwischen eine hauchdünne weiße Trennlinie. Auf die fixierte sich sein Blick. Die satten und festen Farben des oberen und des unteren Rechtecks rasten aufeinander zu. Die weiße Linie konnte sie nicht trennen. Sie drohte zu zerbersten.

Wie hatte der das angestellt, jener Mark Rothkowitz! Wie komponierte er dieses Farbspiel! Franz Kappa ließ den schweren Bildband laut zusammenklappen und dachte an seine eigenen Kompositionen. Und er zweifelte an ihrem Wert und gleich darauf an seinem eigenen und dann an allem, was er tat. Wenn er nicht gut war, wirklich gut, und damit meinte er **Rothko-Klasse, Beuys-Niveau, Richter-Ebene,** dann musste er auf der Stelle aufhören, ein Künstler zu sein. Er müsste sein Studium hinwerfen und seine Pläne und Konzepte für die Kunstaktionen, die er für die nächsten Wochen und

Monaten geplant hatte, und nie wieder eine Eintrittskarte für ein Kunstmuseum lösen. Kunst war für ihn eine kleine **Elite** von Frauen und Männern, die weltweit den Ton angab oder ihn einst angegeben hatte. Wer nicht zu dieser obersten Schicht von kristallinen, hellen Schaumperlen gehörte, der produzierte auch keine Kunst. Selbstbefriedigung vielleicht, Therapie für eine kleine, gekränkte Seele, die keinen Mensch zu interessieren brauchte. Dann gab es noch andere, die Kunst machten, malten oder modellierten, um Freude daran zu empfinden. Das Allerletzte! Das waren Menschen, die tatsächlich damit zufrieden waren, etwas Schönes gemalt oder geschaffen zu haben. Irgendwelche sich selbst verwirklichenden, wohlhabenden Frauen im reiferen Alter. Pfui Teufel! Nein nein stopp. Qual muss Kunst sein, Pein. Niemals für den Künstler alleine darf sie sein, sondern ausschließlich für alle. Der wirklich große Künstler musste wertlos sein, für sich, als Mensch. Wenn Kunst den Gang nicht schaffte, alle zu erreichen und einen selbst dabei auszuradieren, dann war sie bloß irgendein verdammter Zeitvertreib, ein Hobby wie jedes andere. Das Sammeln von Briefmarken etwa. Philatelie. Kunst war das ganz andere. Das, was innerhalb der Grenzen der Welt im Normalfall nicht stattfand. Erst aufgeweckt werden musste, im Betrachter `Mensch´. Weil es natürlich da war. Wartete. Und träumte. Träge. Das war aber nur möglich, wenn das Kunstwerk so gut war, dass es erwecken konnte. Wenn Franz Kappa eine Stimmung herstellen konnte, wie sie sich einst in den Konzerten des Dirigenten Sergiu Celibidache eingestellt hatte. Oder einen Canyon malen konnte wie David Hockney. Einen Lendenschurz schnitzen, wie ihn Veit Stoss seinen Christusfiguren angepasst hatte.

Franz Kappa dachte an diesem Abend, zur sechsten Stunde, dass er das nicht war. Kein Chris Ofelis. Kein Paul Gauguin. Und kein Georg Baselitz. Er setzte sich in den alten ausgeblichenen, braunen Armlehnstuhl seines Vaters und wusste, dass er es bestimmt nicht war. Seine Kommilitonen und Professoren mochten ihn zwar, in der Hochschule der Künste, sie fanden ihn kurios und aufheiternd, aber Talent hatte ihm noch keiner attestiert. Sie dachten, er sei kurzweilig, ungewöhnlich. Mehr nicht. Und sie gaben ihm das Gefühl, mit seinen Kreationen immer leicht daneben zu liegen. Zu wenig Stellungnahme oder zu wenig Position wurde ihm vorgeworfen. Es sei unklar, worauf er hinaus wolle. Er solle sich an Vorbilder halten. Zumindest für den Anfang. Er müsse das Universum nicht neu erfinden. Er könne das schon tun, erklärte ihm Neudorf, ein Lehrbeauftragter, den er wirklich schätzte, mochte. Ja, er könne das Universum schon noch mal erschaffen, aber das erfordere mehr Zeit als ihm zur Verfügung stünde. Solche Kritik war wenigstens geistreich. Außerdem lachte Neudorf häufig über Kappas Konzeptionen. Das störte ihn nicht. Im Gegenteil. Es war richtig, wenn Neudorf darüber lachen konnte. Wie eine kurze, heftige Liebkosung, eine uralte, gutturale Form wahrer Begegnung. Neudorf lachte nicht irgendwie. Er lachte gewichtig, bedeutungsschwanger. So, als hätte er irgendetwas von dem verstanden, worauf Franz Kappa mit seinem Kunstwerk hinauswollte und eine Saite von Kappas Kunst angezupft, die sonst bisher keiner erspürt hatte.

Zum Zeitpunkt der größtmöglichen Depression, als Franz sich sicher war, der wirklich letzte Versager zu sein und es niemals in jene Reihen hinauf schaffen zu können, rauschte seine Freundin Iana, die ihr Kommen schon Mittags angekündigt hatte, plötzlich in sein Zimmer und bemerkte auch sofort, was vorgefallen war, das heißt, was in ihm vorging. Sie lief auf ihn zu und machte ein maskenhaft trauriges Gesicht, um ihn zu imitieren. Sie trug ein Etuikleid in zartem vanillegelb mit Pattentaschen und zwei winzigen Totenkopf-Ansteckbroschen. Darunter ein grau-grün gestreiftes Longsleeve mit U-Boot-Ausschnitt. Sie sagte nichts, blieb vor ihm stehen und zog die Mundwinkel übertrieben stark nach unten. Dann brach sie plötzlich in Gelächter aus und sagte:

„Franzi. Wir müssen zum Arzt mit dir.

Das gefällt mir gar nicht."

Als er nicht darauf regierte, sondern sein Blick gekränkt durch das Fenster in die Ferne floh, setzte sie sich auf seinen Schoß und blies ihre Backen auf.

„Aber heute Abend bist du schon dabei!"

„Bei deinen furchtbaren Model-Freundinnen?" Er.

„Es sind nicht meine Freundinnen! Es sind Arbeitskolleginnen. Und ich weiß, dass es dir gefallen wird. Weil sie dir gefallen." Wieder sie.

„Ich weiß nicht." Franz.

„Sie gefallen jedem. Sie gefallen auch dir. Gib´s zu!" Iana.

„Vielleicht. Ja. Aber sobald sie den Mund aufmachen..." Er.

Iana zog ihre Hand, die sie auf seine Schulter gelegt hatte, zurück, und sah ihn unwillig an – was er auch erreichen wollte, nachdem sie ihn vorher lächerlich gemacht hatte.

„So, jetzt bin ich echt sauer!" Sie.

Er lachte und versuchte sie zu kitzeln und zum Lachen zu bringen.

„Du kannst mich mal." Sie lachte auch und streichelte ihm über den Hinterkopf. „Komm. Olga ist auch dabei. Und du magst sie. Komm. Ich weiß es." Ihr Lächeln wurde gemein.

„Ich mag dich."

„Ja ja ja. Ich weiß." Abwiegelnd.

„Nein. Weißt du nicht!" Eindringlich.

„Doch." Iana setzte sich ganz auf ihn, umarmte ihn und drückte mit ihren Daumen fest auf seine beiden Ohren.

Er dachte an den Abend, den er anders nutzen wollte, an

dem er arbeiten wollte. Er hatte sich „*Hexenkessel*" von Martin Scorsese ausgeliehen zu diesem Zweck. Vor Wochen hatte er ihn in einem kleinen Programmkino beim Nördlichen Friedhof gesehen und wollte ihn jetzt ein weiteres Mal ansehen, analysieren. Scorsese hatte seine Figuren so unendlich zärtlich gezeichnet, so verletzlich und ängstlich, in diesem frühen Film, den Scorsese noch mit geringem Budget und unbekannten Darstellern gedreht hatte. Sein Durchbruch. Später würde er diese echten Gefühle nicht mehr herstellen können. In keinem noch so großen Film. Franz dachte an all die Abende, an denen sie unterwegs waren und immer erst mit den Müllmännern nach Hause kamen. Weil sie das brauchte. Um ihre Sinnleere zu kaschieren. Und er dachte an Olga, die er tatsächlich sehr gerne sehen wollte.

Iana und Franz lebten vornehmlich nachts. Tagsüber war zu viel Licht da. In der Nacht war alles reiner. Eine beschränktere Welt. Konkreter. Franz und Iana wollten mitgetragen werden. Von den Menschenwellen, die in den Clubs und in den Theatern und den Cafés hochschwappten und angenehm tiefe Wellentäler ausbildeten, in denen man sich für wenige Sekunden selbst spüren konnte. Ihre nächtlichen Begehungen bestimmten sie nicht willentlich. Sie gerieten überall hin. Franz war vor ihr viel braver und ruhiger gewesen und kaum ausgegangen. Er simulierte jetzt den Wilden. Es stand ihm nicht wirklich. Wirkte etwas unbeholfen und tölpisch. Durch sie kam er nun auf die Festbankette, Verlobungsfeiern, Galadiners, Cocktail-Partys, zu den Wichtigen, Bekannten, Reichen. Und er war der Unwichtige und zudem Unbekannte. Je mehr er diese Zusammenkünfte der oberen Achttausend auszukosten begann, desto ärger wurde es für ihn, sich bei einem ihrer gesellschaftlichen Selbstereignisse zu ertappen und die ganze Wahrheit der eigenen Bedeutungslosigkeit in einem einzigen großen Moment zu erfassen. Dann war es, während sie redeten und tranken und aßen, schrecklich ruhig und einsam um ihn, und Franz hätte sich am liebsten umgebracht. In diesen Fällen half nur eines: das Ersinnen neuer, großartiger Kunstwerke.

Iana dagegen schien von anderem Material. Konnte nächtelang tanzen und über die Maßen trinken und am nächsten Morgen in der Maschine nach St. Barth sitzen, dort ein menschenunwürdiges Shooting eines apathischen und herrischen jungen Fotografen auf kochendheißem Sand absolvieren und danach postwendend wieder nach Hause fliegen, Franz bei der Arbeit, bei der Kunst – etwas, das sie nie als Arbeit ansah – stören und ihm dann im Verlauf des weiteren Tages den Vorschlag unterbreiten, am Abend doch noch auszugehen. Selbst wenn keine Vernissage anstand, keine Finissage, kein neuer Flagship-Store in der Maximiliansstraße eröffnet wurde und jene schnöden und ungeheuerlich faden Clubs in den Obergeschossen von München um zwei Uhr Nacht schon wieder geschlossen waren, fand sie doch immer eine Begründung für das Ausgehen.

Franz fand, sie trank ein bisschen zu viel. Vertrug selber eigentlich gar nichts. Er hätte ihr gerne mal aus einem alten französischen Roman vorgelesen, oder aus Heinrich Manns Künstlernovelle *„Die Schauspielerin"*, die er vor kurzem entdeckt hatte. Dann hätte sie übernommen, weitergelesen, dann wieder er. Und das war ungemein spannend, aber sie wollte das nicht. Wozu auch die Geschichte einer reizenden, scheiternden Künstlerin aus der Mann-Mischpoke hören, die sich am Ende der Erzählung aus gesellschaftlichen Gründen das Leben nahm! Iana hätte die Eröffnung eines neuen Restaurants oder ein wichtiges Event ihrer Modelagentur, auf dem sie gebucht werden könnte, verpassen können. Und so stand auch an diesem Abend eine Eröffnungsfeier an. Die

Einladung bestand aus einem grünen Ledersäckchen, in dem sich ein Aufkleber mit einem künstlichen Muttermal befand, den man auf irgendeiner Stelle des Körpers befestigen musste und am Einlass vorzuzeigen hatte.

Der neue Flagship-Store von Placebo Moholy wurde eröffnet. Am Merolingerplatz. Der erste Moholy in Europa. Deshalb war einiges zu erwarten. Kol Haasrem hatte die Inneneinrichtung entworfen. Roter Bundsandstein. Dann Fachwerk. Eiche. Angeblich inspiriert durch fränkische Fachwerkhäuser. Moholy war etwas ganz und gar Deutsches vorgeschwebt. All diese Dinge wusste Iana, denn sie hatte interne Informationen von Kollegen oder Offizielles aus einschlägigen Zeitschriften, die aus dem Leben von Prominenten berichteten und die sie täglich las. Und sie redete und redete. Doch interessierte es Franz auch am Rande. Schließlich waren auch das Formen von Kunst. Mode. Architektur. Beide waren leider vor allem Kapital. Zweckgedemütigte Schönheit. Nicht um zu erleuchten, sondern um zu verdunkeln. Eine Kunstform, welcher in jenem Moment die michelangelinische Berührung mit dem Genius, dem Göttlichen, gelang, sobald irgendeine Person mit einem Gegenstand Richtung Kasse ging.

Franz Kappa hatte das dunkle Gefühl, dass er vielleicht auch irgendwann diese unheilige Liaison zwischen **Kunst und Kapital** eingehen musste, um gehört zu werden, gesehen, besprochen, kritisiert, gehandelt.

Sie kamen ziemlich spät an, am Merolingerplatz dreizehn, mit dem Taxi, das sie bezahlte. Franz fuhr immer Straßenbahn oder Bus, schwarz. Die Ecke des Platzes, die ab nun dem amerikanischen Ungarn Placebo Moholy gehören sollte, schien zu zittern, war violett erleuchtet und sog die Blicke und Kräfte aller Passierenden in sich auf. Winzige Stroboskopblitze funkelten aus byzantinischen Terrakottatöpfen, aus denen blühende Medinillae magnificae wuchsen. Das Gebäude hatte eine Art Schnabel, der nach oben zeigte. Er klotzte aus der Fassade heraus, plump und doch sehr sexy. Es gab keine Fenster. Nur diesen Schnabel und eine mit zahlreichen winzigen Fossilien durchsetzte, glatt geschliffene Kalksteinfassade. Unter dem Schnabel der Eingang. Eng. Gerade mannsbreit. Ein arabisches Nadelöhr in einer steingrauen, tumben Stadtmauer. Extrem eng. Man sollte wahrscheinlich darüber ins Grübeln geraten, wie all das Zeug da rein geschafft worden war, durch dieses Nadelöhr. Wahrscheinlich würde dieses stylische Loch bald die Krux der Lieferanten und Verkäufer werden, die es verfluchten und verwünschten, weil einfach nichts hindurch passte. Mit größter Wahrscheinlichkeit jedoch existierte noch irgendwo ein Lieferanteneingang, der ungleich größer und praktischer war als dieses Schlupfloch. Aber er gefiel Franz Kappa. Der Einfall. Gewissermaßen eine Provokation. Nirgends Fenster, die sinnentleerte Tür, im Grunde ein Abgesang des Architekten an den Konsum, den Konsumtempel. Ein Abgesang, der aber unglaublich gut aussah und wirkte und verrückt war und somit doch wieder zu einem Hymnus werden würde. An den **Konsum**. Den Konsum von Placebo Moholy. Parfums. Brillen. Uhren. Täschchen. Sakkos. Hemden. Pullover. Slips.

„Ah, schau mal!! Das süße Täschchen. Da." Sie waren drinnen, und das sakrale Stillschweigen der Geladenen dominierte den Raum. Iana stürzte auf eine der ausgestellten Handtaschen zu und wurde wegen der gierigen Hast in ihren Bewegungen von den umstehenden Honoratioren kritisch in Augenschein genommen. Ihre langgliedrigen, weißen Finger griffen in ein helles Steinregal, das von Neon petrolfarben ausgeleuchtet war, und griffen eine mit Paillettenrauten besetzte Lack-Clutch in Apfelform und einer Logo-Prägung an der Magnetschließe heraus. Sakrileg. Sahen sie sogleich mit Augen an, die Stillstehen und Ruhighalten zu erzwingen suchten. Aber viele der Blicke, die sie musterten, glitten sogleich an ihrem langen, weiblichen Körper auf und ab. Waren es nicht gähnend schwarze Männerpupillen, dann Frauenaugen, die krampfhaft nach irgendeiner Schwachstelle suchten. Hell leuchtend flachsblondes Haar über zartgliedrigen, bronzen gebräunten Schultern. Sie trug ein knielanges Blusenkleid in Egg-Shape-Form mit einem ovalen, bis zum Steißbein reichenden Rückenausschnitt sowie grau-schwarze Lack-Budapester mit roten Ledersohlen. In ihrem Rückendekolleté hing eine feine, schmale Kette aus Silber, an deren Ende ein Anhänger in Münzenform hing. Franz liebte diesen Moment in der Seele der Hinschauenden. Ein paar Augenblicke vollkommener Frage, ein Nichtwissen, wo sonst nur immer Eindeutigkeit und Gewohnheit überwogen. Ein Blinzeln von Ewigkeit, kurze Hilflosigkeit, eine Weichheit. Ehe dann wieder eine Kategorie gefunden war: Fazit – sieht fabelhaft aus, doch maßloser Charakter. Iana legte die Tasche zurück und erstarrte.

Sekt wurde gereicht, auf Silbertabletts, von pakistanischen Kellnern, und als Iana und er sich ein paar Mal bedient hatten, entdeckten sie ihre Freundinnen im Gang zur Toilette, die in eine Unterhaltung vertieft waren, plötzlich wie auf Kommando laut auflachten und dann leise weiterredeten. Iana und Franz waren beruhigt darüber, jemanden in dieser menschlichen Savanne ausgemacht zu haben, der wenigstens über ein Mindestmaß an Normalität verfügte, und steuerten auf sie zu.

Franz erinnerte sich, wie er Olga zum ersten Mal gesehen hatte. Sie hatte sich mit Iana in einem kleinen Café im Stadtzentrum getroffen, und er war nach der Vorlesung dazugekommen. Als er sie sah, in dem Moment, als er die schwere, gläserne Außentür des Cafés aufdrückte, erschrak er. Sie war so schön. Ihr Porzellangesicht hatte ein kleines Kinn, eine leicht grobe Nase mit einem breiten und niedrigen Nasenrücken und einer kleinen, vollkommenen, ebenen Stelle in der Mitte, auf die Franz im Verlauf des weiteren Abends immer wieder starren sollte. Ihre Nasenspitze war rundlich und ihr Mund war nicht groß, aber die dunkelviolett geschminkten Lippen waren äußerst stimmig ausgeformt. Unter ihren Augen war die Haut auf einer münzgroßen, halbrunden Fläche so dünn und hell, dass die feinen Blutäderchen darunter ein zwischen hellrosa und dunkelblau changierendes dezentes Scheinen hervorriefen. Die Augenbrauen waren lang und kräftig und dünn, und sie schützten und weiteten ihren Blick. Mit ihrem sehr kurzen, kräftigen, widerspenstigen und dicht anliegenden Haar erinnerte sie Franz an die jugendliche Jean Seberg, wie sie in Truffauts *„Außer Atem"* eine eigenwillige Amerikanerin in Paris gespielt hatte. Nachdem sie zu dritt das Café verlassen hatten, war Franz in der Tat ein wenig unwohl. Er hatte Olga zu lange angesehen. Und in der Nacht konnte er nicht schlafen. Rollte im Bett hin und her. Sah ihr Gesicht plötzlich vor sich und wachte auf. Ging zum Kühlschrank und suchte etwas zu essen. Er fand nichts. Wie konnte ihm so jemand begegnen? Jetzt! Nachdem er Iana kennengelernt hatte.

„Olga!"

Iana fiel ihrer Freundin überschwänglich um den Hals, während Franz Kappa die anderen beiden, Arbeitskolleginnen von Iana, mit Küsschen bedachte. Alle waren zartgliedrig, dünn und groß. Er fühlte sich wohl bei ihnen und bei Olga und bei Iana. Nichts als Musen. Helligkeit. Und er versuchte sich unbeeindruckt zu geben, was nicht gerade leicht war. Alles schien genau zu beobachten, wer das war, der sich in solcher Gruppe bewegte. Der Ausdruck seiner Augen wurde akribisch studiert. Und Franz sah bescheiden und demütig drein, doch ein Anflug von Zorn war in seinen Augen (den niemand in einer solchen Situation verstehen konnte).

Mit Iana hatte er diese Art von Welt betreten, und er wusste, dass er sie – mit oder ohne Iana – bald wieder verlassen würde. Aber dass er hierzu Iana nicht verlassen musste, stand auf einem anderen Blatt. Seit kurzem sagte sich Franz besonders häufig, dass Iana die einzig Richtige sei. Pflegte diesen Satz in seinen Gedanken. Vor allem, seitdem er Olga begegnet war. Seit diesem Tag päppelte Franz den Satz förmlich auf. Und am Ende eines Tages war es dann unbezweifelbar, dass Iana eben das alleinig Richtige für ihn war.

Iana war so stark. Er selbst trug sein Innerstes schrecklich weit außen. Und Iana? Die zeigte nichts davon. Gebärdete sich stets unmissverständlich und eindeutig. Unentwegt fokussiert auf den Angriff, um nicht hinterfragt zu werden, oder angezweifelt. Und Franz wusste, dass trotzdem etwas schimmelte, in ihr, unter ihr, unter diesem Hochdruckstrahl der kühlen Perfektion. Doch, kühl war sie. Kühl, perfekt und...

„Da ist dein Schatz!", wandte sich Iana an Olga
und zeigte dabei auf Franz.

„Ich bin kein Schatz. Ich bin die Hölle."

Franz sah Olga mit zusammengekniffenen Augen an.

„Du bist ein Künstler. Du weißt das."

Sie sprach mit besonders viel Akzent.

Iana ging von hinten auf Franz zu,
umgriff seine Schultern und sagte zu Olga:

„Ja, er spinnt. Das wissen wir alle. Iana setzte ihr Kinn auf seine Schultern. „Wir schauen, dass wir hier sobald wie möglich wieder rauskommen, in Ordnung?!"

„Mir gefällt es hier aber!", wandte Franz ein.

„Dir?", wunderte sich Iana.

„Ja, mir. Die Kellner sind witzig, und nachher soll noch ein Kinderchor auftreten, aus dem Haidhauser Kindergarten. Das ist wirklich krank und wirklich gut. Das gefällt mir."

„Stimmt", sagte Olga, während sie in ihren kurzen schwarzen Haaren herumzupfte und Franz ausdruckslos anstierte. „Das könnte von dir sein."

Die vier Mädchen lachten, und Franz zog sich aus ihrem Kreis zurück und beobachtete, wie sie miteinander redeten. Was sonst niemand auf dieser Feier tat. Die anderen sprachen nur. Die vier aber redeten. Franz sah, wie Iana eine Zigarette aus ihrer Schachtel zog und ihr Olga, noch ehe sie sich's versah, Feuer gab. Olga hatte Iana immer im Blick, und sie verlor auch Franz nicht aus den Augen. Kontrollierte, schien es. Franz tat so, als merke er nichts davon. Versuchte vorzutäuschen, er wüsste nicht, dass sie ihn beobachtete. Schließlich musste er bestimmen, was Olga über ihn denken sollte. Sie durfte nicht über ihn denken, was sie über ihn denken wollte. Ausschlaggebend auf jeden Fall war, dass sie ihn interessant fand, und verwirrend. Dann würde sie ihn akzeptieren. Als Gewöhnlichen aber nicht. Nur als Exzentriker. Einen unentwegt mit Höherem Beschäftigten.

Im Grunde mochte Franz es, wenn man ihn wegen seiner Kunst aufzog. Jetzt eben jedoch hatte es ihn gestört. Weil es wieder mal von Iana gekommen war. Weil die wusste, dass er sich gerade heute über dieses Thema den Kopf zerbrochen hatte. Schließlich fand er seine Kunstideen im Moment erbärmlich und kindisch. Er sah, wie hässlich seine Bilder waren, und gewöhnlich, steif und ohne Kraft. Unauthentisch. Keine eigenen Wesen, die einfach da standen. Erschaffen waren und nun eigenständig agierten. Nein. Er musste ihnen unentwegt Atem einhauchen, damit sie nicht in sich zusammenfielen. Und ein Gedanke bohrte ganz vehement: Was geschieht, wenn ich erfolglos bleibe, das heißt, wenn ich als gewöhnlicher Mensch ende? Es war unvorstellbar. Ein Ding der Unmöglichkeit. Nein. Seine Kunst war schuld. Bisher. Ihre Mittelmäßigkeit. Sein Kunstbegriff war ja auch nicht ganz einfach. Sie, die Kunst, war für Franz nicht ausstellbar, nicht aufhängbar in Galerien, Museen oder Messehallen. O nein. Kunst war das Andere. Das, was sie eben nicht in Galerien, Museen oder Messehallen hineinzwängen konnten. Was kein Privatsammler, nur vorausgesetzt, er verfügte über genügend Mammon, sich an irgendeinen verdammten Nagel hängen konnte. Kunst war Aktion. Kunst war Handlung. Kunst geschah. Und sie durfte nicht lange anhalten. Musste verpuffen. In der Luft. Nur für sich selbst sein. Sie für sich. Alleine. Vollkommen rein.

Der Haidhauser Kindergartenchor gruppierte sich ungeordnet, sang und gab nach seltsamem, zaghaftem Zurufen einzelner Gäste noch eine Zugabe. Hans saß am Fenster und putzte seine Schuh. Ein altes Kinderlied, das auch Franz noch kannte.

„Hans saß am Fenster und putzte seine Schuh. /
Da kam des Nachbars Mädelchen und sah ihm zu. /
Hans, was machst du! Weinst du oder lachst du! /
Ich weine nicht, ich lache nicht / ich putze meine Schuh"

Die in winzige, schwarze Moholy-Anzüge und weiße Moholy-Kleidchen gezwängten Kinder, die Kindergärtnerin im einfachen Strickpulli, alles schillerte in widersprüchlichen Bedeutungen und machte unsicher. Franz Kappa stellte sich ganz alleine neben das Buffet und leerte einen Sekt Orange nach dem anderen. Als dann der Gastgeber **Moholy** plötzlich zufällig direkt an ihm vorbeiging, durchflossen ihn kleine elektrische Ströme, und er war einige Minuten danach noch immer seltsam nervös - das hohe, dünne Sektglas in seiner Linken zitterte unmerklich. Es konnte doch nicht sein, dass ihn Berühmtheit so grausam beeindruckte?! Nicht dieser Mann – ein toupierter Affe! Doch es war der Fall. Begegnete man persönlich einer bekannten Persönlichkeit, gleich ob man sie bewunderte oder nicht, man war gerührt. Eine Berührung/Rührung. Ein eigenes Gefühl. Sonst unbekannt.

Was war das??

Er stellte sich auf die Zehenspitzen und schielte Moholy hinterher, verlor ihn aber bald in der Menge.

Zwei Stunden später saßen er, Iana und ihre drei Freundinnen in einer Bar im Akademieviertel. Eine kleine Bar, mit Türsteher, in pirolgelbem, plüschigem 50er-Jahre-Ambiente. Die Musik legte ein apathischer und hochnäsiger DJ auf, der in fünf Stunden nicht einmal aufblickte. Franz saß am äußersten Rand der Gruppe, neben Olga. Nachdem alle Getränke bestellt hatten, zog Olga plötzlich eine sehr alte Taschenbuchausgabe der Hölderlin-Briefe aus ihrer Handtasche, deren dunkelgrüner, kartonierter Einband an den Rändern bereits ausfledderte. Sie schlug das Buch behände an einer eingemerkten Stelle auf und fragte Franz, was ´unverhohlen´ bedeute. Franz konnte es ihr nicht erklären, aber für ihn war es, als hätte Olga sich mit dieser Geste für immer in sein Herz geschlossen. Er dachte: „Sie ist lyrisch und könnte eine Romanschöpfung sein." Einen ganzen Film nur um sie herum zu drehen wäre kein Problem gewesen. Eine Handlung überflüssig. Er müsste schwarz-weiß sein und würde in Südfrankreich spielen. Franz seufzte unhörbar und nahm einen kräftigen Schluck Bier. Er schwieg und dachte eine Weile nach und begann ihr dann von Moholy zu erzählen. Von seiner Erscheinung. Dass er ihn äußerlich zwar abgestoßen hatte, aber charakterlich so bescheiden auf Franz gewirkt hatte, ohne jeden Hochmut. Wie grandios das doch war, bei so viel Größe.

„Du beobachtest aber ziemlich genau", wandte Olga ein. „Du analysierst ja wie verrückt." Sie sah ihn prüfend an. „Mach´ das aber nicht bei mir!!"

„Doch. Ich kann es nicht verhindern. Es läuft automatisch ab. Ein Künstler muss das tun. Es ist sein Kapital, Beobachtung. Äußerst scharfe Beobachtung. Die musst du so schulen, dass du Details entdeckst, die andere übersehen. Und nach Jahren der Beobachtung merkst du trotzdem immer wieder, dass du noch furchtbar viel übersehen hast."

„Es gefällt mir aber nicht, wenn du mich beobachtest."

„Und wenn ich dir sage, was ich festgestellt habe?!"

Franz, erwartungsvoll.

„Das will ich gar nicht hören." Sie knickte ihren Kopf zur Seite, lächelte und meinte dann: „Na, dann sag es mir. Sag mir, was du gesehen hast." Sie sah ihm mit weichem Blick in die Augen. Iana, die rechts neben Olga an der Bar saß, hatte irgendetwas aufgeschnappt und meinte:

„Was hat er gesehen!?"

„Er hat etwas gesehen, bei mir gesehen." Olga, süffisant.

„Na dann lass mal hören, was du gesehen hast!"

Iana, scharf, mit unüberhörbarer Komik.

„Lasst mich in Ruhe." Franz Kappa war eingeschnappt. Er merkte einmal mehr, dass Iana ihn nicht mal im Ansatz ernst nahm. Sie drehte alles zum Witz. Meinte, mit Komik könne man auf die sicherste Weise der Wahrheit ausweichen, oder dem Ernst-Werden. Jenem Punkt, in der Mitte der Erdkugel, der sich nicht drehte, im Gegensatz zu allem anderen. Franz wandte sich von den beiden ab und dem Barkeeper zu. Er war der Besitzer des Kaspar Hauser, und Franz Kappa hatte ihn bereits für einige Einrichtungsideen begeistern können, unmerklich irritierende und scheinbar sinnlose Veränderungen des Interieurs, und so hingen oder standen in der Bar bereits einige Kappas herum. Er verwickelte Sören in ein Gespräch und versuchte seine Begleiterinnen zu ignorieren.

Sören erzählte ihm von einer Dichterschlacht, die er in den nächsten Wochen im Kaspar Hauser veranstalten wollte und fragte, ob Franz noch Ideen auf Lager hätte, irgendwelche aberwitzigen Einlagen oder sonst was. Sören passte genau auf, als ihm Franz von seiner schlagartigen Eingebung, Menschen auf Podesten auszustellen, erzählte. Dass man vielleicht zu Beginn der Dichterschlacht, dem Poetry-Slam - Franz hatte für das Kaspar Hauser die schöne deutsche Bezeichnung **Dichterschlacht** durchsetzen können – eben Leute ausstellen könnte. Sören schien überhaupt einen Narren an ihm gefressen zu haben. Der Einzige, dachte sich Franz Kappa, der Einzige, der sich im Ansatz für das interessierte, was er produzierte. Doch wahrscheinlich nur deshalb, weil er es in seiner Bar, die zurzeit abscheulich gefragt war, einsetzen konnte und irgendwie avantgardistisch dadurch erschien...

Während Franz Kappa ihm also darlegte, dass man zu Beginn der Dichterschlacht zwei, drei Leute, die er organisieren würde, auf die Bühne stellen könnte, als Ausstellungsobjekte, ganz normale Menschentypen in gewöhnlicher Kluft, die nur dazustehen hätten, für circa zwanzig Minuten, während sich die Hobbydichter vorbereiteten und das Publikum bereits wartete und durch die dastehenden, und zwar mit dem Rücken zum Publikum dastehenden Menschen, garantiert ziemlich irritiert würde, wodurch sich eine besondere Spannung aufbauen würde... Während er dies Sören, den er sehr mochte, erzählte, spürte er Olgas Knie an seinen rechten Schenkel zucken, zurückschnellen und dann wieder anstoßen, um nicht mehr zurückzuschnellen, sondern unentwegt gegen sein Bein zu drücken.

Er versuchte normal weiter zu sprechen, Sören war schon völlig eingenommen von seiner Bühnenmenschenidee, und

Franz redete geräuschvoll und begeistert, und obwohl es ihm schwer fiel, normal weiter zu sprechen, tat er es und fragte sich, ob sie es mit Absicht mache oder einfach nicht bemerke, dass sie ihn berühre, dachte, dass ihn diese kleine Berührung völlig verrückt mache, und eben in diesem Moment zog sie ihr Knie wieder zurück, aber nur, um im nächsten Moment ihre Hand auf sein Knie zu legen. Sören erzählte gerade, wie vorzüglich und genial und göttlich die letzte Dichterschlacht gewesen sei, vor allem die zwei Hip-Hopper, die sich auf der Bühne eine musikalische Redeschlacht geliefert und das Publikum schier wahnsinnig gemacht hätten, und dass die Dichterschlacht unbedingt eine feste Institution im Kaspar Hauser werden müsse, während Franz Olgas warme Hand spürte und spürte und spürte und immer weiter spürte, bis er es schier nicht mehr aushielt und sie sie plötzlich zurückzog, Franz daraufhin wieder lauter mit dem Barkeeper sprach und ihm erklärte, dass er und Iana und sie alle ohne das Kaspar Hauser verloren wären und er Sören für seine Existenz, die diesen Ort letztlich ermöglichte, unendlich dankbar sei. Franz war gut im Loben, er liebte es, zu loben – und er übertrieb nicht. Tatsächlich endete letztlich jede ihrer Touren im kleinen Wohnzimmer des Kaspar Hauser. Er und Iana und einige seiner Studienkollegen gehörten bereits zum festen Inventar des kleinsten Kneipenzimmers Münchens, und Sören war so etwas wie ein Bruder für Franz geworden. Ein Bruder, den er nur im Kaspar Hauser traf, nur im Kaspar Hauser kannte, und den er draußen niemals kontaktiert hätte, da dies einer Art Tabu gleichkam, sowohl für Franz als auch für Sören, und den er, wenn er betrunken war, als den wunderbarsten Menschen der Welt betrachtete und dann nicht mehr damit aufhören konnte, seine Bar zu loben und zu preisen und zu beschreiben und zu besingen, wenn er richtig betrunken war, was an diesem Abend wieder mal eintreten sollte.

Olgas Hand hatte Franz so verwirrt, dass er schneller trank und durch die Erhöhung der Menge an Alkohol irgendwie hoffte, die seltsamen Schmerzen zu verringern, die ihre Hand bei ihm ausgelöst hatte. Undefinierbare Schmerzen.

Eine Angst.

Eine Himmelfahrt.

Um zu wissen, was von all dem nun der Fall war, musste er trinken, musste sich darüber klar werden. Manchmal konnte er nur über das Trinken wieder nüchtern werden. In den seltenen Situationen, in denen dies der Fall war, wurde er mit jedem Bier ein wenig gefasster und ruhiger. Bis er schließlich wieder ganz bei sich selbst war. Aber Olgas Hand kam nicht mehr, und er selbst kam schon sehr bald über die alkoholische Wasserscheide, jenseits der eine Landschaft war, in der nur noch Tohuwabohu und Verstörung herrschten, die sich mit seinem Gefühl von Schmerz vermengten und somit die vollkommene Betrinkung, die bis an die Grenzen des physisch Erträglichen ging, forderten. Und Franz wurde klar, dass seine Idee mit den Menschen auf den Podesten langweilig und unausgegoren und schlecht und peinlich und miserabel war, und er bekam furchtbare Angst.

Sören war im Morgengrauen schließlich veranlasst, Franz aus der Bar zu tragen und im Lagerraum, neben Stapeln von Bier- und Getränkekisten, zur Ruhe zu betten. Franz Kappa wehrte sich nicht. Lammfromm war er betrunken. Nur mit dem DJ, den er eitel fand, hatte er sich kurz zuvor angelegt, ob der denn wisse, was er da tue, hatte er gelallt, dass die Musik eine Riesenverarschung sei, die unterste Schublade der Kunst, ohne hehres Ziel, nur da, um zu gefallen, eine Hure, eine Dirne, eine...

Olga war dazwischen gegangen und hatte ihn gestoppt, obwohl der DJ, der sich DJ Vernunft nannte, nicht einmal aufgeblickt hatte und völlig unbeeindruckt weitergemixt hatte.

Iana hatte sich vorher länger mit ihm unterhalten, und das musste Franz eifersüchtig gemacht haben, oder es gab einen anderen Grund. Denn Eifersucht hatte noch nie eine Rolle gespielt, bei beiden. Im Gegenteil. Sie sahen es sogar recht gern, wenn der Andere flirtete oder angeflirtet wurde. Sowohl Franz als auch Iana vermittelte es ein Gefühl von Freiheit.

Olga bemerkte, dass Franz, nachdem sie ihre Hand für etwa eine halbe Minute auf sein Knie gelegt hatte, sich ihr von da an nicht ein einziges Mal mehr zuwandte, sondern den ganzen weiteren Abend ausschließlich mit Sören redete und sich ein Bier nach dem anderen von ihm ausschenken ließ. Das Bier gab es nur in 0,3-Liter-Gläsern.

Olga bemerkte, dass irgendwas mit ihm nicht stimmte und wandte sich Iana zu, während sie mit halbem Ohr das Wort „Dichterschlacht" von Franz vernahm.

„Was hat er?", fragte sie Iana leise. „Er ist nicht so wie sonst. Normalerweise unterhält er uns alle. Was ist mit ihm los?" Sie runzelte ihre Stirn.

„Er ist schon den ganzen Tag so. Als ich ihn vorhin in seiner WG abholte, lag bereits irgendetwas im Argen." Sie nahm einen tiefen Zug von ihrer Zigarette. „Aber ich weiß nicht, was es ist! Ich habe ihn nicht gefragt!"

Olga sah Iana verwundert an und sagte dann: „Soll ich ihn fragen?"

„Nein, lieber nicht. Ich bin froh, dass wir hier sind, bei Sören. Den liebt er. Von der Sorte sollte er mehr haben. Nicht nur diese beflissenen, weltfernen Kunststudenten. Sören ist ein richtiger Kumpel, kein Theoretiker." Iana klopfte die Asche ihrer Zigarette ab und sah zu Sören hinüber, sah, wie er mit Franz lachte und ordinäre Grimassen schnitt.

„Schon bei der Eröffnung vorher benahm er sich recht seltsam." Olga kratzte sich an der Schulter. „Den kompletten

Abend stand er bei den Sektgläsern herum und machte ein grimmiges Gesicht. Nur als der Kinderchor sang, lachte er, und dann unterhielt er sich länger mit einem der pakistanischen Kellner."

„Wirklich?! Ich hab´ gar nicht gesehen, wo er hin ist." Iana drückte ihre Zigarette aus und sagte dann, nachdem sie tief Luft geholt hatte: „Weißt du, Olga, es geht ihm nur um seine Kunst. Jetzt hat er wieder die große Phase des Zweifels. Die wird dann wieder abgelöst von einer krassen Periode der Euphorie. Du wirst schon sehen. Er ist immer so gewesen. Er hat es selbst zugegeben. Und es wird so lange gehen, bis er Erfolg hat."

„Ja?"

„Ja." Iana sah zu Sören hin, zündete sich eine neue Zigarette an und sagte dann:

„Er hat wirklich schon viel versucht. Ich würde es ihm auch wirklich gönnen. Vor einem halben Monat etwa, während einer Vernissage in der Pinakothek der Moderne, verteilte er kurz zuvor Hunderte von Flugblättern und brachte überall um die Pinakotheken Plakate an."

„Was für Plakate?" Olga rückte näher zu Iana heran.

„Plakate und Zettel, auf denen stand:

Boykottieren Sie Kunst!
Gehen Sie nicht in die Pinakothek der Moderne!

„Was!?" Olga schien überhaupt nicht zu verstehen.

Iana zog die Mundwinkel nach oben und meinte: „Ich war auch vor den Kopf gestoßen. Aber dann erklärte er mir, wie er das meinte. Dass er immer das Gegenteil von dem meint, was er sagt. Dass er ganz platte und dümmlich wirkende Aussagen oder Parolen verwendet, um vom Eigentlichen, was er sagen will, abzulenken. Er möchte ein riesiges Ablenkungsmanöver durchführen, alle irreführen und dadurch zeigen, dass alle auf dem Holzweg sind. Dass jeder grundsätzlich auf dem Holzweg ist."

Olga hob die Augenbrauen und dachte nach. „Aha. Ich glaube, ich weiß, was er meint." Sie sah in die Luft und schwieg.

„Du weißt, was er meint?!" Iana prustete los und verschluckte sich beinahe. „Du weißt, was er meint? Du bist süß! Du würdest ihm guttun. Du bist echt süß." Iana griff zu ihrem Glas und nahm einen großen Schluck. Dann lächelte sie und streichelte Olgas Wange.

„Ich fand die Idee ja dann auch recht witzig und half ihm dabei, die Flugblätter zu verteilen, und das während der Feierlichkeiten, das war schon spaßig. Aber das Resultat war, dass wir Kopfschütteln und Beschimpfungen ernteten. Eine Security-Frau riss seine Plakate von der Betonwand der Pinakothek, und er hatte in der Nacht zuvor wirklich die halbe Front damit vollgekleistert, was nicht ungefährlich war. Ja, sie riss sämtliche Plakate herunter und zerknüllte sie, und der Museumskurator meinte in seiner Ansprache, dass ein Wahnsinniger, wahrscheinlich Paranoider, irgendwelche Zettel verteile, auf denen zu lesen sei, man solle nicht in die Pinakothek gehen, sich nicht mit Kunst beschäftigen, und dann meinte er, dass die Pinakothek der Moderne ein architektonisches Fanal und ein Triumph über den Kleingeist solcher Aufrührer sei, die hoffentlich im kunstsinnigen Bayern niemals das Sagen haben werden. Das war wirklich traurig. Aber seltsamerweise meinte Franz hinterher, dass es ein voller Erfolg war. Dass er genau das Gegenteil von dem erreicht hatte, was er erreichen wollte. Und somit sei es ein Erfolg. Sogar der Museumskurator der Pinakothek der Moderne hatte ihn erwähnt." Olga nahm einen großen Schluck von ihrem Cocktail, blickte gebannt auf den Tresen und meinte dann: „Er ist wirklich ein Künstler. Er ist wirklich famos."

„Es ist ja nicht die erste Aktion, die er gebracht hat. Es waren schon so viele. Und nie fand er irgendwo Beachtung. Das einzig relativ Erfolgreiche waren diese Massen-Rundmails, die im Grunde er erfunden hatte."

„Das, wo Hunderte von Menschen, die sich vorher nie gesehen haben, aufgrund einer Rundmail an einem ausgemachten Ort zusammenkommen, um irgendwas Hanebüchenes zu machen?"

„Ja, das."

„Das hat er erfunden!? Aber das war doch überall in der Presse, und es gab Berichte im Fernsehen!"

„Ja ja. Aber er wurde nie gefragt. Bei so was gibt es keine Urheberschaft, weißt du. Das macht einer, dann machen es viele, dann jeder und dann weiß keiner mehr, wo es herkam."

Olga hörte, wie Franz neben ihr laut mit dem DJ sprach. Er schimpfte irgendetwas vor sich hin. Über Musik. Und er wurde immer lauter. Olga hörte immerzu das Wort **Musikhure** und entschloss einzugreifen. Sie sprach Franz normal an, versuchte ihn abzulenken. Ihr auffällig gekünsteltes Gespräch wurde von ihm als ein weiterer Affront aufgefasst, sie sprach von irgendwelchen Tauben... Tauben, die sie ärgern, oder so ähnlich, er bekam es nicht mehr richtig mit, und er merkte zum ersten Mal, dass er relativ betrunken war. Er ignorierte sie, hörte nur immer das Wort „Tauben" aus dem Off kommen und schimpfte weiter. Dann schob sich Sören zwischen ihn und den DJ. Gerade mixte dieser *„Radioaktivität"* von Kraftwerk mit Wagners *„Tannhäuser"* und war damit mehr als beschäftigt. Dauernd wechselte er Kopfhörer, hörte in etwas hinein, veränderte es, verschob es, und ab und zu huschte sein Blick über die Gesichter der vier Mädchen, die seit Stunden redeten und tranken und tranken und redeten, Säfte und

Kaffees, Biere und Wasser.

Alles, was der Musikant sich überhaupt vorstellen konnte, war dort nebeneinander auf weiche, hohe Barhocker gesetzt worden und sah unerträglich gut aus. Ganz am Rand saß zwar einer, der dauernd seine Musik beschimpfte, aber das stört ihn nicht im Geringsten. Er machte Musik und machte sie nur und ausschließlich für diese vier irrealen Gestalten, und er hoffte, dass eine vielleicht für eine Sekunde dies wahrnehmen und schätzen würde. **Kraftwerk und Wagner.** Es war eigentlich unmöglich. Aber er tat es.

Er hatte auch schon gewählt, eine aus den Vieren, die Schönste, Iana. Zuerst konnte er nicht wählen. Es schien unmöglich. Aber dann hatte er doch Unterschiede feststellen können, in Millisekunden, in denen sein Blick nach oben schnellte. Man wählt immer, unweigerlich. Iana saß aufrecht da, hatte diese Art aristokratische Klarheit in ihren Bewegungen, sonst: schokobrauner Cordanzug, der Cord an den Ärmeln ein wenig abgenutzt. Unter dem Cordblazer nichts, keine Bluse, kein Top, nur eben jener spitze, schmale Ausschnitt, der sich durch die natürliche Reverskragenform des Cordblazers ergab. Umhängen: ein kleines, kubisches Handtäschchen aus struppigem Kunstfell, kastanienbraun. So saß sie da, und wenn sie aus dem Plastikstrohhalm mit gespitzten Lippen einen Zug aus ihrem Cocktail nahm, und nur dann, sah sie manchmal auf, von ihren Freundinnen weg, zur Wand oder zu Sören, aber niemals zu ihm. Nicht ein einziges Mal. Irgendwann bat er sie um Feuer und verwickelte sie in ein Gespräch, in dem er sie über ihren Beruf, den er auf Anhieb erraten hatte, was ein Kompliment sein sollte, ausfragte und sich dafür interessierte, wie man einen solchen Beruf erlernen könne. Er meinte, es wundere ihn, dass es da überhaupt etwas zu erlernen gebe, was Iana wiederum als Provokation empfand und relativ abrupt das kleine verbale Intermezzo abbrach, sich wieder ihren angenehmeren Freundinnen und Drinks zuwendete und für den Bruchteil einer Sekunde, während sie zu ihrem Cocktailglas griff, sehr verletzt war.

Flirten war eben etwas, das nur wenige beherrschten. Oft offenbarte ein Flirt sehr schnell und unumwunden das latent aggressive Wesen des Ausführenden, oder er ließ in einem kurzen Augenblick in die giervollen Abgründe einer Seele blicken. Und Seelen waren meistens dunkel. Deswegen, weil sie fast nie das Tageslicht sahen, sondern bei den meisten Individuen die längste Zeit ihres Daseins eine untergeordnete, vernachlässigte Rolle spielten und damit eher Asservatenkammern glichen. Fiel mal ein Spalt Licht in diesen Raum, zeigte sich häufig verständlicherweise ein eher unschöner Anblick.

Für Franz Kappa hingegen war Flirten nie das Problem gewesen. Schon als Kind flirtete er, mit seinen Eltern. Die waren hingerissen und liebten ihn umso mehr. Sein Vater war einfacher Beamter, seine Mutter Hausfrau. Sie waren normale Menschen, die ihren Sohn weder zu Kunst noch zu Edelmut oder sonst irgendetwas Schöngeistigem erziehen wollten. Sie wollten eher einen Anwalt, Arzt oder Unternehmer, einen Menschen, der sich durchbringen konnte, jemand mit Härte, der nicht gleich aufgab, wenn ein kleineres Hindernis auftauchte – das Credo seines Vaters – nicht aufgeben, vergessen -- Verluste vergessen und Schlechtes vergessen, überhaupt Negatives vergessen, wegschieben. Denn das Leben war schön. Das betonte sein Vater immer. Das Leben war wunderschön, es musste nur so betrachtet werden. Sein Vater beherrschte die Vorstellung eines wunderschönen Lebens vollkommen, und entschlüpfte sie ihm einmal, dann war er nicht mehr wiederzuerkennen. Wie sein Vater wollte er nicht werden. Und wie seine Mutter? Seine Mutter war irgendwie interessant. Franz konnte sie nicht richtig einschätzen. Sie war klüger als sein Vater, gab sich aber einfältiger. Ließ keine Gelegenheit ungenutzt, sich gedankenlos zu geben. Gelang ihr dies, vermittelte sie seinem Vater das Gefühl, mehr zu wissen als sie, und das war für sie dann der Triumph. Franz wartete auf den Tag, an dem sie sich endlich als das zeigen würde, was sie wirklich war. Bis es jedoch soweit war – und diese Empfindung vermittelte sie bereits dem Kind Kappa ‑ bis dies der Fall sein würde, müsste Franz diese Rolle übernehmen und so viel wie nur irgend möglich von sich offenbaren. So war sie auch glücklich, insgeheim, als sie erfuhr, dass er sich für die Hochschule der Künste in München beworben hatte. Wenn in der Familie künstlerisches Talent vorhanden war, so war es in ihr, unsichtbar, aber vorhanden, enorm viel womöglich. Sein Vater war hingegen weniger begeistert von der Sache mit der Kunsthochschule. Franz solle das Ganze nochmals überschlafen und vor allem in Betracht ziehen, wie viel Prozent der graduierten Kunststudentinnen und Kunststudenten, die deutsche Hochschulen jedes Jahr zu Tausenden ausspuckten, tatsächlich in diesem hageren Gewerbe aufgenommen würden. Nicht, dass er nichts von Kunst halte. Nein. Er war bereits in der ersten Klasse so gut im Werken, dass ihm sein damaliger Lehrer als besondere Herausforderung die Aufgabe stellte, eine schwenkbare Tischlampe zu konstruieren. Das gelang ihm auch. Jedoch die Eisenstäbe, aus denen die Lampe zusammengesetzt war, standen ständig unter Strom, und er konnte diesen Mangel nicht beheben. Nicht mal der Lehrer konnte das. Worauf sein Vater bis heute stolz zu sein schien. Und das war alles, was ihm zum Thema Kunst einfiel. Aber auch sonst deutete nichts in Franz Kappas Kindheit und Jugend auf dieses Metier hin.

Er war ein äußerst magerer, unsportlicher und nervöser Junge gewesen, der die meiste Zeit damit verbrachte, Insekten und anderes kleines Tierzeug zu fangen, in Terrarien einzusetzen und dann verhungern zu lassen. Die Terrarien und Aquarien waren kleine, vollkommene Welten für ihn, mit deren Hilfe er der Schwäche seiner damaligen Natur, der Unbeliebtheit unter Gleichaltrigen und Mädchen – das vor allem – entkommen konnte.

Der Zeitpunkt, an dem sich dies alles ändern sollte, fiel auf den Beginn der elften Klasse. Seine Leistungen, die immer die ausschließlich besten waren, fielen mit einem Mal in den Keller, und dieses Stürzen musste eine Art Freiheit in ihm wachgerüttelt haben. **Freiheit**, die aus einem Mangel bestand, dem Fehlen von etwas. Der Beste zu sein, hatte Sicherheit gegeben. Nicht mehr der Beste zu sein, nicht mal mehr gut zu sein, vermittelte etwas anderes. Es gab ihm einen schönen und leichten Kitzel. Einen Kitzel, der Franz Kappa stand. Der ihn mit plötzlich attraktiv machte. Erst bei den Mädchen in den unteren Klassen und dann bei den Gleichaltrigen.

Mit der Verschlechterung seiner schulischen Leistungen verschwand auch noch etwas anderes aus ihm. **Angst**. So lange er sich erinnern konnte, war sie immer da gewesen. Sie war zwar nie wirklich ausgebrochen, hatte ihn nie ernsthaft seelisch bedroht. Das nicht. Doch war sie unentwegt in Lauerstellung. Vor allem in den großen Ferien, als er zu spüren bekam, dass er keine Freunde hatte. Und Tendenzen der Langeweile auftauchten. Nuancen der Ruhe. Die er nicht aushalten konnte. Dann paukte und paukte er, Vokabeln, Lateinvokabeln. Bis er die Deklinationen träumte.

Ins Freibad, wo alle hingingen, konnte er nicht. Er war zu dürr. Fühlte sich zu dürr. Und seine Eltern und Bekannten und Verwandten vergaßen bei keinem Familientreffen zu erwähnen, dass er das war, zu dürr. Viel zu dürr. Dementsprechend unsportlich. Immer der Letzte. Im Sportunterricht. Als Letzter in die Mannschaft gewählt. Belächelt. Und er lächelte zurück. Hatte Angst. Während andere längst kraulten, schwamm er immer noch Brust. Das Hallenbadwasser brannte zu sehr in seinen Augen. Er konnte nicht.

Den Wendepunkt erlebte Franz Kappa nicht bewusst, er setzte einfach ein. Zunächst als augenscheinliche Verschlechterung, aus der dann eine deutliche persönliche Verbesserung erwuchs. Er hatte nicht gewusst, dass man Spaß haben könnte, zuvor, im Leben. Hatte alles immer recht schnell durchschaut, seine Eltern, seine Stadt, seine Lehrer und war deshalb nie wirklich cool gewesen. Als Kind war es nun mal einfacher und angesehener, ein idiotisches Arschloch zu sein als ein schlaues Bübchen. Franz Kappa dachte zu viel, und seine Witze wurden nicht durchschaut, während der oberste Idiot in seiner Klasse, den er so beneidete, sich nichts dachte, auf irgendjemand einschlug und alle Gemüter und Lacher auf seiner Seite hatte. Franz Kappa war als Kind wahrscheinlich schon zu erwachsen gewesen und begann erst jetzt, jünger zu werden. Er fühlte sich wohler jetzt. Sicherer. Und er wollte auch nicht mehr in seine Kindheit zurück. Er wollte hier bleiben, wo er jetzt war und handeln können, eigenständig handeln. Er war gottfroh, als seine Eltern so weit weg waren, nachdem er nach dem Abitur den Zivildienst in einer Psychiatrie am Bodensee antrat. Weit weg. Der sterile Geruch der Gänge der Psychiatrie hoch über dem Bodensee gefiel ihm. Der Blick nach unten, zum See. Er fühlte sich wie in einem Grandhotel. Die Zeit verging schnell. Er las Manns „Zauberberg" und hörte viel Musik. Die Krankenschwestern vergötterten ihn, und irgendwann stand er wieder mit seiner Reisetasche vor der Klingel seines Elternhauses. Seine Eltern jubelten und hätten ihn am liebsten für alle Zeit behalten, wenn er nicht am nächsten Tag seine Zukunftspläne ohne jegliche Vorwarnung vor ihnen ausgebreitet hätte. „Ich werde nach München gehen. Ich werde dort Malerei und Fotografie studieren." „Fotografie!?", bemerkte sein Vater. „Das kannst du auch bei mir studieren. Ich hab eine gute Kamera! Die kannst du haben. Ich war immer gut im Fotografieren. Bei den Motiven musst du nur darauf achten, dass..."

Aber Franz Kappa hörte nicht mehr hin. Er war längst schon dort. In München. Hatte längst Hunderte von Bildern gezeichnet, in seinem Kopf. Hatte neue Axiome für die Theorie der Fotografie aufgestellt und konnte durch nichts in der Welt von seinem Vorhaben abgebracht werden. Sein Wille war immer ein Titaniumhammer gewesen. Das hatte ihm sein Vater immer auch vorgeworfen. Und sein Vater hatte Recht.

„Ja wie bist du denn auf diese Idee gekommen??!", wollte seine Mutter plötzlich wisse. Ihre Stimme klang weit weg und hohl.

„In der Psychiatrie." Franz.

„Wieso in der Psychiatrie?" Seine Mutter, verwundert.

„Weil da alles anders ist. Alles anders als bei euch hier.
Und das ist mir aufgegangen.
Dass alles vielleicht ganz anders ist, als wir denken."

„An was denkst du denn dabei?" Sein Vater, neugierig.

„Ja, das kann ich ja eben nicht erklären." F.

„Ich will aber, dass du es mir erklärst. Schließlich werde ich das Studium finanzieren. Und du kannst es von mir aus studieren. Du kannst alles studieren, Höhlenkunde von mir aus, aber ich will, dass du mir das erklärst. Das ist doch nicht zu viel?!!"

Franz sah ihn misstrauisch an und sagte dann: „Deshalb muss ich ja dieses Studium absolvieren. Damit ich es dir erklären kann. Damit ich es zeichnen kann. Damit ich es fotografieren kann. Das, was ich nicht erklären kann."

Er sah seinen Vater kindhaft an.

„Ich kann es wirklich nicht erklären."

Mit oder ohne Erklärung, sein Vater hatte eingewilligt, und seine Mutter tat das, was sein Vater tat. Gut fand er es wohl nicht. Sein Vergleich mit der Höhlenkunde... Seine Mutter sagte nicht, wie sie es fand. Man wusste es nicht, wieder mal. Sie konnte es gut finden oder beschissen oder zum Kotzen, sie sagte es nicht. Und so begann Franz Kappa im Wintersemester das Studium an der Kunsthochschule in München.

Sie ließen einen wählen, Malerei, Fotografie oder Skulptur. Franz wusste, dass keines der drei seiner Vorstellung entsprach. Ihm schwebte eine Kunstform vor, die anders war, als es das Auge des Betrachters seit Jahrzehnten gewohnt war und erwartete. Er wollte nicht irgendein Ding vor die Menschen hinstellen und sich dann davonschleichen, wie es eigentlich alle Künstler taten. Er wollte dabeibleiben und noch viel mehr – er wollte, dass alles, die Betrachter, der Raum, eine Straße, ein Parkplatz zum **Kunstwerk** wurden. Die Vorstellung beherrschte ihn, dass dies alles miteinander verschmolz und es kein Gegenüber von Objekt und Subjekt mehr gab. Die Menschen sollten verändert werden und nicht die Räume der Museen oder der Galerien.

So wählte er Fotografie. Dort fand Franz einen Lehrer, der ihm entsprach. Neudorf. Andere waren eine Zumutung für ihn. Versuchten, sich ihren Studentinnen und Studenten gegenüber unendlich nonchalant, frei und tolerant zu geben, ließen aber bei studentischen Bemerkungen, die ihrem Gedanken von Kunst nicht entsprachen, sogleich in derselben Lockerheit eine dezidierte Nichtbeachtung und Kühle spüren. Nein. Franz ließ sich nichts sagen. Die hatten eine Vorstellung von dem, was Kunst zu sein hatte, und selbstverpflichtet diese Vorstellung seit ihrem zwanzigsten Lebensjahr nicht einen Zentimeter verrückt, wie die Innenräume einer alten Residenz, deren Mobiliar seit dreihundert Jahren am selben Platz stand. Ihr Meisterschüler musste man werden. Jeder Professor hatte einen. Gezüchtet. Als Meisterschüler hatte man gute Chancen, von schnöseligen und teuer gekleideten Münchner Galeristen umworben oder vielleicht sogar von staatlichen Museen angekauft und zunächst in deren Archiven gelagert zu werden, bis vielleicht einmal, Jahrzehnte später, der Name des Angekauften in irgendeiner wichtigen Kunstzeitschrift abgedruckt und das Bild dann vom Kellergeschoss nach oben gehängt wurde. An eine lupenreine Museumswand.

Franz mied die Meisterschüler und ließ sie seine Verachtung spüren. Von keiner Seite erhielt er positive Rückmeldungen. Er hatte nur Neudorf. Und der war nur Lehrbeauftragter, kein ordentlicher Professor. Thomas Neudorf genoss kein besonderes Ansehen, da er auch erst fünfunddreißig war und zu den wichtigsten Kriterien eines großen Künstlers – dies war ein inneres Gesetz – ein greisenhaftes und todesnahes Alter gehörte.

So saß Franz an diesem Morgen verkatert und mit schwindelerregender Übelkeit von der durchfeierten Vornacht im Stuhlkreis eines seiner ungeliebtesten Professoren und versuchte wegzuhören. Im Moment wurde das Bild einer Mitstudentin besprochen, die ausgesprochen attraktiv war. Sie hieß Sabina und machte aus ihren Avancen keinen Hehl, und auch Professor Abstreiter legte freimütig in jeder Stunde mindestens einmal sein Interesse für sie offen, und das vor allen. Der informelle Umgang, der an Kunsthochschulen üblich ist, machte das Ganze noch offensichtlicher.

„Ich mag es einfach, wie du malst, Sabina." „Ja?" Sabina sah Abstreiter mit kindlichem Blick an, und Franz schämte sich für sie und für Abstreiter und für die ganze Klasse, die es mit ansah.

„Ja." Professor Abstreiter wandte sich an die Malklasse.

„Warum malt sie gut? Ich will es von euch wissen!" Die Frage war so peinlich, dass Franz beinahe laut losgeprustet hätte. Der Skandal aber war, dass keinem der anderen Studentinnen und Studenten dies bewusst war. Sie sahen das Balzspiel zwischen ihm und ihr nicht. Glaubten vielmehr an ihr Talent. Franz wollte einen Wink geben und rief: „Es liegt an ihren Linien!" Als keiner lachte, fügte er hinzu: „... an ihrer Form!!" Zwei Studentinnen in der linken Ecke des Stuhlkreises lachten leise und sahen Franz an.

„Ihr lacht?!", wandte sich Abstreiter schlagartig an eine der beiden. Die sah Franz hilfesuchend an und meinte dann: „Ich weiß es nicht. Es tut mir leid. Ich weiß es nicht."

„Leid braucht es euch nicht zu tun", erwiderte Abstreiter verstimmt und blähte seinen langen, alten Körper vor der Klasse auf. „Das ist die ganz falsche Voraussetzung für Kunst! Dass einem etwas leidtut!"

„Ich finde, die Voraussetzung ist nicht schlecht", warf Franz Kappa mit betont freundlicher Stimme ein. Und Abstreiter war begeistert von der Möglichkeit, Kappa nun attackieren zu können.

„Herr Kappa. Schön, dass wir wieder mal was von Ihnen zu hören bekommen!!" Er siezte ihn. Franz Kappa lehnte sich in seinem Stuhl steif zurück und grinste Abstreiter an. Klassenkasperartig. Ständig lief er dagegen, und meist waren seine Anmerkungen und Aktionen eine willkommene Abwechslung für die friedlich äsende Studentenherde.

Vor etwa einem Monat etwa hatte er die letzte seiner bereits berüchtigten Kunstaktionen innerhalb der Hochschule durchgeführt, und allen war gleich klar, dass es sich um seine Handschrift handelte. Auf einem kleinen Beistelltisch unter dem großen Schwarzen Brett der Aula hatte jemand einen Versandhauskatalog mit einer schweren Eisenkette auf der

Tischplatte fixiert. Daneben klebte ein Bestellschein, und auf einem Plastikschild stand die Anweisung:

Suchen Sie für mich Kleider aus!
Tragen Sie es in den Bestellschein ein.
Ich werde sie bei der nächsten Semesterklausur tragen. Vielen Dank!

Bald wusste jeder von dem Katalog, und auch die meisten Professoren kamen nicht umhin, einmal einen Blick darauf zu wagen. Die Studentenclique, zu der auch Franz gehörte, machte sich einen Spaß daraus, die unmöglichsten Schnitt- und Farbkombinationen ausfindig zu machen - das Ganze in der größtmöglichen Konfektionsgröße und ausschließlich Frauenkleider. Drei Tage vor der Klausur war der Versandhauskatalog dann verschwunden und ein kleinerer Unterwäschekatalog angepinnt geworden. Nun sollte man die Unterwäsche für den Probanden auswählen. Seine Freunde wählten Strapse.

Franz erschien tatsächlich. Der Professor, der die Klausur zusammen mit der Sekretärin des Dekans beaufsichtigte, fühlte sich durch Franz Kappas Aufzug beleidigt und betrachtete es als Affront gegen seine Person, da er in der Hochschule nicht sehr beliebt war. Die Studenten brüllten, schrieen und klatschten, und Franz musste vor dem Kollegium antreten und seine Tat rechtfertigen. Er musste einer Hand voll Kunstprofessoren erklären, dass er eine Kunstaktion durchgeführt hatte. Und das war das Absurdeste, was ihm je zugestoßen war. Und als ihn dann noch einer der Professoren fragte, wozu er diese **Kunstaktion** durchgeführt hatte, war das Maß für Franz voll. Er entschuldigte sich zigmal und verließ kontrolliert ruhigen Schritts und mit einem laut brüllenden Hirn den Raum, um danach nicht mehr zu wissen, ob er jetzt heulen, sich totlachen oder am besten gleich die Hochschule verlassen sollte, wenn sie ihn nicht von selbst rausschmissen.

„Ich hatte ja wirklich schon länger nichts mehr von Ihnen gehört, Herr Kappa, seit dieser Katalogaktion." Abstreiter kam langsam auf Franz Kappa zu. „Was ist so ertragreich am Leidtun?"

„Die Sache mit dem Katalog zum Beispiel. Sie tut mir auch leid." Seinem Gesicht war abzulesen, dass er es nicht ernst meinte. „Und weil es mir leid tut, bin ich gerade dabei, mir etwas noch viel Besseres auszudenken." Die Klasse lachte laut auf, und Prof. Dr. Abstreiter befürchtete, diesem jungen, ordinären Studenten vor der gesamten Klasse unterliegen zu müssen.

„Dann hoffe ich nur, dass Sie Ihre vermeintlichen Kunstaktionen woanders vorführen und die Hochschule der Künste mit diesen... verschonen." Er hielt inne. „Aktionskunst, lieber Herr Kappa, gehört in die Achtziger. Die ist schon längst gelaufen. Da hatten ganz andere schon viel wildere Ideen als Sie. Da gab es Künstler – und das waren wirklich bedeutende Künstler – die begaben sich sogar in Lebensgefahr mit einigen ihrer Aktionen. Der Zug ist längst abgefahren, lieber Herr Kappa. Da kann Ihr kleiner Neckermann-Katalog keine große Furore mehr machen..." Abstreiter drehte sich von ihm weg. „... außer dass Sie Ihre Mitstudenten für sich gewinnen, die sich ja köstlich amüsiert hatten – über Sie."

Nicht, dass Franz Kappa mangelnde Ernsthaftigkeit vorzuwerfen war. Im Gegenteil. Höllisch ernst meinte er es. Das Jokerhafte agierte nur an der Oberfläche. Bei der gemeinsamen Beurteilung der Kunstwerke seiner Kommilitonen schaffte er es dennoch nicht, offen kundzutun, was er dachte: dass das Meiste schlecht war. Er war zu manierlich. Kritik ging höchstens als Witz. Die Rückmeldungen seiner Mitstudenten waren meist durchtränkt von verschönerten Worten und gedopten Sätzen, die sich derart beschützend um das junge, verletzliche Kunstwerk stellten, dass die Besprechung eher einer höflichen Beileidsbekundung glich.

Sich selbst als Mensch hingegen nahm Franz nicht wirklich ernst. Seine Person war ihm relativ egal. Es ging schließlich nur um die Kunst. Und da er keinen besonderen Wert auf sich selbst legte, wirkte er auf die meisten wohl wie ein Kasper. Er wusste, dass er in seinem Semester sehr beliebt war und setzte dies ein. In seiner Komik aber und seiner Position innerhalb des Semesters war er auf eine bestimmte Art und Weise sehr einsam. Keiner verstand, was er mit seinem Witz sagen wollte. Dass weit mehr dahinter steckte. Dass seine Scherze eigentlich zum Weinen waren. Hier war er völlig einsam.

Einen Freund hatte er, mit dem er seine intimen Ansichten über Kunst austauschen konnte, und der Franz´ mentale Einsamkeit zu stören vermochte. Und den traf er auch gleich vor dem Vorlesungsraum, nachdem Abstreiters Seminarstunde zu Ende war.

Franz überredete Arthur zu einem Kaffee in der Cafeteria der Hochschule und überlegte auf dem Weg dorthin, ob er ihm die Sache `Olga´ erklären konnte. Er musste partout jemandem von jener gestrigen Knieberührung berichten. Und überhaupt von Olga. Russin. Muse. Wahnsinn. Franz konnte das Universum, das er bereits über Olga aufgespannt hatte, nicht immer nur mit sich selbst, alleine, herumtragen. Es war bereits so schön, so vollkommen, dass er es mitteilen musste. Wenn dies Olga gegenüber schon nicht möglich war, und auch nicht Iana gegenüber, dann wenigsten bei einem, der beide nicht kannte. Aber Arthur eignete sich für diese Art von Gespräch nicht. Sein Freund war außerhalb der Hochschule nie mit ihm unterwegs und kannte auch Iana und Olga nicht. Er war kein Typ für Frauen. Auch keiner zum Ausgehen. Er war recht farblos, im Grunde, nach außen. Doch innen, das was er dachte, hatte Licht. Grellstes.

Sie saßen auf der Treppe vor dem Hauptportal und nippten an ihren Kaffees, während Franz krampfhaft versuchte, die Bemerkung von Abstreiter zu verdrängen, indem er an Olga dachte. Und an Iana. Er dachte an sie beide. Und er betrachtete sie beide. Nebeneinander. Olga war mehr der mystische Typ, dunkel, schwere Brauen, seentiefe Augen, die Lufthülle, die um sie umgab, uralt. Iana dagegen hell, klar, deutlich umrissen. Er liebte Iana. Und das sagte er sich, gedanklich, während er einen Schluck von seinem Kaffee nahm.

„Was hältst du von Abstreiter?", fragte er Arthur mit einem Mal, obwohl er das Thema eigentlich verdrängen wollte.

„Der hat keine Bedeutung." Arthur, kurz und souverän.

„Keine Bedeutung. Das gefällt mir."

„Ich glaube, ich werde hier sowieso nicht glücklich", fügte Arthur hinzu. „Wer interessiert sich denn auch hier für Kunstinstallationen mit lebenden Objekten!?"

„Ach, du meinst deine Tiere?", entgegnete Franz und lächelte ihn an.

„Ja. Meine lieben Viecher." Arthur stellte die große Kaffeetasse auf seinen Schoß. „Neulich erklärte ich Professor Seellos meine Idee mit den Kaulquappen. Ich hatte doch zwei große Becken gebaut, direkt nebeneinander, wo ich in das eine hundert Kaulquappen setzen wollte und in das andere zwei Enten. Das ganze hätte ich dann Fressfeinde genannt, und die Becken wären direkt nebeneinander gestanden, und die Enten hätten die Kaulquappen nicht erreichen können, und die Kaulquappen wären lustig neben ihren natürlichen Fressfeinden umhergeschwänzelt."

„Was meinte Seellos dazu?", wollte Franz wissen und sah auf die biederen Häuserfassaden der Akademiestraße, die in jeder mittleren Kleinstadt stehen könnten, aber nicht in einer Stadt, die vielleicht irgendwann eine Stadt werden wollte.

Arthur entgegnete: „Er meinte, er wüsste nicht, wo ich so

viele Kaulquappen auftreiben könnte. Und ich sagte ihm, er solle das mal meine Sorge sein lassen, ich wüsste, wie man die züchtet..." Arthurs Blick folgte Franz´ Blick, in die Öde der Akademiestraße, und heftete sich an ein modisch gekleidetes, bildhübsches Mädchen, das extrem aufrecht sitzend auf ihrem Fahrrad vorbeifuhr. Wahrscheinlich gerade auf dem Weg in die Staatsbibliothek war, um dort an seinem Laptop bis in die Abenddämmerung Medizin oder Jura zu pauken. Um dann bei Einbruch der Dunkelheit ihr Rad wieder aufzuketten und unvermittelt und ohne einen Umweg zu nehmen direkt zurück nach Hause in ihr kleines und einfaches Studentenzimmer zu radeln.

„... und dann? Was meinte er dann?"

„Er sagte, er zweifle an der Ausführbarkeit des Projekts aus Gründen der rechtlichen Vorgaben für artgemäße Tierhaltung. Aber ich erklärte ihm, dass ich das auch schon bedacht hätte und deshalb..." Franz betrachtete die radelnde Studentin, und mit einem Mal fiel ihm das Wort ein, das auf Münchner Studentinnen passte und nach dem er so lange gesucht hatte: züchtig. Ja. Das waren sie. Züchtig. Bilder von schicklichen, gesitteten und adretten Mädchen aus gutem Hause. Die aber nicht etwa Kunstgeschichte oder Romanistik oder Gräzistik studierten. Nein. Sie wollten eigentlich später nur viel Geld verdienen. Durch Verbrechen und Krankheit. Demnach studierten sie Recht und Medizin. Das heißt, sie blieben natürlich anständig dabei, und gesund. Sie blieben auf der richtigen Seite.

„Ach das sind doch alle nur Neider", unterbrach ihn Franz, während er mit stumpfem Bleistift die Skizze eines Frauenschuhs auf die Papiertischdecke zeichnete. „Neider, die Angst vor einem haben und vor dem, was du tun willst." Er verkritzelte die Skizze wieder und sagte: „Ich finde das geil, mit den zwei Tierarten, die in der freien Wildbahn

Feinde sind. In einem künstlichen, sterilen Museumsraum nebeneinander gebracht, auf künstliche Art und Weise, unnatürlich und friedlich. Künstlicher Frieden. Wie alles hier. Künstlicher, falscher Frieden."

„**You got it!**", bemerkte Arthur, und er sah für einen Augenblick glücklich aus.

„Aber ich will nicht mehr darüber reden", meinte Franz. „Über Kunst und den ganzen Scheiß, der sich mit Kunst befasst. Kunst ist in Ordnung. Aber alles drum herum der letzte Scheiß eben."

Arthur schien einverstanden, und Franz erklärte ihm, dass sie sich Gedanken darüber machen sollten, wo die nächste WG-Party stattfände. Er hatte Lust darauf, Arthur und Iana und Olga zusammenzubringen.

„Die Dolomiten stürzen ein", bemerkte Arthur unvermittelt. „Eine berühmte Felsformation der Hauptdolomiten ist heruntergekommen. Ein wunderbares Stück Fels. Jetzt hin. Kaputt. Und das ganz von selbst. Ohne Zutun des bösen, bösen Menschen."

„Das gefällt mir!", fügte Franz hinzu. „Endlich sieht man mal, dass die Natur sich automatisch zerstört und nicht nur der kleine böse Mensch zur Verantwortung herangezogen werden kann." Franz sah Arthur genau in die Augen.

„Eben!", stimmte Arthur zu. „Es ist sogar eine Anmaßung, zu glauben, wir Menschen könnten der Natur etwas anhaben. Wir haben nicht die geringste Chance gegen natura. Außerdem unterscheiden wir uns gar nicht von ihr. Wir sind aus ihr und sie ist aus uns. Herstellen können wir auch nichts Unnatürliches. Wir manipulieren doch auch nur die Gene, aus denen wir durch **Manipulation** entstanden sind. Ungeschickterweise. Wir waren immer Natur und werden immer Natur sein, und Umweltzerstörung ist eine Aktivität der

Natur, für die sie den Menschen benutzt..."

„... einsetzt", verbesserte Franz Kappa.

„Ja, einsetzt", stimmte Arthur zu. „Die will sich doch nur selbst umbringen und benutzt uns als Vorwand dazu!"

Arthur und Franz beschlossen, die Nachmittagsveranstaltung „Mittelalterliche Ikonographie der Madonna im Rosengarten" ausfallen zu lassen und bewegten sich Richtung Studentenviertel. Türkenstraße. Schellingstraße. Amalienstraße. Es war gut, die große Freitreppe vor der Hochschule herunterzustaksen und alles hinter sich lassen zu können, was nach Verschulung und Verstellung roch.

Die Stadt vor ihnen. Die nichts von Kunst wusste und kannte und gerade deshalb so trunken war von ihr. In die sie ihre Gedanken eintunken konnten und jedes Mal eine andere Geschmacksrichtung zu lecken bekamen. Hier wimmelte es von Studenten jeder Façon. Physik. Tiermedizin. Meteorologie. Amerikanistik. Alle waren einzeln unterwegs, und doch gehörte jeder zu jedem. Da später einmal ein jeder in irgendeiner Form für den andern arbeiten würde. Natürlich ohne es zu wissen. Sie waren ausschließlich füreinander da, Menschen. Und dann waren da Straßenarbeiter, deren Haar nass vom Schweiß war – in ein paar Stunden sollte es einer der heißesten Tage des Jahres sein – ihre Kleidung von feinem grauen Staub bedeckt, neben komplett in Schwarz gekleideten Businesswomen, die distanziert und wahrnehmungsarm an deren Baugruben oder mimikry-gelben Straßenzelten vorbeieilten. Einzelne alte Menschen, die gebückt um die Straßenbau-Absperrungen herumgingen, ihren Weg kannten, seit Jahrzehnten, im wesenlosen Verkehr der Stadt, unbehelligt, instinktartig, nichts Neues wahrnehmend. Das alles gleichzeitig, nebeneinander. Franz wollte unbedingt ein Foto davon schießen. Oder malen. Oder es musikalisch zusammenstellen. Von Welten, die sich in nichts glichen und dennoch so nahe beieinander waren, dass sich die Tuche der einzelnen beim Vorbeigehen tatsächlich immer wieder berührten. Oder jugendliche, verzweifelte Flugzettelverteiler, die nicht an das glaubten, was auf ihren Blättern stand, oder überhaupt wussten, was sie da verteilten, und Arthur eines in die Hand drückten, als er eine Sekunde unaufmerksam war. Das er dann nicht mehr losbekam und noch lange in seiner Hand herumtragen musste, sodass irgendwann auch sein Blick auf den Zettel fiel, auf dem stand: „kasachstanisches restaurant neu eröffnet für studenten mittagsmenü schon ab vier euro barerstraße hundertvier"

„Olga und Iana wollen uns sehen." Franz steckte sein Handy zurück in seine Handtasche. „Sie haben gerade geschrieben. Sie sind gleich um die Ecke. Im Homer." Er sah Arthur an. „Du willst schon??".

„Klar", antwortete Arthur.

Franz hatte Bedenken, ob sie zusammenpassen. Arthur hatte er bisher immer unbewusst aus seinem anderen Leben herausgehalten. Arthur sollte nicht wissen, dass Franz eigentlich ganz anders war, wenn er nicht mit ihm zusammen war. Bei Arthur war er ruhig und unauffällig. Bei Iana und Olga exzentrisch und laut. Äußerlich passten Iana und Olga und Arthur auch einfach nicht zusammen. Er hingegen, Franz, konnte für alle Länder ein Einreisevisum erhalten. Aber was würde passieren, wenn sich sämtliche Länder, wie beim Schengener Abkommen, zu einer Union vereinigten, und Grenzkontrollen vollständig entfielen!? Wer wäre er dann??

Ja. Franz Kappa hatte eine Handtasche umhängen. Eine Herrenhandtasche. Sah abgenützt aus, achtundsechziger, das schon. Aber es war eine Handtasche, und das fiel auf. Und es gefiel ihm, aufzufallen. Er war ein Oscar Wilde, diesbezüglich. Liebte es, sich gut zu kleiden, vornehm, braver Schüler. Schuluniformhaft. Und nach der Mode. **Stil** war sehr wichtig für ihn, das Aussehen. Obwohl er wusste, dass es darauf nicht ankam. Es war ihm zu wichtig, das war ihm bewusst. Aber er konnte es nicht ändern. Er beließ es dabei. Auf der Straße wurde er ständig angeglotzt. Gehen war **Performance** für ihn. Nicht bloß Fortbewegung. Er tippelte, schien zu schweben und gar nicht aufzutreten, keinen Asphalt zu berühren. Und seine Miene stets ein wenig mürrisch, unzufrieden. Der Wunsch, Nichtdazugehörigkeit auszudrücken. Seinem Gesicht sollte man etwas ansehen können. Es war eine Art Leinwand, künstlerische Projektionsfläche.

Die Tatsache, dass in dieser Stadt mit Millionen von Menschen Olga gleich um die Ecke war, erregte ihn. Die Tatsache, dass er bis vor einer Sekunde nichts davon gewusst hatte. Vielleicht hing das Leben jedes einzelnen dieser Hunderter anonym Vorbeipassierender hier in den Straßen des Studentenviertels in irgendeiner Weise mit seinem Leben zusammen. Dieses Gefühl kam ihm bisweilen unter. Die Idee, alle berühren zu können, mit jedem vereint zu sein. Aber nun war auch noch ein anderes Gefühl vorhanden, seit gestern. Es war das Gefühl von Olga. Franz hatte die Fähigkeit, über Gedanken Dinge wirklich werden zu lassen. Also dachte er an sie. Und zwar mit jener harten Selbstdisziplinierung und sinnleeren Ausdauer, mit der Männer aus dem Orient ihre Gebetskettchen durch ihre Finger gleiten ließen, während sie gingen, sich unterhielten oder sogar arbeiteten. Er wollte sie erschaffen. In Gedanken. Wie sie war. Spiegelbildlich. Er dachte: „Wunderbares Ding." Er dachte: „Sie hat die Poesie, die Iana gänzlich abgeht." Dieses russische Kälte-Märchen von Frau würde für eine einzelne romantische Szene, die sie mit ihm oder jemand anderem in die Realität umsetzen könnte

– für eine Szene wie aus einem **Fin de siècle**-Roman – sehr viel riskieren. Ja, überhaupt war sie eine Riskiererin. Olga ließ manchmal Gedanken durchleuchten, die andere nicht denken würden. Und sie empfand für ihn. Sie hielt seine romanhafte Art nicht nur für putzig und sonderbar, wie Iana. Aber Franz stockte. Jetzt hatte er wieder verglichen. Als er Olga vor zwei Wochen kennengelernt hatte, hatte das Vergleichen eingesetzt. Zwischen der einen und der anderen. In der ersten Woche relativ erfolgreich geleugnet und beiseite gedrängt und seit der zweiten Woche nicht mehr einzudämmen. Wie er es hasste. Es war ja so gefährlich. Wenn das Ergebnis für Olga ausfiele, wäre er sehr konsequent, befürchtete er. Bisher aber siegte im Vergleich immer Iana.

Sein Schritt wurde flinker, nachdem er die Nachricht auf seinem Handy empfangen hatte, und er hätte Arthur beinahe verloren. Der war stehen geblieben, um in den Kisten eines Antiquariats nach günstigen Büchern zu stöbern. Franz rief ihn, und als Arthur nachkam, hatte er ein Buch in der Hand.

„Was hast du dir gekauft?", wollte er wissen.

„O Gott. Das hab ich… Ich hab es noch gar nicht bezahlt. Warte!" Arthur machte kehrt, doch Franz schnappte ihm kurzerhand das Buch aus der Hand und ging flugs damit davon.

„Spinnst du?!", rief Arthur.

„Du hast es ja nicht gestohlen. Sondern ich! Jetzt komm! Wir müssen weiter. Die warten auf uns."

Arthur gab nach, nahm sich aber vor, das Buch nicht anzunehmen, falls Franz es ihm übergeben wollte. Franz stürzte durch die Tür in das Café, stellte sich hinter Olga und Iana auf und fing unvermittelt an, eine Art Vortrag zu halten. Dabei sprach er so laut auf die beiden ein, dass jeder im Café seinen Ausführungen folgen konnte. Angestrengt, zornig, in scharfem, vernichtendem Tonfall:

„Die Menge weiß nichts mit Moderner Kunst anzufangen. Moderne Kunst ist für sie doch nur Kinderkritzelei. Hinsichtlich ihrer optischen Toleranzgrenze ist sie vielleicht gerade mal bei Andy Warhols Farbdrucken angelangt, von denen ihr Marilyn Monroe in grün, gelb oder orange freundlich zulächelt. Das lässt sich noch schön finden. Im Grunde sind sie aber auch noch nicht bei Warhol und in den Sechzigern angelangt. Haben doch noch nicht mal einen Picasso verarbeitet, geschweige denn einen Ernst Ludwig Kirchner! Machbar sind allein die ewig gelben Weizenfelder Van Goghs oder seine grässlich violetten Lavendelrabatten. Und das war achtzehnhundertachtzig! Ach, wie wunderschön waren dann noch die Seerosenteiche Claude Monets, deren modriger, schlammiger, giftiger Teichgrund allerdings für niemand sichtbar ist…"

Franz setzte kurz ab, seufzte, und fügte hinzu:

„… außer für Monet wahrscheinlich.

Und für mich – leider!"

Als er geendet hatte, sah er sie ruhig und gefasst an und sagte, als wäre nichts gewesen: „Und? Was habt ihr in meiner Nichtgegenwart besprochen!?"

Iana lachte verwirrt zu Olga hinüber und schwieg. Er sah zu Olga hin, und sie schmunzelte ihn an und hob ein paar Mal auffordernd die Augenbrauen. Sie trug eine Marlenehose, im Matrosenstil gestreift, aus Baumwolle mit Umschlag und Schmuckknöpfen. Dazu ein dunkelgraues Baumwollshirt mit Puffärmeln sowie Leder-Slingpumps.

„Arthur!", unterbrach Iana die angespannte Stille. „Ihr solltet in der Vorlesung sein, oder nicht?!" Sie sah ihn schulmeisterhaft an. Der war noch etwas verwirrt von der Kanzelrede seines Freundes und fragte, woher Iana wisse, wer er sei. Sie erklärte ihm, dass Franz ihr ihn genauso beschrieben hätte, wie er aussähe. Franz fand Ianas Begrüßung nicht gerade willkommenheißend und befürchtete, dass Iana Arthur unsympathisch war. Noch schlimmer jedoch war, dass sie nicht zusammenpassten, Arthur und die beiden Frauen. Und noch viel schlimmer war, dass Franz das auf der Stelle bemerkt hatte. Und weil er permanent alles bemerkte, fühlte er sich auch für alles verantwortlich. Also versuchte er das eingetretene Schweigen zu unterbrechen und alle näher zusammenzukitten, indem er sagte: „Wir sind hier, um euch etwas zu verkünden!!" Er sah Arthur an, als wisse der Bescheid. „Wir werden heute feiern. In meinem Atelier. Es gibt einen Anlass."

Franz hatte von der Stadt München gegen ein geringes Entgelt ein kleines Atelier in der Domagk-Kaserne angemietet. Das waren alte und ein wenig heruntergekommene Ami-Kasernen am Rande von München, in denen sich eine ganze Kolonie unbekannter, kleiner Künstler eingerichtet hatte, die dort entweder lebten, Ateliers neu einrichteten oder unentwegt Vernissagen veranstalteten, auf die ständig die gleichen, unbedeutenden Leute kamen.

Eine kahl rasierte, unwirsche Kellnerin knallte Franz die Cappuccino-Tasse auf den Tisch.

„Vielen Dank", erwiderte der überakzentuiert höflich und bemerkte, dass die Kellnerin leicht geknickt war, da sie wahrscheinlich befürchtete, immer noch zu freundlich gewesen zu sein. Ein modernes Anti-Mädchen nach Berliner Vorbild, dachte er sich.

„Irgendwann wird es ein Café geben...", sagte er, wieder so, dass man es an den Nebentischen hören konnte, „... in dem die Kellnerinnen und Kellner dich absichtlich beleidigen und behandeln wie den letzten Dreck. Und dieses Café wird dann extrem angesagt sein. Das versichere ich euch!"

Olga lachte. Dann sagte sie zu ihm: „Das ist eine gute Idee!" Franz hörte nur auf ihren russischen Akzent, und er war wunderschön und hart und zart.

„Du machst ein Café! Du musst das machen! Das wäre sehr erfolgreich, denke ich."

Franz sah zu ihr hinüber und erinnerte sich kurz an die Berührung letzte Nacht, denn er fühlte sich gerade eben wieder von ihr angefasst. Wenn sie etwas zum ihm sagte, dann hatte er immer das Gefühl, sie wolle ihn irgendwie aufbauen oder Mut machen. Und es war auf eine bestimmte Weise immer zärtlich. Sie setzten sich zueinander, während Iana versuchte, mit Arthur ins Gespräch zu kommen – was nicht wirklich funktionieren wollte.

Olga schob Franz ihren Apfelstrudel hin, den sie noch nicht berührt hatte, und sprach leise auf ihn ein. Sie meinte, dass er den Apfelstrudel ganz abscheulich – sie sagte scheußlich – essen solle. Dass er schmatzen, den Mund aufreißen und währenddessen sprechen solle. Er kam ihrer Bitte nach, und sie stierte unentwegt auf seine Lippen, wobei ihre Augen schummrig und ein wenig feucht wurden.

„Du musst uns nur noch den Anlass verraten", erinnerte ihn Iana. „Wir wissen den Anlass für deine Feier noch nicht." Sie drehte Franz zu sich hin und fasste ihn ans Kinn. Alle waren auf ihn fixiert. Schon seit dem Moment, als er mit Arthur an ihren Tisch gekommen war. Franz hatte die Fähigkeit, alle zu vergnügen, zu begnügen.

„Den Anlass unserer Zusammenkunft werde ich heute Abend höchst feierlich zu Protokoll geben." Er sah Arthur bedeutsam an. „Und ich mache keine Scherze mehr. Es ist ein großer Anlass, ein sehr großer."

„Aber nicht, dass es eines Schlimmes ist", sagte Olga bedächtig.

Franz musterte sie. Ihre dunklen Haare, von denen sie viel zu viele hatte, waren hochtoupiert und dann wild zerwühlt. Blasse Haut. Ungesonnt. Sie starrte Franz in die Augen.

„O nein. Es ist nichts Schlimmes. Nur keine Sorge, ihr

beiden." Er sah Iana und Olga abwechselnd an. „Nur keine Sorge. Aber ich bin froh, dass ihr euch so sorgt. Um mich." Er hörte sich laut `um mich´ sagen, und fühlte sich sichtlich unwohl dabei.

Franz hatte den Atelierraum, in dem die heutige Feier stattfinden sollte, komplett mit Mikrofonen ausstaffiert. Es hatte eine ganze Woche in Anspruch genommen, um die kleinen Mikrofone für den Zweck der Feier in verschiedenen Einrichtungsgegenständen und Wegwerfprodukten zu verstecken und miteinander zu verkabeln. Damit wollte er sämtliche Dialoge der Feier festhalten, um ein paar Wochen später im selben Raum die ganze Feier nochmals in Echtzeit über zahlreiche kleinere Lautsprecher ablaufen zu lassen. Die Feier sollte sich akustisch dann jede Woche am gleichen Abend wiederholen, und niemand sollte Kenntnis davon haben. Er selbst durfte während dieser Zeit auch nicht anwesend sein. Irgendein Mechanismus sollte die Symphonie immer an diesem einen Tag der Woche selbstständig in Gang setzen.

Er musste sich nur noch einen geeigneten Namen für diese Kunstaktion überlegen.

Olga legte ihre Hand auf seine und sagte: „Deine Freundin hat mir alles über dich erzählt. Und man muss schon sich Sorgen machen. Um dich herum." Sie zog ihre Hand wieder weg und griff zu ihrer Zigarettenschachtel, während sie weiterhin Franz´ Augen fixierte. Er wollte nicht hinsehen, zu ihr, und fragte sich, ob Iana ihre Blicke bemerken würde. Franz hasste sie jetzt. Sie war mittlerweile so stark geworden, dass er nur noch an sie denken konnte. Eigentlich hatte er keinen anderen Gedanken mehr. Er dachte nur noch sie. Sicher schon seit drei Tagen. Außer wenn er aß. Beim Essen konnte er sich nie auf etwas anderes konzentrieren. Ansonsten begann in seinen Gedanken eine Kopie von Olga zu wachsen und zu gedeihen, in einem kleinen, verschlossenen Rosengarten sozusagen, die in keiner Hinsicht unvollkommen gewesen wäre.

„Wir müssen uns unbedingt noch Petersens
„*Troja*" im Kino ansehen", sagte er zu Arthur.

„Ach komm, das ist doch **Kommerz**!"

„Ja. Aber ich will seinen Achilles sehen.
Ich will sehen, wie er ihn gedichtet hat."

„Brad Pitt?"

„Von mir aus Brad Pitt. Schauspieler sind Schauspieler.
Es kommt nur auf den Regisseur an!"

„Ich weiß nicht, warum fast jede Frau Brad Pitt so
vergöttert!?", warf Iana ein.

„Ich kann es dir sagen", entgegnete Franz. „Es liegt daran,
dass sie endlich alle einhellig sagen können: Geiler Brad Pitt,
wow, mit dem würd´ ich sofort. Es liegt daran, dass sie das
so sagen können, wie manche prolligen Männer über Frauen
reden, die sie äußerlich ansprechend finden. Er war ein eman-
zipatorisches Phänomen der Neunziger, Brad Pitt, sonst
nichts."

Er sah zu Olga hin, die nicht zugehört zu haben schien,
sondern einem bestimmten Gedanken hinterher sah.

„Wo denkst du hin?", unterbrach sie Franz.

„Was?"

„Wohin du denkst." Er sah sie mit sachlichem Blick an.

„Nirgendwo. Ich denke nur an deine Anlass heute.
Vielleicht kann ich es erraten."

Die Ampel an der Kreuzung, an der das Café lag, hatte auf
grün geschaltet, und eine Gruppe schwarzer Autos rollte vorbei. Cabrios, teure Sportwagen, Geländewagen mit aalglat-
ten Fahrern in Anzügen oder bunten Pullis, die Franz stumpf-
sinnig, tumb und mächtig vorkamen. Er hasste es zu sehen,
wie weit Geistesschwäche kombiniert mit Selbstbewusstsein
Menschen bringen konnte – bis in diese grauenhaft teuren

Limousinen, von denen nur eine einzige seine Existenz auf mindestens zehn Jahre hin gesichert hätte. Vielleicht war er mit Kunst auf dem falschen Weg. Aber Geld zog ihn nicht an, nicht im Geringsten. Kunst war schon das Richtige!! Iana etwa verdiente mit einem Mode-Shooting so viel wie er in zwei Monaten von seinen Eltern an Unterstützung erhielt. Das störte ihn nicht. Und sie störte es auch nicht. Seine Armut. Eigentlich handelte es sich tatsächlich um Armut. Jeder in diesem verdammten Moloch, der den Zaster so liebte wie keine andere Stadt des Landes, hatte zehnmal mehr als er, selbst einfachste Jobs einfachster Menschen warfen mehr ab als sein geringer Elternsold. Und er wusste nicht, wie es nach dem Studium anders werden sollte. Eine Künstlerexistenz war in punkto Überleben das Anspruchvollste überhaupt. In jedem Café, jeder Kneipe und bei jedem Kinobesuch rechnete Franz in Gedanken. Musste die Getränkekarten von rechts lesen. Alles das störte ihn von Zeit zu Zeit schon.

Als die Kellnerin kam, um zu kassieren, weil Schichtwechsel sei, wie sie erklärte, fragte sie Iana und Franz: „Getrennt?!" Und Iana sah Franz an, als wolle sie sagen, ich zahle gerne für dich mit. Und Franz antwortete: „Getrennt!!" Und beinahe hätte ihn wieder diese **Schwermut** des gestrigen Tages überkommen, wenn er sich nicht in diesem Moment gedacht hätte, Ich werde es eines Tages auch schaffen! Und dann wird Geld für mich keine Position mehr haben. Gar keine. Und Franz sah Olga an und war der festen Überzeugung, dass dies schon sehr bald der Fall sein würde. In diesem Moment war es, als wüsste er es. Als bestünde absolute Gewissheit darüber, dass er einmal sehr berühmt sein würde.

Aber der Moment verging, und er vergaß das Gefühl. Er versuchte sich daran zu erinnern, doch es wollte ihm nicht gelingen, und dann sah er Olga an und hatte das Gefühl, sie denke gerade an ihn. Sie sah so nachdenklich aus. Und Franz wusste aus Erfahrung, dass jemand, der über ihn nachdachte, meistens nachdenklich aussah. Er sah sie an, bis sie seinen Blick bemerkte, während Iana und Arthur zahlten, und dann ließ er ihren Blick nicht mehr los, und sie seinen auch nicht, und es blieb ihnen bestimmt eine halbe Minute, bis die beiden andern bezahlt hatten und mit dem Kleingeld und Trinkgeld beschäftigt waren und sie sich so niederprügeln konnten, mit der Wucht ihrer Blicke, dass Franz schon leicht schwindlig geworden war. Ein freier Fall durch nachtseeschwarze Pupillen. Als Franz diesen Satz in Gedanken formuliert hatte, ging es ihm gleich wieder besser. Konnte er etwas beschreiben, so ließ es sich auch erfassen und dann auch kontrollieren. Als Unbeschreibbares war es wild und wütend und gefährlich. Eben: ein freier Fall durch ihre nachtseeschwarzen Pupillen.

Nach dem Homer schlenderten sie ein wenig durch die Schellingstraße, und als die beiden Mädchen vorausgingen, fragte Arthur Franz, welcher Anlass ihm denn vorschwebe, für den heutigen Abend. Doch Franz lachte nur und meinte:

„Du wirst dich am meisten freuen!" Er schlug ihm auf die Schulter und war so guter Laune, dass er Passanten im Vorbeigehen sonderbare Sätze entgegenwarf. Keine Beleidigungen oder Dinge, die Sinn machten. Sondern Sachen wie

„Es ist alles deins!" oder

„Schau es dir genau an!"

„Du bist verrückt", meinte sein Freund, aber mit einnehmender Stimme. In gewisser Weise genoss er es, sich im Rückenwind der Euphorie und des Charmes seines Freundes durch die Straßen der Maxvorstadt zu bewegen.

„Nein. Wenn du das glaubst, dann bist auch du auf mich hereingefallen. Ich bin nicht verrückt. So einfach ist es nicht. Manchmal wünschte ich, es wäre das."

Iana und Olga gingen schweigend vor ihnen her, und Iana drehte sich manchmal um und lachte. Er beobachtete, wie die Männer, die an den beiden vorbeigingen, sie anblickten. Mit welch viehischer Unverblümtheit. Und was für einem Willen! Zugleich jedoch auch völliger Ohnmacht und der denkbar größten Schwäche.

Beobachter beobachten. Das liebte Franz. Beobachter, die glaubten, Beobachter zu sein, zu entlarven, das war das Allergrößte. Es war ihm in seinem Leben vielleicht gerade fünfmal gelungen.

Plötzlich bogen Iana und Olga im rechten Winkel in eine Modeboutique ein. Franz und Arthur blieben stehen. Er hatte bemerkt, dass Arthur nicht gerade begeistert gewesen war, von Iana, oder von Olga. Sie waren nicht sein Typ. Das nervte Franz. Es machte ihn wahnsinnig. Denn wenn er bemerkte, dass die Leute, mit denen er zusammen war, nicht zusammenpassten und höchstens er als Sondervermittler zwischen ihnen denkbar war, war das doch ein Zeichen dafür, dass auch er irgendwie nicht glaubhaft war, nicht identisch. Sonst hätten seine Freunde untereinander doch auch gut zueinander gepasst. Wenn Arthur nun auch noch Zeuge des ianaesken Kleidungskonsums würde, musste seine Verachtung für Iana oder für ihn – weil er schließlich mit ihr zusammen war – ja noch gewaltiger werden.

Und Iana war auch bereits zwischen den Kleiderbügeln verschwunden, während Olga gebannt auf ein honigbraunes Paar Riemchensandalen starrte, die neben dem Eingang ausgestellt waren. Nach wenigen Minuten hatte Iana bereits die halbe Boutique durch, während Olga immer noch an der Schnalle einer Sandale herumexperimentierte. Arthur beobachtete sie aus den Augenwinkeln und ging schließlich hin, um ihr behilflich zu sein. In der Zwischenzeit analysierte Franz Ianas

Kaufverhalten. Das einer gefährlichen Großkatze. Äußerst diszipliniert und im Ernstfall vollkommen gewissenlos. Er liebte es leider, wie sie einkaufte. Er mochte es, wie behände sie war, wie rigoros. Angebot. Zu teuer. Zu billig. Stoff. Farbe. Zeitgemäß. Zu sexy. Banal. Zu langweilig. Ganz nett. Nicht ausreichend. Gut. Sehr gut. Genial! Sie hatte es. Das perfekte Top. Schrie „Franz!" durch den Laden, dass Leute hersahen und hielt es ihm aus der Entfernung hin. Formloses, glitzerndes Violett. Er nickte aufmerksam. Ohne Zynismus. Er kannte sich mit Mode sehr gut aus und hatte vor Jahren eine Lehre bei einem bekannten Damen- und Herrenschneider in Bogenhausen beginnen wollen. Nur fürchtete er, dass man ihn für schwul halten könne, was einige seiner Klassenkameraden früher auch getan hatten, weil er nie ein Mädchen hatte und sich immer nur alleine im Wald herumtrieb. Iana winkte ihn mit zornigem und ungeduldigem Blick herbei.

„Jetzt komm schon her! Wo bleibst du denn?" Dann säuselnd: „Und? Wie findest du es?"

Er fand es gut, und sie kaufte es. Sie meinte, sie bräuchte noch unbedingt einen Bleistiftrock für seine Feier heute Abend. Schuhe dafür hätte sie schon. Zu Bleistiftröcken oder Pencil-Skirts, die jetzt wieder **en vogue** waren, dürfe man in keinem Falle flache Schuhe anziehen. Nur Pumps. Und dann erklärte sie ihm noch, welche Pumps sie dazu anziehen würde. Dass sie die schon hätte und nicht mehr kaufen bräuchte. Und er wusste partout nicht, welche es waren. Sie beschrieb sie ihm minutiös und voller Hingabe. Er sei doch selber mit dabei gewesen, als sie sie gekauft hätte, letzte Woche. Da kam Olga mit den Riemchensandalen zu ihnen und deutete darauf.

„Und? Was denkt ihr euch?"

Franz sah an ihr hinab und musste auf die plastikartige Glätte ihrer milchweißen Haut stieren, die sich durch die

Riemchen, die wie ein Fächer über ihren Fuß verliefen, hindurchdrückte. Die Hacken ziemlich hoch. Aber das haben sie im Osten in der Muttermilch. Das Hochhackenlaufen. Olga hatte ihm das einmal erklärt. Sie meinte, dass ihre Großmutter noch mit hohen Absätzen querfeldein in die Dorfkirche gegangen sei. Franz betrachtete ihre durch die hohen Hacken überstreckten Fesseln und dachte sich das Wort Grausamkeit. Wieder befürchtete er, dass Arthur, der neben ihm stand, die beiden für materialistisch und oberflächlich halten musste. Für Weibchen eben. Im Deutschland des neu angebrochenen Jahrtausends musste sich ein modernes Mädchen störrisch geben und landläufig weibliche Attribute und Signale ostentativ ablehnen. Auf jeden Fall durfte niemandem auffallen, dass es sich stylte oder schminkte oder auch nur einen Penny für Mode ausgab. Eine vorgeheuchelte Prüderie, dachte Franz oft. Very german!

„Nein. Ich muss einen Mann fragen, was er denken möchte! Was er von den Schuhen glaubt." Olga sah Franz mit kalten Blicken an, und er sah nach unten und meinte:

„Das. Also, wie soll ich sagen?"

„Ja, Franz!?"

„Sie sind... Sie sind sehr teuflisch und sehr elegant. Ja." Er atmete kurz ein und aus, und Olga sagte nur: „Gekauft." und stand im Nu mit Iana in der Menschenschlange vor der Kasse. Franz hatte vorher bemerkt, dass Olga, als er teuflisch sagte, ein kurz aufleuchtendes Blitzen in den Augen hatte. Er bildete es sich zumindest sehr stark ein. Und das machte die Sache noch schlimmer. Sie begann ihm allmählich physische Schmerzen zu bereiten.

Warteschlangen an Kassen gab es heutezutage nur noch in den Modeläden günstiger schwedischer, spanischer oder englischer Modeketten. Sonst war diese Tierart ausgestorben. Weltumrundende Wirtschaftsdepression. Aber hier waren noch Schlangen an den Kassen, und Franz dachte darüber nach, und über das Einkaufen überhaupt, und über Nachfrage und Angebot, und wie wunderbar ästhetisch sie sich regelten. Eine unsichtbare Hand. Nichts ist böse, dachte er, nichts schlecht. Alles ist vollkommen. Das wollte er zeigen. Das Vollkommene aller Dinge und Erscheinungen. Er sah es unentwegt. Eine brutale **Schönheit**, in allem. Doch niemand sonst sah hin.

Olga und Iana kamen aus dem Laden, wo Arthur und Franz bereits auf sie warteten und sich inständig in fast feierlicher Pose miteinander unterhielten. Franz hatte das Gefühl, er müsse Arthur nun umso stärker von seiner linksintellektuellen, konsumverachtenden Wesensseite überzeugen. Und er hatte vor, Olga über Arthur und wie er sich mit ihm gab zu signalisieren, dass er eigentlich noch ganz anders sein konnte und Facetten hatte, in die er sie gerne einblicken lassen würde. Iana zog ihr altes Stretch-Oberteil aus und streifte ihr neues, dunkelgraues Baumwollshirt mit knappen, hellgelben Puffärmeln über. Franz hatte bei ihr noch nie ein Gefühl von Scham ausmachen können. Aber dieses Fehlen von körperlicher Scham deutete auf irgendetwas hin. Franz wusste es. Vielleicht passte sie gar nicht zu ihm. Wahrscheinlich. Er sah Iana an und hasste sie mit einem Mal. Ab und an hatte er diese Hassattacken. Simpler, lupenreiner Geradeaus-Hass. Er brauchte nur eine bestimmte Schwachstelle an ihr auszumachen. Etwa ihr Interesse an materiellen Dingen, wie jetzt gerade. Und dann baute sich sein Hass an dieser Untugend, die Franz an ihr entdeckt hatte, mit so ungeheuerlicher Kraft auf, dass er manchmal selbst Angst vor sich bekam. Es gab nur perfekt für ihn. Oder das Aus.

Iana legte ihren Arm um ihn, und sogleich kam Olga an die andere Seite und hängte sich bei ihm ein. Und so gingen sie die Theatinerstraße entlang, und Passanten mussten ausweichen und einen großen Bogen um sie machen. Franz drehte sich nach Arthur um, weil er sich um ihn sorgte und tauchte dann mit einem Ruck unter den Armen der beiden Mädchen nach hinten weg, um mit ihm wieder ihr angestrengtes Themengespräch aufzunehmen: Rainer Werner Fassbinders zweiteiliger Fernsehfilm „*Welt am Draht*" von 1973.

Franz spürte wieder den Hassimpuls aufkommen. Es schien Iana gar nicht zu stören, wie Olga und er ständig flirteten und irgendwelche zufälligen Berührungen inszenierten. Fast war es, als würde sie Iana in ihren Avancen unterstützen und sich dann darüber vergnügen. Auch als mache sich Iana auf diese Weise sehr geschickt über beide lustig. Wie sie sich über alles von ihm lustig machte. Da kam ihm ein Gedanke, der kurzzeitig das Gespräch erlahmen ließ, und Arthur nachhakte, was mit ihm sei.

„Nichts."

Wollte Iana Olga etwa an ihn verkaufen? Ihm ihre Vorzüge vor Augen führen? Manchmal war es, als böte sie sie ihm auf einem polierten, silbernen Tablett an. Empfindungs- und interesselos.

„*Die Matrix-Trilogie, ‚Dark City' oder auch ‚The thirteenth Floor'* basieren sämtlich auf Fassbinders ‚*Welt am Draht*'. Obwohl es nur eine Fernsehproduktion war. Die ist heute nirgends mehr erhältlich! Verschollen." Arthur dachte nach. „Fassbinder hätte auch einen Anti-Kriegs-Film drehen sollen, in München. Das wäre fein gewesen."

„Heute macht keiner mehr Anti-Kriegs-Filme", unterbrach ihn Franz. „Heute ist alles objektiv und ohne Pathos. Und zum Anti-Kriegsfilm braucht man noch brutaleres Pathos als zum Kriegsfilm."

„Meinst du?!", fragte Arthur. Arthur hatte sich mittlerweile innerlich ganz von den beiden Mädchen abgewandt. Er schien sie ideologisch abzulehnen. So wirkte es jedenfalls auf Franz.

Der Raum summte. Die Stimmen der Anwesenden und die Musik im Hintergrund, das Anschlagen der Wörter, Sätze, Vokale und Konsonanten. Lachsalven, Kichern, Schreie. Das kleine Atelier hätte niemanden mehr aufnehmen können, nicht zuletzt, da jetzt eine kleine Gruppe anfing, zur Musik zu tanzen und den Raum noch verringerte.

Das Atelier hatte unverputzte Betonwände und einen porösen, leicht bröckelnden Estrichboden. Aber es war ausstaffiert mit Franz' Kunstwerken. In der Mitte des Raumes hingen etwa fünfzig alte PC-Mäuse an ihren Anschlusskabeln von der Decke. Der Raum war hoch und fensterlos. Eine Wand war dominiert von einer symmetrischen Anordnung von Kopien im DIN-A4 Format, die Franz Kappa von Zeitungsbildern abkopiert hatte. Die schachbrettartig angeordneten Blätter zeigten das gleiche Motiv in immer stärkerer Vergrößerung, sodass man die abgebildete Person mit fortschreitender Reihe meist nicht erkennen konnte und in der untersten Blattreihe nur noch dicke schwarze Punkte erkennbar waren. So bekam die Ausstrahlung dieser seriellen Studien etwas Dunkles, Großmächtiges. Es handelte sich um Gestalten der Weltpolitik. Vergrößerte Ausschnitte ihrer Gesichter, während sie gewissenhaft einen wichtigen Vertrag unterzeichneten oder sich vor einem Regierungsgebäude überschwänglich begrüßten. Das Mal auf der Kopfhaut Michail Gorbatschows und vieles mehr. Dann gab es noch zahlreiche Fotografien einzelner unwirklich wirkender Hütten in Schnee und Nebel, und einige Portraits einer Japanerin, die regelmäßig für die Fotografieklasse der Hochschule Modell stand. An einer Wand hingen ausschließlich mit Edding gemalte Bilder von einfachen Objekten wie Gläsern, Flaschen, Stilettos, Parfumflakons, Stühlen und anderen Gebrauchsgegenständen. Einfache

Dinge, die auf den ersten Blick erkennbar waren. Sonst hätte man sie nur schwerlich erkennen können. Wegen der seltsamen Linienführung. Es mussten einfache Gegenstände sein. Franz´ Linien hatten etwas sehr Zerbrechliches und äußerst Riskantes.

Franz war glücklich, seine Menschen in seiner Umgebung zu haben. Einer Umwelt, die er erschaffen hatte und deren Wirkung auf das Fest Einfluss nehmen sollte. Wenn man es so betrachten wollte, hatten die Werke an den Wänden also bereits etwas erreicht. Dachte er. Die Lautstärke erhöhte sich in intervallartigen Schüben. Franz´ Hervorbringungen allerdings wurden nicht groß beachtet. Nur von Zeit zu Zeit streifte der Blick eines Gastes ein Bild, schwenkte vielleicht nochmals kurz darauf zurück, versuchte etwas zu erkennen und floh sodann meist unbefriedigt und unwissend wieder in die Gesichter der redenden Gegenüber zurück.

Durch Iana kamen oft interessante Gestalten auf die Partys. In ihrer Arbeit bekam sie Kontakt zu anderen skurrilen, reichen und kreativen Individuen, die sie in regelmäßigen Abständen Franz vorstellte. Es waren Menschen, die sich um normale Dinge nicht sorgten. Damit permanent mit sich selbst oder der Art, wie sie lebten, beschäftigt waren.

Der Gestank des Nikotins vermischte sich mit dem intensiven Odeur teurer Parfums, was eine unwiderstehliche Mischung kreierte, welche Menschen, die viel ausgingen, ein Gefühl von Vertrautheit, Heimat und Exklusivität vermittelte. Franz schwirrte durch die Menge wie ein Kolibri. Er befruchtete alles und jeden, und auch alles ließ sich von ihm begeistern. Er wusste genau, dass es ein bestimmtes Gefühl für eine Party gab. Das musste er herstellen. Er allein war für alles verantwortlich. Für jedes einzelne Gefühl jedes einzelnen Gastes. Keiner konnte soviel Verantwortung auf sich nehmen wie er. Er könnte die ganze Welt verantworten. Das hätte ihm gefallen. Und schließlich musste die Feier auch gut werden, damit die Aufnahmen der Gespräche auch brauchbar wären. Es ging ihm jetzt nur noch um sein Projekt. Weniger um die Anwesenden. Seine letzte Party war fehlgeschlagen. Vor fünf Wochen hatte er eine Feier auf einem Autobahnparkplatz organisiert, den die meisten verfehlt hatten, weil sie am Parkplatzschild vorbeigefahren waren. Und dem kläglichen Rest der Eintreffenden hatte ein ergiebiger Regenschauer das Weiterfeiern vergällt. Die Idee, eine Party auf einem gewöhnlichen und im Grunde abstoßenden Autobahnparkplatz zu veranstalten, hatte Franz monatelang keine Ruhe mehr gelassen. Irgendwann wollte er auch mal auf einem Autobahnparkplatz heiraten. Er betrachtete das Ganze wieder einmal als **Kunstaktion**. Am Ende stand er alleine hinter der Leitplanke, ganz dich an den vorbeirasenden Wagen, die Richtung Garmisch-Partenkirchen fuhren, und merkte erstmals, dass er eigentlich vollkommen alleine war. Wenn er niemals verstanden würde, konnte er sich doch wirklich gleich auf die Autobahnfahrbahn werfen. Für ihn wäre es dasselbe.

Die Stimmung heute hingegen war vollkommen. Und er wollte sie noch steigern. In der Ecke, in der getanzt wurde, waren auch Olga und Iana. Beide schwoften mit Flaschen in der Hand und schrieben exzentrische Kreise in die Luft. Olga war ganz in ihr Tanzen versunken, während Ianas Augen ständig Kontakt suchten.

*„I don´t know what it is / that makes me feel like this! /
I don´t know who you are /
but you must be some kind of superstar!"*

Das Lied wurde in den Radiostationen ständig gespielt. Übelster Mainstream im Grunde, aber die kleine, tanzende Ecke flippte aus. Im Moment tanzten ausschließlich Mädchen. Alle sprangen bald nur noch in die Höhe. Beim nächsten Lied kam Olga von hinten auf Iana zu und drückte ihr Becken, während Iana mit ihren Hüften auf- und abwippte, gegen Ianas Po. Iana reagierte sofort und fasste mit ihren Händen nach hinten, an Olgas Hüften. So bewegten sie sich eine Weile gleichförmig, bis Olga begann mit ihrem Kinn Ianas Rücken entlang das Rückgrat nach unten zu gleiten. Ihr Rücken war fast völlig stofffrei. Iana warf ihren Kopf übertrieben lasziv nach hinten und sah dabei, wie Franz sie beobachtete. Die anderen Gäste versuchten, nicht hinzusehen. Als Olga mit ihrem Kinn an Ianas Po angekommen war, drückte sie ihre Wangen abwechselnd auf Ianas linke und rechte Pobacken, die mit dem eng anliegenden Lurexstoff ihrer schwarz glänzenden Leggins überzogen waren. Iana tanzte unbeeindruckt weiter. Dann kam Olga wieder hoch, und Iana drehte sich zu ihr um und legte ihre Ellbogen auf Olgas Schultern. So tanzten sie eine Weile in angemessenem Abstand, sahen sich an wie Katzen, einem Beutetier gegenüber, tief in die Augen, während sie um sich herum nichts mehr wahrnahmen. Einige Jungs sahen verstohlen zu ihnen hin und gleich wieder weg. Und wieder hin. Und wieder weg. Franz hatte Olga endlich mal aus den Gedanken verloren, nachdem sie dort vor Tagen einen Staatsstreich ausgelöst hatte und bereits alle strategisch wichtigen Regierungsgebäude und Verkehrsknotenpunkte eingenommen hatte.

Beide tanzten sehr gut. Und die Russin bewegte ihre Hüften wie eine Südländerin, nur etwas steifer, fester, disziplinierter und einförmiger. Aber mit unheimlicher Kraft und Ausdauer, was Franz äußerst reizvoll fand. Vitalität erregte ihn. Das Vorhandensein einer natürlichen, gesunden, animalischen Konstante. Iana tanzte verrückter, legte mehr Interpretation in die einzelnen Stücke. Sie setzte weniger ihren Körper ein, sondern versuchte aus ihm herauszukommen, während Olga fest darin verankert war. Olga schob nun ihre

Arme ganz über Ianas Schultern, bis sich ihre Oberkörper ganz berührten. So versuchten sie zusammen nach unten zu gehen und dabei nach links und rechts zu wippen. Sie kamen ins Schwanken und lachten, was sie kurzzeitig aus ihrer geschlechtvergessenen Trance herausbrachte. Dann übernahm Iana wieder die Regie und begann ihren Oberkörper recht eng an Olgas Oberkörper zu reiben. Alles zur Musik, was das Ganze legitimierte. Olga schien es zu genießen, aber dann wechselte die Musik zu Lou Reed´s Velvet Underground und einem unhörbaren Tingeltangel-Song: *„And what costume will the poor girl wear / for all tomorrows parties?"*, was ihre gegenseitigen Berührungen mit einem Mal vulgär wirken ließ, wie jene Vertreibung aus dem Paradies, als Adam und Eva plötzlich ihre Nacktheit erkannten und sich höllenhaft dafür schämten. Iana zumindest, Olgas Gesichtsausdruck blieb unverändert.

„Can I have your autograph? / He said to the fat blond actress / You know I´ve seen every movie you´ve been in /
From Pairs of Pain to Jewels of Glory", tönte Lou Reeds Stimme aus den Boxen. Franz war besorgt, dass die laute Musik seine Aufnahmen zerstören könnte und damit das gesamte Projekt, sprich: diesen Abend, für den er seit Wochen empfindliche und nervende Vorbereitungen getroffen hatte, zunichte machen könnte. Er wollte mit seiner Aktion schließlich die gesamte Hochschulklasse rechts überholen, indem er es später einem Münchner Top-Galeristen als Konzeptkunst anbot. Der würde ihn dann als Künstler betreuen, und dann käme alles ins Rollen. Seine Idee war zu gut, um nicht nicht beachtet zu werden. Also stellte er den CD-Spieler abrupt leiser. Die Tanzenden schrieen, einige wurden aggressiv. Sie kamen auf ihn zu und wollten die Musik wieder lauter stellen. Franz positionierte sich vor dem Gerät, und als ihm Iana lachend gegenüberstand, und abwechselnd links und rechts nach dem Lautstärkregler schnappte, riss

Franz das Netzkabel aus der Wand, was Iana nur noch ekstatischer machte. Stimmung und Lautstärke flauten kurz leicht ab, aber da alle bereits ziemlich betrunken waren, pendelten sie sich wieder ein, und keiner befand schließlich einen Unterschied zu vorher. Auch Iana torkelte leicht, immer noch lachend, in ihre Gruppe zurück und ließ Franz alleine stehen. Er bemerkte, dass er beim zu schnellen Herausreißen des Netzkabels auch ein weiteres Verbindungskabel gekappt hatte, die Hauptschlagader seines Aufnahmesystems. Damit waren sämtliche seiner Aufnahmen zerstört.

Er hatte wirklich Schwierigkeiten zu atmen. Er stürmte aus seinem Atelier und aus dem Gebäude ins Freie. Die Nacht war kühl. Es hatte geregnet, und die Feuchtigkeit stand noch über dem Asphalt. Franz wollte mit seiner Faust gegen eine Mauer schlagen, sog dann aber die frische Luft wie den Zug aus einer Zigarette ein und ging einige Meter von dem Kasernengebäude weg. Weiter draußen war es drückend still. Er sah durch die Fenster gelbes Licht, einige Gestalten standen im Gang vor seinem Atelier und rauchten. Auf dem Trottoir hastete ein einsamer Igel von einer Straßenseite zur anderen. Franz sah, wie dieser Probleme hatte, den Bordstein zu erklimmen und orientierungslos in der Regenrinne herumtappte. Als er näher kam, zog der Igel seinen Kopf ein und blieb regungslos stehen, und Franz hob ihn auf und setzte ihn in die angrenzende Wiese. Er bemerkte, wie ekelhaft der Igel stank und stellte sich die Wehrlosigkeit des Igels gegen alles Parasitäre vor. Die Unmöglichkeit, sich zu kratzen. Eine widerliche **Existenz**. Wie die von Gregor Samsa, der in Kafkas *Verwandlung* eines Morgens als riesiger Käfer in seinem Bett aufwacht und merkt, dass allerlei kleines, beißendes Getier auf ihm herumwandert und er nichts dagegen tun kann. Franz´ Hände juckten von den Stacheln, und sie stanken nun auch.

Auch ein Igel muss weiterleben, dachte Franz Kappa, er kann nichts dagegen unternehmen.

Und plötzlich fühlte er sich wieder so schmal und so klein wie am Tag zuvor, und er dachte, dass er nichts taugte und es niemals schaffen würde. Er war ein Versager. Igelgleich. Ein Idiot! Wie konnte er sich nur eingebildet haben, wirklich einmal berühmt zu werden? Er setzte sich auf den Bordstein und schämte sich. Für seine Anmaßung zu glauben, er sei der Eine. Unter den Vielen. Der zu **Größe** fähig war. Das war doch im Grunde einfach nur peinlich. Und es war eitel. O ja. Ein eitler Bock war er. So eingebildet wie Karajan in seinen besten Jahren. Nur dass sie, im Gegensatz zu Herbert von Karajan, haltlos war bei ihm, bei Franz, die Einbildung. Etwas besonders gut zu können, besonders deutlich zu sehen, besonders schön zu empfinden, kristallklar singen zu können, so hätte er die Liste fortsetzen können. In Wirklichkeit empfand er doch nur mittelmäßig, fotografierte unspektakulär und zeichnete mau. Franz stand auf und wollte wieder zurück in das rauchige, warme Milchweiß der Luft seines Ateliers.

Ende der Eitelkeit. Er sollte sich einfach auf die Menschen konzentrieren. Auf seine Freunde und Bekannten. Das war doch alles! Das war doch das Einzige, was zählte. - Nicht für ihn. Die Leute da drinnen waren ihm egal. Er wollte sie zwar glücklich machen, aber nur mit dem Höchsten, dem Göttlichen. Nicht mit seiner Person und Anwesenheit. Seine Person war schließlich auswechselbar – die Wahrheit nicht, und die Schönheit.

Die Party fühlte sich so an, als wäre er nie weg gewesen. Niemand merkte sein Kommen - niemand hatte sein Gehen bemerkt. Die Hochzeit war erreicht. Keiner registrierte mehr den anderen. Alles floss. Bewegte sich dorthin, wo es sich eben hinbewegte. Keine Absicht mehr. Kein gut oder besser.

Franz versuchte in das Innere des Raumes vorzudringen, der normalerweise sein Atelier war. Das war es nicht mehr, es gehörte jetzt ihnen. Und er war nicht mehr der Besitzer oder Mieter dieser Räumlichkeit, hatte fast Mühe, die Eingangstür zu passieren. Dort erschwerte ein besonders dichter Pulk von Leuten das Rein- und Rauskommen, und als Franz etwas fester gegen einen unangenehm sperrigen Rücken drückte, um hineinzukommen, drehte sich der massige Kopf dieses Rückens nach ihm um, sah ihn herablassend an und meinte:

„Hey! Verzieh dich. Die Party ist nur für Leute, die drinnen sind und nicht für die, die draußen sind, wie du."

Die Umstehenden, die Franz noch nie gesehen hatte, lachten auf den Kommentar ihres Freundes laut auf und drehten sich dann so gegen ihn, dass er wieder ein wenig aus dem Raum hinausgedrängt wurde.

Franz hatte keine Lust, sich mit ihnen anzulegen und genoss sogar ein bisschen die Situation, unerkannt zu sein, sowie die tragische Komik, als Gastgeber und die wichtige Person, die er normalerweise war, aus seiner eigenen Feier hinausgedrängt zu werden.

„Ich will auch gar nicht zu eurer kleinen scheiß Party dazugehören", sagte er eintönig und presste sich an ihnen vorbei. Er suchte nach Olga und Iana. Aber er konnte sie nirgends ausfindig machen. Mit einem Mal merkte er, dass er nüchtern war und jeder andere betrunken. Der ganze Raum war auf siebenunddreißig Grad, und Franz erkannte, dass er nicht mehr kompatibel war, zum derzeitigen Stand der Feier, und dass es ein Fehler gewesen war, hinauszugehen, und wenn es auch nur für so kurze Zeit gewesen war. Fast glaubte er, sich in der Veranstaltung geirrt zu haben, wurde dann aber von einer Gruppe von Freunden so überschwänglich mit „Ka-ppa Ka-ppa Ka-ppa" empfangen, dass er sicher war, richtig zu sein. Er reagierte nicht darauf, da seine Freunde ja doch nur angetrunken waren, und wühlte sich weiter durch die Menge. Dann sah er Olga in der hinteren Ecke seines Ateliers stehen, und wie er näher zu ihr vordrang, bemerkte er, dass sie doch tatsächlich eines seiner Bilder ansah.

„Was tust du denn da?!", fragte er sie ungläubig.

Sie schreckte auf. „Ich... ich schaue mir diese Foto an."

Sie hatte das Gefühl, sie müsse sich verteidigen.

„Schön", sagte er,

und wie er es sagte, klang es fast beleidigend.

„Du bist wohl gerade nicht besonders..."

„Wo ist eigentlich Iana?",

unterbrach er sie, jetzt freundlicher.

Olga zog ihre Mundwinkel langsam zu einem Grinsen nach oben, und er merkte, dass auch sie wohl einiges intus hatte.

„Ich habe sehr lange auf dich gewartet, weil... du musst sie jetzt... Du musst deine Iana jetzt suchen! Zusammen mit mir."

„... wir müssen sie suchen?", wiederholte er misstrauisch.

„Ja ja ja!", schrie Olga und lachte.

Franz antwortete: „Dann lass sie uns suchen." Er versuchte ein Lächeln, und schon sprang sie vor ihn, packte ihn an der Hand und zog ihn durch das Menschengewühl hinaus. Seine Freunde machten irgendwelche Witze darüber, dass er abgeschleppt würde, die er aber nicht verstand, und so war er kurz darauf wieder außerhalb seiner Feier. Und die Kerle, die ihn vorher nicht durchlassen wollten, sahen ihn mit diesem Mädchen an der Hand hinausgehen und wurden ziemlich still. Er redete sich ein, dass er ihn nicht genießen würde, ihren Neid.

Als sie in die Nachtluft kamen, merkte er, dass er sich besser fühlte und zum ersten Mal die weiche, warme, rechte Hand von Olga, die seine linke schon lange hielt, durch seinen Tastsinn wahrnahm. Er bemerkte, wie fest sie ihn hielt. Bestimmt und unzweideutig. Es war eine kleine Fessel, durch die er ihre echte Art zu spüren begann. Jetzt gefiel ihm das Ganze. Die blöde Idee, Iana zu suchen, zusammen mit ihr. Ihr Händedruck hatte etwas Sicherheiteinflößendes. Er wünschte sich, sie würde ihm mit diesem Druck alles Mögliche vorschreiben.

„Wo gehen wir hin?", fragte er sie umsichtig.

„Weg von deine Party."

„Das hab´ ich schon gemerkt."

Sie lachte.

„Ich bin froh, dass du mich da rausgeholt hast."

„Von deine Party? Die war toll!"

„Ja ja. Ganz toll", sagte er mit abgeklärter Stimme.

Olga zog ihn neben sich her.

Er roch ihr holzig-süßes Parfum.

„Ich will mal in ein Museum... mit dir", sagte sie,

und es klang wie ein Heiratsantrag.

„Ja?"

„Ja. Du bist der Einzige, mit dem ich mir das vorstell..." Sie war leicht beschwipst und verhaspelte sich immer wieder. „... die Einzige... äh... der Einzige mit der ich mich das... vor... vor..."

„Mit dem ich mir das vorstellen kann", verbesserte er.

„Ja. Der Einzige, mit der ich mich das vorstellen kann."

Das `vorstellen´ schrie sie in den Kasernenhimmel.

„Deine Grammatik ist süß!", meinte er und sah sie an dabei.

„Du bist gemein", sagte sie. „Ich weiß, ich kann nicht. Ich kann nicht richtig sprechen."

„Nein. Das ist wunderbar. Ich liebe es. Mach´ weiter so."

„Du willst dich über mich auslachen",

sagte sie ein wenig gekränkt.

„Neeeeein."

Jetzt schrie er, und es gefiel ihr. Sie stellte sich ihm in den Weg und sah ihn stumm an. Dann strich sie mit ihrem Finger eine Haarsträhne aus seinem Gesicht. Die Strähne fiel zurück, und Olga tat es nochmals. Als sie mit ihrem Gesicht nah an ihn herankam, roch er den Alkohol. Er dachte: „Wenn sie doch nicht betrunken wäre!" Er konnte sie nicht ganz ernst nehmen in diesem Zustand. Und dann strich sie mit ihrem Handrücken über seine linke Wange, aber so sachte, dass er glaubte, sie sei stocknüchtern. Sie ging wieder los und zog ihn weiter. Er drückte ihre Hand ein wenig fester, aber sie reagierte nicht darauf. Dann versuchte er seine Hand ein wenig in ihrer zu bewegen. Aber sie antwortete wieder nicht. Er konstatierte: doch betrunken!

Sie waren jetzt hinter einem der alten Kasernengebäude angelangt. Ein Ort, an dem weder Straßenlaternen noch Wohnungsfensterlicht, Reklame oder Autoscheinwerfer die Dunkelheit verwässerten. Dunkelheit ist heute eine Rarität, dachte Franz. Selbst eine Wohnung ist nie wirklich abdunkelbar. Die Ausläufer des Lichts sind lang, und die Abstufungen der Dunkelheit, von denen es unendlich viele gab, bis die absolute Dunkelheit erreicht war, diese Abstufungen waren für menschliche Augen nicht erkennbar. Niemand weiß mehr, was Dunkelheit wirklich ist.

Als sich Franz Kappa über dieses Thema im vergangenen Winter seine Gedanken gemacht hatte, resultierte dies in einem Kontakt mit einem Physikstudenten, den Franz hergestellt hatte, damit er mit dessen Hilfe eine Installation für die jährliche Hochschulausstellung planen konnte. Er wollte zwei dunkle Räume konstruieren, wobei im einen Dunkelheit mit einem höheren und im anderen Dunkelheit mit einem niedrigeren Lichtwert hergestellt werden sollte. Die Installation wollte er dann *„Dunkelheit I/ Dunkelheit II"* nennen.

Es kam nie dazu. Aber den Physiker traf er heute noch manchmal auf der Straße.

Olga und Franz waren nun hinter der ehemaligen Kantine der US-Kaserne angekommen, und Olga zeigte mit ihrer freien Hand auf ein zersprungenes Fenster, das leicht passierbar war.

„Da hinein", sagte sie brüsk.

„Ich dachte, wir suchen Iana", entgegnete er verwundert.

„Eben!", antwortete sie, ließ seine Hand los und stieg mit einem Bein über den alten, verrosteten Fenstersims. Franz betrachtete ihre kräftigen Beine in den schwarzen Netzstrümpfen, und sie sah es und meinte:

„Schau nicht so geil!" Er hatte sie noch nie so reden hören. Sie sagte es vulgär und auffordernd.

Er stieg ihr nach, und der modrig-lehmige Geruch alter, verlassener Gebäude breitete sich aus. Er erinnerte ihn an etwas von früher, das er nicht genau ausmachen konnte. Irgendetwas Uraltes, von ganz weit unten. Er fühlte sich ein bisschen wie daheim. Aber der Geruch, dieses metallen Wässrig-Modernde löste auch das Gefühl einer unvergessenen Angst in ihm aus.

Der Raum war sehr groß und lang, wahrscheinlich der ehemalige Speisesaal der Domagk-Kaserne. Sogar die Theke, an der das Essen ausgegeben worden war, war noch intakt. Von außen fiel fahles Licht herein und spiegelte sich an einer Reihe Emaillehaken und der langen, glatten Blechfront der Theke. Das Licht ließ auch Olgas Gesicht anders erscheinen. Er erkannte noch die feinsten Züge, obwohl es eigentlich dunkel war. Olga lehnte sich rücklings an die blecherne Essensausgabeplatte, sah Franz gerade in die Augen, stemmte ihren Körper auf die Platte und sagte mit wippenden Beinen:

„Iana brauchst du nicht zu suchen! Sie ist nicht hier."

„Wie?", fragte er.

„Wie du gehört hast. Sie ist nicht hier. Und sie hat sich auch nirgendwo versteckt." Sie sah Franz mit weiten, auffordernden Augen an. „Sie musste ohne Vorrwarrnung..." – sie rollte die R´s – „... nochmals in ihre Agentur. Sie hat noch sehr lange auf dich gewartet, nachdem sie den Anruf bekam, und sie suchte dich im Überall. Sie ist weggeflogen. Wo warst du eigentlich? Du warst zwei Stunden fort!"

„Ich war draußen..." Franz vernahm ein Vakuum in sich. Er war noch nie mit Olga allein gewesen und merkte, dass er diesen Hohlraum, diese neue, ungewohnte Leere nun anfüllen konnte, womit auch immer er wollte.

Olga zupfte ihr kurzes Haar zurecht und schwieg ihn an. Als er die beunruhigende Stille brechen wollte, entschloss er sich kurz vor dem Aussprechen der vom Schweigen entbindenden ersten Silbe, das Wort und den Satz, die er bereits vorformuliert hatte, zurückzuhalten.

Ihre Beine schaukeln, links, rechts, die Lippen verschlossen, ein Lächeln? Beide Blicke aufeinander, verkettet, kein Auge bewegt sich, aber Synapsen, sämtliche Synapsen, ihre Beine schaukeln, links, rechts, links, rechts, schneller, der durchscheinende Glanz der Haut ihrer Knie unter den schwarzen Netzstrümpfen, von fern Musik, eine Party? Er möchte aufgeben, wegsehen, um nicht ganz zu verkohlen, er sieht nicht weg, lächelt, beschwichtigt, neutralisiert, sie lächelt nicht, bleibt hart, unverrückt, bleibt mit den Augen stehen, auf seinen, verdächtigt ihn der Beschwichtigung, hört auf zu lächeln, er, fürchtet auszubluten, etwas sagen? Wörter, die retten können, erklären, benennen, das schweigende Nichts, er holt ein Wort, aus seinem Kopf, möchte es sagen, ihre Beine bleiben stehen, Hand erfasst ihn und zieht.

O.

Dass es fehlerhaft war, denkt er, während er die braune Tabakblattoberfläche eines Filterzigarillos, das er sich jeden

Moment anstecken wird, befühlt. Ein beschissener Fehler. Mehr. Betrug. An Iana. Die er wirklich liebt. Sehr liebt. Franz entzündet ein Streichholz und denkt daran, wie sehr er sie liebt.

Die beste Freundin von Iana. Vor vielleicht zwei Wochen war sie von Iana erkoren worden, ihre neue beste Freundin zu werden: O.

Franz denkt ihren Namen nicht und bestellt einen Milchkaffee in jenem Straßencafé an der Ecke, das er so mag, weil man praktisch in der Straße sitzt, im Verkehr. Dort setzt er sich immer an den Tisch, der dem Bordstein am nächsten ist. Und er sitzt dort wie eine Art Mahnmal für den Straßenverkehr – wie ein Bollwerk gegen... (was?). Er setzt ein äußerst ernstes Gesicht auf und verharrt reglos in einer Position. Man meint, er nähme es mit der ganzen Welt auf – mimisch.

Dass Iana es regelrecht herausgefordert hat. Denkt er. Seine Tat. In den letzten Tagen hatte sie ihn regelrecht zu Olga hingeschubst, ihn mit ihr nahezu verkuppelt. Neulich nahm sie seine Hand und führte sie in Olgas Haar, meinte: „Schau mal, wie weich!" Und als er daraufhin Olgas Haar aufgeregt zerwühlte, sahen ihn beide glückselig an.

Aber sie war nichts für ihn, O. Sie war zu... zu leicht, zu unvorsichtig. Jemand, der nicht wusste, was er wollte.

Franz sah auf den kleinen Fernseher über der Bar im Inneren des Cafés. Zurzeit lief in nahezu sämtlichen Bars und Cafés der Stadt unentwegt ein Fernseher. Es waren Olympische Sommerspiele. Das schmerzverzerrte Gesicht einer 400-Meter-Läuferin. Die letzten zwanzig Meter vor dem Ziel. Dann das Gesicht der Siegerin. Freudeverzerrt. Er sah wieder weg.

Letzte Woche war die Fackel an ihm vorbeigekommen, auf ihrem Weg nach Athen. Er war wie jetzt in einem Straßencafé,

Sonne schien, keine Wolke, und plötzlich kam die Fackel. Und wie auf Knopfdruck war **Energie** da, weltumfassende. Eine Kellnerin meinte nüchtern, während die Gäste des Cafés auf den Fackelläufer starrten: „Hingehen und austreten. Das wär´s!" Doch auch dieser Kommentar zeugte von Kraft, keiner guten zwar, aber Kraft. Und nachdem die Fackel verschwunden war und die Straße wieder von gewöhnlichen, nichts ahnenden Fahrzeugen zurückerobert wurde, dachte Franz Kappa, dass er einen großen Moment erlebt hatte, gerade eben, im Schein einer Fackel, die überhaupt nichts erhellte, weil die Sonne schien, in diesem Schein aber, der von einer winzigen und lächerlichen Flamme ausging, kamen Milliarden Menschen weltweit vor den Bildschirm, und das gleichzeitig.

Franz konnte mit der Flamme mitfühlen. Sie ist von derselben Art wie ich, dachte er und aschte den langen, abgebrannten Teil seines Filterzigarillos ab.

Fackel. Geist.
Welt. Asche?

Er sah wieder zum Fernseher hin, wo gerade das Turmspringen der Damen übertragen wurde, und er hörte die blecherne Stimme des Sportmoderators: „Die Qualität eines Sprunges können Sie unter anderem daran erkennen, wie viel Wasser beim Eintauchen in das Becken aufspritzt." Eine kleine, zierliche Koreanerin stand am äußersten Rand des Sprungbretts, sprang ab, drehte, wendete, schraubte und tauchte so ein, dass das Wasser danach ebenso glatt war wie zuvor.

Hingehen und die Fackel austreten. Vielleicht hätte er das tun sollen! Für einen kurzen Moment teilnehmen, maßgeblich teilnehmen, am Geschehen der Welt, wenn auch destruktiv. Die Fackel war da, er war da; und alles, was er hätte tun müssen, war aufzustehen, dem Fackelträger hinterher zu rennen, auf gleiche Höhe zu kommen, ihm die Fackel zu entreißen und damit davonzurennen.

Genau! Nicht austreten. Abhauen damit. Das war viel besser. Witziger. Dann durch die Gänge und Hörsäle der Hochschule und zurück auf die Straße, den Weg der Fackel selbst bestimmen, jubilieren, Leuten Feuer geben. Und wenn sie ihn dann gestellt hätten und vor ihm und seiner Fackel stünden, damit drohen, die Flamme zu ersticken.

Alle diese Gedanken über Kunstwerke, die er erschaffen wollte, erfüllten vornehmlich den Zweck, von dem Menschen, der er war, abzulenken. Jenem Menschen, dem der Mensch Olga begegnet war, gestern, heftigst. Vorrangig war nun, das Fleisch mit Kunst zu narkotisieren und damit das Körperliche zu übersteigen. Bis die Engel ein lupenreines Halleluja sängen.

Das wäre prächtig, das mit der Fackel, dachte er weiter, und brächte **Publicity,** von einem Tag auf den anderen, schockartig. Franz nahm einen großen Schluck Kaffee und entschied sich, etwas Krasses zu unternehmen, künstlerisch, falls die Aktion, die er nächste Woche plante, auch wieder ein Schlag ins Wasser würde. Etwas Brutales müsste er tun, unter Umständen. Etwas, das gegen Regeln verstößt. Er sah, wie die Ampel an der Kreuzung, an der er saß, auf gelb umsprang und ein breiter, dunkler und erotischer BMW-Geländewagen im letzten Moment vor rot die Kreuzung überfuhr. Und als die Ampel auf rot und dann der Verkehr stand, verloren sich seine Gedanken, und er sah vor seinem geistigen Auge, wie ihn Passanten auf der Straße erkannten. Menschen, die er nicht kannte, die aber ihn kannten. Und er begann auf Fragen zu antworten. Fragen von Journalisten. Journalisten, die ihn interviewten. Und er sah ein **Blitzlicht**, als er ein Lokal verließ.

Diese Gedanken waren ihm jedes Mal peinlich, wenn er sich dabei ertappte. Es war wie in einem dieser alten Hollywood-Filme, wenn jemand, dessen überzogen trostloses Dasein im ersten Teil des Films erzählt wird, in der Mitte des Films über Nacht berühmt wurde. Dann wurden die Bilder mit fanfarischer Big-Band-Musik unterlegt und zeigten schnell aufeinander folgende Titelseiten großer amerikanischer Tageszeitungen und darauf in dicken Lettern den Namen des Protagonisten. Burschikose, aufdringliche Zeitungsjungen riefen die Schlagzeilen. Und mit jeder neuen Einstellung flatterte eine weitere Zeitungsausgabe vor die Kamera und offenbarte neue Erfolge. Erobert. Broadway. Liegt. Zu Füßen. Größter. Über. Nacht. **Erfolg**. Leinwand. Vertrag. Feiert.

Franz Kappa sah zwar nicht diese Bilder, aber so ähnlich sah es in seinem Kopf dann aus. Und müsste er in einer Stunde eine große Pressekonferenz geben, jetzt, heute – er hätte alle Antworten bereits parat.

Gestern riefen Sie in den wichtigsten deutschen Tageszeitungen zur größten sinnlosen Tat der Geschichte auf, wie Sie es nannten."

„Ja. Und seit heute Morgen habe ich schon Tausende von Bewerbungsschreiben und Mails erhalten."

„Was planen Sie genau?!"

„Was der Titel der Aktion schon sagt: eine gigantische Sinnlosigkeit."

„Mit Tausenden von Menschen?"

„Ja. Ich werde keine Bewerbung ablehnen. Der Größe des Projekts sind keine Grenzen gesetzt."

„Sie haben dieses Projekt als die Krönung Ihrer bisherigen Sinnlosigkeitsserie bezeichnet."

„Für mich, ja. Für mich ist es der Abschluss. Aber vielleicht wird das Ganze Schule machen, und Menschen werden weltweit groß angelegte Nonsens-Aktionen starten."

„Manche zahlen sogar hohe Summen, um teilnehmen zu können, und Volkswagen und Vodafone haben Ihnen angeboten..."

Als Franz Kappa zu seiner Kaffeetasse griff, hatte ihn das Nietzsche-Gefühl erfasst: Die Luft ist dünn, die Gefahr nahe und der Geist wach und frisch, oder so ähnlich. Franz sah zu dem Fernseher über der Bar, da der Ton plötzlich lauter wurde. Werbeblock. Ein großer, schwarzer Wagen mit einem alternden Dustin Hoffmann am Steuer fährt über eine verschlungene, südländische Küstenstraße mit weitem Blick über das Meer. Der Wagen hält. Hoffmann springt heraus und rennt zur Fensterfront einer weiß gekalkten Kirche.

Die gleiche Szene wie vor dreißig Jahren. Als Hoffmann als jugendlicher Schauspieler in *„Die Reifeprüfung"* seine Geliebte vom Traualtar entführt und mit ihr davonfährt – in irgendeinem alten Schrottwagen. Im Werbespot aber geht es nicht um die wundersame Entführung des Mädchens, das Hoffmann damals abgöttisch liebte, sondern alles dreht sich um das Auto. Um einen funkelnden, Serpentinen erklimmenden, höllenschwarzen, erbärmlichen Wagen, dachte Kappa. Und Dustin Hoffmann lacht am Ende des Spots auch noch so verteufelt, als sei ihm sehr wohl bewusst, dass er gerade seine Filmseele verkauft hatte.

Franz hatte bezahlt und lief die Ludwigstraße stadteinwärts. Er wollte nicht an O. denken. Ein Gedanke, der retten konnte: O. ist schlecht. Sie will vernichten. Am liebsten ihn und sonst auch alles. Was sie nicht alles Widerliches in sein Ohr geflüstert hatte, im Kaserneninnenraum. Dennoch: Jeder dieser abscheulichen Sätze machte ihn heiß, und Franz wiederholte die originale Wortfolge immer wieder, um sie nicht aus dem Gedächtnis zu verlieren. Würde er heute Abend allein im Bett liegen, würden ihre Worte ihn selig machen. Er passierte Café um Café, von denen er sich niemals in eines begeben hätte, da seines doch perfekt sein musste. Und es gab genau zwei davon, in dieser großen, einfältigen Stadt, die ihn im Moment vornehmlich zornig stimmte. Nichts war weniger inspirierend als München, und kein Ort der Welt hatte diese Masse an Verkrampftheit. München, eine Stadt, die angehalten war, die geistige und architektonische Höhe der achtundfünfzig Meter der Türme der Frauenkirche nicht mehr zu überschreiten. In der seit dem Aufspannen der hellen Zeltdächer des Olympiageländes im Jahre neunzehnhundertzweiundsiebzig kein einziges bauliches Wagnis mehr erprobt worden war und in der das höchste an kultureller Spontaneität die Zusammenkünfte pubertierender und hemdsärmliger Abiturienten waren, die in der Fußgängerzone oder unter den Arkaden des Hofgartens Mozarts Violinkonzerte und Händels Quartette spielten.

Nur zwei Cafés, die retten konnten, das war ein bisschen wenig, und so widmete er sein Umherstreifen in München vornehmlich einer Aufgabe: der Entdeckung eines einzigen weiteren vollkommenen Ortes, an dem geröstete Bohnen gemahlen, mit kochendem Wasser überbrüht und in Keramikgefäßen an kleine, runde Tische gebracht wurden.

Endlich alleine unterwegs, und er dachte daran, dass er den ganzen weiteren Tag noch alleine sein würde und er seine Einsamkeit mit jeder Körperzelle erfassen werde. Iana war wahrscheinlich wegen Modebildern im Ausland. Er wollte momentan nicht mal wissen, wo sie war. Ihren Aufenthaltsort nur zu kennen, hätte ihn schon wieder weniger einsam gemacht. Das Alleinsein war jetzt fruchtbar. Er dachte daran, sich vollständig zu isolieren. Von allen. Franz hatte plötzlich so eine Idee, wo er in München noch nicht nach Cafés gesucht hatte, Wiener Platz, Richtung Haidhausen. Das könnte er tun. Heute. Seit langem hatte er nicht mehr dieses Gefühl innerer Ausrichtung gehabt wie in diesem Moment. Exakt zu wissen wohin. Er war am Ende der Ludwigstraße angekommen, einer Prachtstraße, die in großbürgerlicher Geradheit zum optischen Fluchtpunkt Odeonsplatz verlief und in der sich Leo von Klenze und Friedrich von Gärtner vor langer Zeit ein architektonisches Wettrennen um die stärkere städtebauliche Präsenz geliefert hatten. So reihten sich ein Klenze an einen Gärtner und wieder ein Gärtner an einen Klenze. Die durften damals alles machen, dachte Franz. Wie heute Zaha Hadid und Norman Foster und Stephan Braunfels jede noch so verwegene oder abwegige Form, die ihnen in den Sinn kam, realisieren konnten. Während siebenundfünfzigtausend weitere Genies, die auch gut zeichnen und entwerfen können, nicht mal ein Wohnhaus in Auftrag gestellt bekamen. Heute wie damals. Aber über Gerechtigkeit und deren Gegenteil zu sinnieren, stand Franz nicht zu, wie er meinte.

Der Baustil jedes dieser bayerischen Landesregierungsgebäude, die sich nahtlos – und das war das Besondere – bis zum Odeonsplatz fortsetzten, war sehr einheitlich gehalten. Pseudo-italienische Rundbogenfenster, messingbeschlagene Gürtelsimse, Scheinsäulen und gemalte Pilaster. Kurz glaubte Franz, die schnöde, disziplinierte Geradlinigkeit dieser Straße habe sein Hirn wieder justiert und sein künstlerisches Leistungsniveau, das in den letzten Wochen stark unter den nächtlichen Ausritten gelitten hatte, erhöht.

Und er lauschte dem **Lärm** des vorbeirennenden Verkehrs, weil es nicht der Lärm von Stimmen war, die er kannte und auf die er hören und antworten musste. Er dachte an Iana und daran, dass sie ihm guttat. Obwohl es nicht so aussah. Vielleicht. Für Olga etwa. Die dachte sicher, Iana sei zu hart und spröde. Und Olga verhielt sich, als sei sie das ganze Gegenteil davon. Das Samtartigste. Das Beste, was ihm zustoßen konnte. Aber Iana war besser. Für ihn. Er war sich sicher. Olga... Sie war einfach zu... Es lag ihm auf der Zunge, er konnte das Wort nicht finden.

Franz passierte die purpurnen Sonnenschirme und eckigen Marmortische des Thrombosi, die in den Odeonsplatz hineingestellt waren. Ein Café, das voll war von deutschen Bonvivants, was in sich schon widersprüchlich war. Diese Stadt, die meinte, südländisch zu sein und von Versteiftheit nur so sprühte. Sie konnte keine Geschichten erzählen, diese Stadt, wie etwa Berlin oder Prag oder ähnliches. Schicksale, die sich am Straßenrand abspielten und abschreckten oder anzogen. Sie zeigte keine liebevollen Schwachstellen und Ticks wie andere Metropolen, sondern verbarg sich hinter eben jenen einheitlich klassizistischen Häuserfassaden. Und da saßen sie nun, in einer unglaubwürdigen Geste des Genusses, die Münchner Figuren jenes Schachspiels, in dem es um nichts ging und dessen adelbehafteten Benimmregeln Franz niemals auswendig lernen und annehmen würde. Beim Thrombosi handelte es sich zudem um die vordere Figurenreihe des Schachspiels, sprich um reich gewordene Bauern. Die hinteren Figuren saßen eine Straßenecke weiter, im Schuands. Franz schaute in einige Gesichter, die verkrampft dazugehörerisch dreinsahen und empfand sogar kurz ein wenig Mitleid. Die Oberen Münchens waren schon schlimm genug. Und die, die nicht oben waren, aber so taten, mussten noch übler sein. Eine ältere Dame, die allein an einem der Cafétische saß, sah zu ihm hin, und Franz erkannte mit einem Mal ihre Einsamkeit, die sie zwischen sehr viel Schminke und altmodischer Haute-Couture verbarg. Er sah weg und ging weiter. Beschleunigte seinen Gang, ging exakt diagonal über den Platz und fühlte tief in seinem Inneren, dass er München über alles in der Welt hasste. Am liebsten hätte er sich auf die Tribüne der Feldherrenhalle aufgestellt und kundgetan. Genau das. Seinen grenzenlosen **Abscheu**. Gegen das Geldhaberische, das disziplinierte Verbergen sämtlicher seelischer Tattoos, das Vernunftbesessene und so gar nicht Selbstzerstörerische. Er wusste, dass die Stadt und jeder ihrer passenden Bürger gegen ihn sein mussten. Wer hier lebte, passte auch hierher. Also waren sie alle gegen ihn. Aber nur er wusste, dass alle gegen ihn waren. Sie hatten keine Ahnung. Was die Sache im Grunde noch schwieriger gestaltete.

Ihm fiel der Turm der Salvatorkirche ein. Als Rettung. Den mochte er. Seinen Anblick. Also Richtung Theatinerstraße. Franz nahm sich vor, nicht zu übertreiben. Innerlich. Mit seiner Unversöhnlichkeit. Tat das des Öfteren. Er übertrieb. Doch vielleicht war das ganz hilfreich. Für ihn. Als Künstler. Die Realität übertrieben wahrzunehmen. In ihrer einfachen Gestalt wurde sie nicht wirklich sichtbar. Die Großen, Van Gogh etwa, oder Monet, malten nämlich nicht genial, sondern sahen genial. Sie sahen und malten dann nur noch das ab, was sie sahen. Ihre visuelle Wahrnehmung war derart steigerbar oder verletzbar oder verspielt, dass sie anders sahen als andere. Ein Weizenfeld zum Beispiel. Van Gogh. Er sah kein Weizenfeld. Sondern etwas anderes. Und es muss ihn so erschrocken oder berückt haben, dass er nichts anderes mehr tun konnte, als zu dokumentieren, was er da sah. Weil es die anderen eben nicht sehen konnten. Oder Alberto Giacometti. Der Bildhauer. Hauchdünne Bohnenstangenmenschen aus Metall hatte er moduliert. In einem alten Schwarz-Weiß-Interview hatte Franz gesehen, wie er erklärte, dass er diese Menschen auf der Straße sah oder in Cafés. Dass er manchmal in diesen Zustand geriet, in dem plötzlich alle hauchdünn waren und ewig lang. Wie Bleistifte.

Von Zeit zu Zeit war die Geschichte der Kunst erbaulich für Franz. Die einzige Vorlesung, die ihn momentan interessierte. Wie er auf die Theatinerstraße einbog, bereute er es, an die Kunsthochschule gedacht zu haben. Er hatte sie so erfolgreich ausgeschaltet. Die letzten achtundvierzig Stunden. Vergessen, dass sie existierte. Aber die Geschichte der Kunst, die war relativ interessant. Etwa der Beginn der Moderne.

Bis vor hundert Jahren hatten die Künstler aller Epochen stets gegenständlich gemalt. Man konnte also immer irgendein Ding sehen auf ihren Bildern, oder Menschen. Die Art und Weise, Dinge, Landschaften und Menschen dazustellen, variierte natürlich schon. Mal stand der Hintergrund im Vordergrund. Mal der Vordergrund im Hintergrund. Zu einer Zeit waren die Farben ausschlaggebend, zu einer anderen die Formen. Ganz früher wurden nur Heilige, Fürsten oder Könige dargestellt, und plötzlich zeigte man einfache Bauern, Feldarbeiter, Webstühle. Alles war fortwährendem Wandel unterworfen, und jede Epoche setzte ihren Schwerpunkt neu. Aber es handelte sich stets um gegenständliche Darstellungen unserer Welt oder der Welt der Himmel. Bis vor hundert Jahren eben. Um das Jahr 1904. Damals zeitigten sich in den Ateliers meist unbekannter Maler Tendenzen, die das gesamte kommende Jahrhundert bestimmen sollten. Einige begannen am Gegenstand zu zweifeln. An seiner Form. Seiner Farbe. Kasimir Malewitsch, ein Russe, nahm 1913 schließlich eine Leinwand und malte ein riesiges schwarzes Quadrat darauf. Die Unterjochung unter die ewige Nachahmung der Wirklichkeit war für ihn damit für beendet erklärt. Zuvor hatten sich selbst Maler wie Gauguin, Matisse oder Picasso der Abstraktion verweigert. Sie wagten den Bruch mit dem Gegenstand nicht. Es waren vielmehr kleine und unbekannte Künstler, die sich fernab der damaligen Kunstmetropole Paris in ihren Ateliers gegen Gegenstände stellten und den Gedanken wagten, dass die Welt vielleicht auch ganz anders sein könnte, als wir sie sehen. Malewitsch triumphierte im fernen Russland: Die Dinge sind verschwunden wie der Rauch! Eine gegenstandslose Welt bricht an.

Was konnte Franz Kappa zu Beginn des einundzwanzigsten Jahrhundert noch revolutionieren, in Welt und Kunst!? Sämtliche Objekte waren abgezeichnet, alle Farben verwendet, jede Form durchgespielt und alle Tabus gebrochen. Und dennoch hatte er die eindeutige Sendung, von etwas erzählen zu müssen. Die Weise war sekundär. Wichtig nur, dass er es niemandem verschwieg.

Franz stand vor dem Turm der Salvatorkirche und sah in die Höhe. Er wusste plötzlich nicht mehr, warum er ihren Kirchturm so beeindruckend gefunden hatte. Also drehte er ab und ging langsam in Richtung einer Buchhandlung, die er mindestens einmal pro Woche besuchte. Dort gab es die teuersten und erlesensten Kunstbildbände. Franz Kappa konnte sich die großformatigen, schweren Bildbände nicht

leisten, also musste er dort hingehen, wo man sie sich ansehen konnte, umsonst, für kurze Zeit, und so tun, als wolle
er kaufen, dann warten, bis die wachsame Verkäuferin mit
dem Kassieren beschäftigt war, flugs den Bildband lautlos
in die leere Stelle zurückgleiten lassen und mit schlechtem
Gewissen die Buchhandlung verlassen. Und gerade als Franz
vor dem Buchregal stand, sich unbeobachtet fühlte, von der
Verkäuferin, und zu einem Bildband greifen wollte, schellte
sein Mobiltelefon. Im Grunde verachtete er Mobiltelefone
und lehnte ihren Besitz kategorisch ab. Zurzeit hatte er aber
dieses neue, angesagte Gerät, weil er damit etwas vorhatte,
und zu diesem Zwecke musste er dessen Einsatz testen. Iana
hingegen war begeistert, dass er nun endlich auch damit aus-
gestattet war und ließ keine Gelegenheit ungenutzt, Franz die
Vorzüge vor Augen zu führen, indem sie ihn ununterbrochen
anrief oder Kurzmitteilungen schrieb. Sie hoffte, ihn auf diese
Art und Weise von der dauerhaften Nutzung eines bewegba-
ren Telefons überzeugen zu können.

„Franz?!"

„Ja? Iana?

„Franzi. Weißt du, wo ich bin?!"

„Nein."

„In der Türkei! Ich bin in der Türkei!!"

„In der Türkei..."

„Ja wirklich. Ich bin in der Türkei."

„Und was tust du dort?"

„Ich musste zu einem Shooting.
Der Fotograf bestand darauf. Und er ist ziemlich gut...
ich meine... er ist ziemlich bekannt...
und es ist wichtig, dass..."

„Wie geht es dir..."

„Du sollst nachkommen."

„Was?"

„Meine Crew will unbedingt, dass du nachkommst. Ich hab so viel von dir erzählt, und sie wollen, dass du kommst. Weil... weißt du... es... es ist außerdem völlig umsonst... du musst dich nur schnell entscheiden... da gibt es einen Sitzplatz, den die Agentur falsch gebucht hat, und der verfällt sonst. Weißt du, was ich meine?!"

„Ja."

„Aber du musst morgen... der Flug geht morgen schon... ich sag dir die Zeiten. Komm doch! Bitte!!! Ein Typ von der Agentur fliegt auch mit. Das macht dir doch nichts aus, oder?"

„Ich weiß nicht..."

„Doch. Du kommst."

„Ok. Sag mir die Zeiten."

Am nächsten Morgen saß Franz im Flieger. Selbstvergessen verfolgte er über sich die Sicherheitshinweise auf dem kleinen Monitor, der über jeder dritten Sitzreihe hing, und sehnte sich danach, die Anweisungen von lebenden Stewardessen zu erhalten, wie früher. Da waren sie immer im engen Mittelgang gestanden, ein Tonband wurde abgespielt, und sie führten ihre komische Pantomime auf, die sie meist mit deutlich gestischer **Selbstverachtung** oder einem dauernden Schmunzeln kommentierten. Franz nahm sich vor, nicht auf die Sicherheitshinweise achtzugeben, sich nicht die Notfallmarkierungen auf dem Boden zu merken oder sich das Verhalten beim Herausfallen der Atemmasken einzuprägen.

Der Fluggast neben Franz, der Mitarbeiter der Agentur, gekleidet in Anzug und Krawatte, aber jugendlich, forsch, hatte gerade mal „Hallo!" gesagt und redete unentwegt laut mit seinem unsichtbaren Gegenüber durch sein Handy. Franz fand das amüsant, und obwohl er so tat, als interessiere er sich nicht für seine Gespräche, folgte er allen Monologen sehr gewissenhaft und baute sie dann in seiner Fantasie in Dialoge um. Der Geschäftsmann schien sich in irgendeiner Notlage zu befinden. Er sagte immerzu „**Gewinnwarnung**" und „**Verlustreste**" und schien mit seiner Stimme abwechselnd untertänigst zu säuseln und dann wieder barsch zu drohen. Plötzlich wurde er von einer Flugbegleiterin angetippt und gebeten, sein Mobiltelefon auszuschalten, weil der Flieger gleich starten würde. Franz war aufgeregt und wollte jeden Moment und jede Veränderung des anfahrenden, beschleunigenden und abhebenden Großkörpers konzentriert miterleben und war glücklich, dass die farbige Flugbegleiterin seinen neuen Kompagnon gestoppt hatte. Er hörte, wie der Verzweifelt seinem Gesprächspartner zu erklären versuchte, dass das Flugzeug jetzt starte.

„Ich muss... nein... es geht nicht darum... sondern weil das Flugzeug... ich sitze in einem Flugzeug... ich muss aufhören... nein, Sie verstehen mich falsch... kein... nein... ein Flugzeug... ein Flugzeug!" Jetzt schrie er, und die große, breitschultrige Flugbegleiterin wurde nervös. „Können Sie jetzt bitte...!"

„Dieses Arschloch, dieses dumme, taube Arschloch!", sagte er zur Stewardess, während er das Handy ausschaltete.

Dann war Ruhe, die gesamte erste halbe Stunde des Fluges. Franz konnte sich in das Abtauchen des Flugkörpers in die hellgraue, weiche Wolkenmasse versenken, da er am Fenster saß, und als das Flugzeug wieder aus der überdeutschen Wolkenschicht aufstieg, sah er die Sonne als kleines, gelbes Rund aggressiv im Osten aufgehen. Bis das Frühstück kam. Dann begann sein Sitznachbar von neuem. Franz ließ ihn reden, den ganzen Flug hindurch, und bei der Landung bereute er es, ein so freundlicher Zeitgenosse zu sein; niemals jemand anderem zu sagen, was er wirklich von ihm hielt. Im Gegenteil, er war sogar noch recht freundlich meistens, aufbauend, erbauend, und das für die größten Idioten. Von seinem Gespräch mit dem jungen Geschäftsmann, der ihm vorkam wie ein Priester, ein bigotter Priester, der noch nie an seinem Herrn und Gott gezweifelt hatte, der jeden Tag ein Gnadenopfer vor dem Altar des Mammons niederlegte, ein junger, unbelehrbarer, wuchtiger, schonungsloser Diener des... von diesem Gespräch hatte er nicht viel behalten. Es ging um Devisen, um Urlaub und um Zahnersatz, der in Polen gerade billig zu bekommen war. Und er wüsste einen Zahnarzt, in Katowice, der fließend deutsch spreche und bei dem eine Zahnbehandlung, wie man sie hier nur bei Uni-Professoren bekäme, für ein Taschengeld zu bekommen wäre. Inlays kosteten dort ein Drittel der deutschen Summe. Und am Ende hatte Franz dessen Adresse in seinem Portemonnaie. Wie gesagt, er hasste sich dafür. Er hasste sich dafür, dass er dem Kerl auch noch verbindlich gedankt hatte, nachdem er ihm den verdammten Zettel mit dem polnischen Zahnarzt in die Hand gedrückt hatte.

„Es ist ein Fehler, mitzufliegen!", flüsterte er sich selbst unentwegt zu, es war ein beschissener, verdammter Fehler! Und selbst als er über die Fluggastreppe das Flugzeug verließ und jene berühmte warme Brise ihn überraschen sollte und das Herz erwärmen, fühlte er gar nichts außer Hass gegen sich selbst und den Wunsch, weinen zu dürfen. Um seine Kunst. Die er jetzt wieder daran war, zu verraten. Außerdem dachte er wieder fortwährend an Olga. Vorher war es war leicht gewesen und wie ein Spiel. Unproblematisch, sie zum Leben zu erwecken, in Gedanken, und sterben zu lassen, das heißt, wieder zu vergessen. Alles hatte er mit ihr gemacht, wo immer er Lust hatte, sich sagend, er liebe sie nicht. Sie sei nur fabelhaft und perfekt und vollkommen und sonst nichts. Doch jetzt konnte er sie nicht mehr so gut und so einfach lenken, O. Er wurde zum Selbstläufer, jener Gedanke, mit dem er sie dachte. Nicht mehr Franz machte ihn, sondern er Franz.

Er ließ seinen Kompagnon vorangehen und anführen und konnte somit gut beobachten, wie dieser verzweifelt mit dem gesamten Repertoire an Missverständnissen, die durch nicht erlernte Fremdsprache und ein arrogantes Gebärden entstehen können, versuchte, im türkischen Terminal von Dalaman einen Mietwagen zu organisieren.

Franz Kappa war überrascht, auf wie viele Arten es möglich war, sich mit anderen in die Haare zu kriegen. Einmal musste er gar dazwischen gehen und den Flughafenpolizisten katzenschmeichlerisch anlächeln, sonst hätte der seinen Begleiter womöglich noch verhaftet – was aber nicht eigentlich schlimm gewesen wäre.

Der Polizist hatte auf diesen widerlich robusten, globigen Samsonite seines Begleiters gezeigt. Franz sah sofort, dass er den Kofferträger darauf hinweisen wollte, dass sich am unteren Teil des Koffers ein Kleidungsstück, das aus einer unverschlossenen Spalte lugte, zu verflüchtigen drohte. So begann das gestische Missverständnis, und so ging es weiter bis zum Eintreffen des Zweierteams im Hotel.

Nicht aber, dass der unerbittliche Geschäftsmann ein einziges Mal an sich oder seiner Fähigkeit zu kommunizieren gezweifelt hätte. Er war nach jedem unglücklichen Zwischenfall so grausam geistesarm und selbstbewusst wie zuvor. Das ekelte Franz an, und zeitgleich machte es ihn eifersüchtig. Eifersüchtig auf die **Blindheit**. Auf soviel Blindheit.

Sein geschäftlich sicherlich sehr erfolgreicher Begleiter begann einige Kilometer vor dem Eintreffen im Hotel von den Models zu reden. Und in der Art, wie er es tat, erkannte Franz, dass er nicht wissen konnte, wer er war, und dass eines der Models seine Freundin war. Überhaupt fühlte er sich neben ihm wie ein kümmerliches Irgendwas. Zu allen Themen, die sein neuer Geschäftsfreund anschnitt, wusste er nichts zu sagen, kannte er sich schlichtweg nicht aus, und auch jetzt musste er sich mit den Models zurückhalten, weil es ja schließ-lich um die, Zitat: „meterhohen geilen Beine seiner Freundin und um ihre Lippen und um ihren Po und um ihre Haare" ging. Und sein Begleiter erklärte ihm, dass so eine Frau, und das wisse er mit Sicherheit, dass so eine Frau unsereins nicht mal wahrnehmen würde. Und während er das sagte, tastete er mit seinem Blick in Bruchteilen von Sekunden Körper und Kleidung seines Begleiters ab und war nur noch mehr von seiner Hypothese überzeugt. Und Franz sagte einfach nur: „Ja." Dann erklärte er ihm, dass man so eine Frau nur dann bekomme, wenn man wirklich viel Geld hätte, und er hätte zwar viel, aber er meine ja nicht viel, sondern wirklich viel. Und während er so vor sich hin dozierte, dachte Franz an Iana. Unabhängig von der Themenvorgabe seines Partners, der es wohl genoss, einen selbstlosen Zuhörer gefunden zu haben, auf den er nun all sein heroisches Wissen niederschrei-ben konnte und der angenehm ruhig hielt und nicht wackelte, damit die Schrift verschwamm. Er hatte keine Lust, Iana zu sehen. Sie war das geworden, für ihn, mittlerweile, was ein Antagonist des Edlen und Hehren war. Sie interessierte sich für nichts. Nicht mal für ihren eigenen Beruf. Sie wollte nichts. Sie dachte nichts. Sie hatte keine Ziele. Nur immer nehmen nehmen nehmen. Egal was und von wem. Oder als er ihren Anruf gestern erhalten hatte, in der Buchhandlung, die Leere, die sie hinterließ, nachdem sie aufgelegt hatte, und er nicht mehr in den Buchladen zurückgehen konnte, wie ge-lähmt war, von der Inhaltslosigkeit, die er ihr mehr und mehr unterstellte. Franz war gespannt, wie sie ihn begrüßen würde. Wahrscheinlich lachend. Und sie würde weiterlachen. Bis in den Abend hinein.

Türkei. Jetzt war er da. Chaotisch, der erste Eindruck. Nicht einheitlich, wie Italien, oder sagen wir Frankreich, wo alles eine bestimmte Art Stil hatte, Flair, besonderes Flair. Hier? Nein. Nichts dergleichen. Alles eher provisorisch. Die Straßen. Die Häuser. Baustellen. Aber eine schöne Vegetation. Die mittelhohen Berge und Hänge waren übergrün von Pinien und Zedern. Der Ort, in dem das Hotel war, das die Agentur angemietet hatte, war eingebettet in eine sanfte Hügellandschaft. Das Meer, das durch eine schmale Bucht zungenartig den kleinen Ferienort beleckte, war sanft und still, kein Wellengang. Überall große Hügel und kleinere Berge, extrem dicht bestanden von Zedern, Kiefern und Weiden. Ein dunkles, sattes Grün, das sich wie ein dichter Pelz über sämtliche Hügelketten und Täler legte. Das Auge konnte nicht fliehen, in die Ferne etwa, oder auf das Meer, denn zahlreiche kleinere Inseln waren der Küste vorgelagert.

Die Agentur von Iana hatte ein ganzes Hotel für mehrere Tage angemietet, um an Pool, Hotelbalkons, Rezeption und dergleichen Shootings zu absolvieren. Herbst/Winter-Mode. In sommerlich-touristischem Ambiente. Das war die Idee der Modezeitschrift. Widersprüchlich. Witzig. Paradox.

Franz betrat die Lobby vor seinem neuen Freund und entdeckte sofort Iana, die auf einem Stuhl vor einem der Hotelspiegel saß und gerade von einem Visagisten einen marmorierten Gloss mit Mokkaglanz und Purpurschimmer aufgetragen bekam. Und als sie Franz sah, sprang sie auf, zum Schrecken ihres Visagisten, und rannte auf ihn zu.

„Du kleiner..., du kleiner..., du... du...!" Sie war außer sich.

Franz umarmte sie. Iana sprang immer wieder an ihm herauf wie ein Zirkuspudel und lachte.

„Oh, that´s Franzi!!", beteiligte sich ihr Visagist jetzt begeistert. „The man we know from many stories!"

„Yes, that´s Franzi. The artist." Sie zog ihren Visagisten, eher Frau denn Mann, am Ärmel herbei. Der sah Franz an und meinte:

„Nice Guy!" Und er ließ sich von Iana anheizen und küsste Franz auf beide Wangen und dann Iana. Er sah Franz mit durchdringendem, latent erotischem Blick an. Dann sah er Iana an und sagte: „He´s a good guy. He´s a really good guy!" Er klang wie eine fürsorgliche Großmutter, die ihrer Enkelin den Segen für ihren Verlobten geben wollte.

In der Ecke, an der Rezeption, stand Franz´ Flugbegleiter. Er war in ein seltsam unterdrücktes, melancholisches Schweigen verfallen und versuchte zwanghaft, mit dem türkischen Portier irgendetwas Wichtiges zu besprechen. Als Franz zu ihm hinsah, sah er ruckartig weg, und auch in den Tagen darauf verhielt er sich eher ruhig und beschäftigte sich in erster Linie mit seinem unbefleckten, silberfarbenen Powerbook. Franz beobachtete in den folgenden Tagen neugierig die Shootings, die das Team innerhalb der Hotelanlage durchführte. Zwei Models wurden abgelichtet, Iana und eine Südamerikanerin, aber das Resultat, die Bilder, machten eher den Eindruck, ein Dutzend Mädchen hätte Modell gestanden. Der Fotograf, Paul Puquet, der wie ein Penner gekleidet war und sich auch ähnlich gebärdete, wurde schon nach einigen Tagen Franz´ Gesinnungsgefährte. Im Monat zuvor hatte er den wichtigsten Fotografiepreis der Modebranche erhalten und war jetzt schon auf drei Jahre im Voraus ausgebucht. Er war groß im Kommen. Und diese Tatsache, das konnte Franz nicht vor sich selbst verleugnen, übte eine gewisse Faszination auf ihn aus. Aber vor allem Paul Puquets unprätentiöse Art sagte ihm zu. Er wirkte ständig etwas planlos und confused. Er ist eine Persönlichkeit, dachte Franz. Und vielleicht fehlte ihm das. Das Unvollkommene, das Charakteristische, Menschliche. Er selbst war zu sehr das, was er sein wollte und zu selten das, was er war. Er und Paul führten prächtig Konversation und verzögerten dadurch relativ oft die Aufnahmen. Dann musste das ganze Team so lange warten, bis Puquet bereit war. Schließlich war er der Kronprinz. Franz gefiel seine Idee mit der Wintermode am Swimmingpool, und er hatte noch extremere Ideen, von denen Paul jedoch meinte, sie wären eine zu große Quälerei für die Models. Iana beobachtete die beiden, wie sie miteinander sprachen, und fragte Franz eines Nachmittags im Hotelzimmer:

„Das, was du mit Paul besprichst ... was ist das?"

„Mit Paul?" Franz lächelte und drehte sich zum Fenster.

„Das sind Konzeptideen."

„Aha! Konzeptideen...", wiederholte Iana betont. Sie ging zu Franz hin, der aus dem Fenster zum Hotelpool im Innenhof hinuntersah, legte von hinten beide Arme um seinen Hals und meinte: „Ich will auch Konzeptideen mit dir besprechen." Und sie zog ihre Arme zusammen, bis sein Hals eingeklemmt war. Franz hatte das Gefühl, Iana meine es nicht ernst, sondern wolle ihn wieder necken.

„Du bist eifersüchtig!",

sagte er mit einem Anflug von Bosheit.

„Auf den?!" Sie ließ Franz los. „Niemals!"

An ihrer Reaktion glaubte er zu merken, dass sie es tatsächlich war. Und eigentlich hatte sie auch Grund dazu: Franz vermisste das intellektuelle oder zumindest das geistreiche Gespräch mit ihr. Sein Abscheu vor Iana war mittlerweile noch mehr gewachsen. Bereits wie sie sprach, Tonlage, Lautstärke, wie sie aß, ihren Kiefer beim Kauen ganz unmerklich von links nach rechts schob, wie sie schlief, starr und lautlos, als wäre sie tot, alles begann ihn abzustoßen. Anfangs waren diese Gesten und Gebärden für Franz lediglich ein gelegentlicher Hinweis auf die Schlechtigkeit ihres Charakters gewesen. Irgendwann jedoch hatten diese sich häufenden, bald sich aneinanderreihenden Hinweise sämtliche Zweifel bei Franz ausgeräumt und waren wie gerichtliche

Beweisstücke in einem Mordfall vor seinem geistigen Auge in Plastiktüten zusammengeschnürt an die Wand gepinnt und beschriftet. Schuldig!

„Ich glaube eher, er ist eifersüchtig auf dich!", erwiderte Franz, drehte sich ruckartig um, stürzte lachend auf Iana zu und umschlang sie mit beiden Armen an ihrer Taille. Sie erschrak erst und versuchte sich dann mit albernem Herumhopsen aus seiner Umklammerung zu befreien. Das Spiel wurde immer wilder und handgreiflicher, hart an der Grenze zum Streit, bis die beiden bei ihrem Gerangel zufällig auf dem Bett landeten und die weiche, baumwollene Unterlage alsbald als Austragungsort anderer Art genutzt wurde.

Danach meinte Iana, tief aus dem Bauch atmend:
„So etwas hatte ich seit Jahren nicht."
Franz, der auch noch immer tief und schnell atmete und von der stehenden Hitze in ihrem Zimmer am ganzen Körper nass war, umarmte sie langsam, sah zur Zimmerdecke und dachte nach.
Vom Hotelinnenhof hörten sie das ferne, quietschende Lachen des Visagisten. Und sie lagen lange schweigend nebeneinander, im abgedunkelten Hotelzimmer, durch das am Rand des Vorhangs eine schmale, goldene Lichtsäule hereinbrach, welche die äußere Hitze, die Helligkeit und die Kraft dieses türkischen Sommernachmittags ahnen ließ. Und Franz genoss das Gefühl, den Türkeisommertag, einen wertvollen Urlaubstag, zu versäumen. Herzuschenken. Die Zeit totzuliegen. Sie zu verlieren. Wertvolle Zeit, für die andere das ganze Jahr gearbeitet hatten, um sie nun in vierzehn Tagen oder drei Wochen Urlaub in vollen Zügen zu genießen, zu nutzen. Er wollte hier im stillen, abgedunkelten Hotelzimmer liegen, das man eigentlich nur in der Nacht, nur zum Schlafen

aufsuchte, und seinen Gedanken zuhören. Franz hatte sich das Hotelzimmer schon vollständig zueigen gemacht, indem er es mit seinen Romanen, die er nie vollständig las, und aufgeschlagenen Seiten teurer, ästhetischer Werbefotografien aus Modemagazinen, Thomas Bernhards *„Das Kalkwerk"*, Francois Sagans *„Bonjour Tristesse"* und Francis Scott Fitzgeralds *„Gatsby"* ausgelegt hatte. Deren Geist sollte einkehren, und seiner, und sie waren tatsächlich vollzählig eingetroffen.

Iana war eben neben ihm eingeschlafen. Sie sah aus wie eine Erleuchtete, und ihr Atem ging so langsam, dass er manchmal dachte, sie würde ersticken. Wieder begann er, ihren Charakter innerlich abzulehnen. Ihre Unfähigkeit, etwas nicht ausschließlich aus ihrer Perspektive zu sehen, oder ihre eingeübte Gehörlosigkeit gegenüber leiseren Tönen, Zuflüsterungen, poetischen Signalen aus der Umgebung. Franz´ Brust wurde enger, und er begann an seinen zukünftigen **RUHM** zu denken. Es war ja nicht so, dass er berühmt werden wollte, um berühmt zu sein, dachte er sich. Nein. Das nicht. Er wollte berühmt werden, um endlich einmal Resonanz zu bekommen, Erwiderung zu spüren. Um etwas bewegen zu können. Die furchtbar starken Kräfte in ihm. Er konnte sie nicht auf ewig ausschließlich für sich allein besitzen. Sie waren doch für alle da. Nein. Nicht berühmt werden wollte er, sondern bemerkt. Bis jetzt noch war er Luft, für jeden. Meinte er.

Und während er darüber nachdachte, hörte er Pauls raue Stimme vom Innenhof und beneidete ihn um sein Metier. Das Fotografieren. Das war wenigstens ein Etwas. Nicht dieses Nirgends, mit dem er sich beschäftigte. Neudorf, sein Favorit an der Kunsthochschule, hatte ihm einmal - und daran musste er nun denken - er hatte ihm erklärt, er solle die Aktionen, die er durchführe, dokumentieren, in Bild,

Ton, Skizze. Ansonsten könne es ja keiner nachvollziehen, im Nachhinein. Und Franz hatte ihm dargelegt, dass es genau um diesen Aspekt ging. Dass nur für die paar Anwesenden, die bei einer Aktion zufällig vorbeikamen, und nicht wüssten, was da gerade vor sich ging, diese eine künstliche Realität entstehen sollte. Und sie danach verpuffen sollte. Ein rein temporäres Moment werden. Ohne Dauer. Jede Dokumentation würde das zerstören.

Iana wachte halb aus ihrem Mittagsschlaf auf, murmelte irgendetwas vor sich hin, drehte sich um und verstummte wieder. In diesem Augenblick ertappte sich Franz dabei, dass er erstmals wieder an Olga gedacht hatte. Sie war jetzt auch angekommen. In der Türkei. Ihre Maschine landete eben, im von der Sonne verdunkelten, seelenruhigen Hotelzimmer, in dem Franz an die Decke sah.

Vielleicht hatte Neudorf recht. Franz hörte wieder das Quietschen des nicaraguanischen Visagisten, und in diesem Moment war die Idee da. Und er hatte sie sich überhaupt nicht ausgedacht. Noch hatte er bemerkt, dass sie dämmerte. Sie war in diesem Moment zu ihm gekommen und sie war göttlich.

Etwas Brutales. Ja. Etwas Brutales musste er tun, um herauszukommen. Etwas Unethisches. Etwas, das seiner Natur widersprach. Er biss leicht auf seine Unterlippe und holte tief Luft. Er würde eine **Kunstaktion** durchführen, an der jemand, vielleicht auch er selbst zu Schaden kommt. Ein Skandal war zu wenig.

Er hatte jetzt seit knapp zwei Jahren wirklich alles versucht, tatsächlich jedes Medium, vom Film über das Drehbuch, von der Zeichnung über den Druck, von der Skulptur über die Fotografie. Und in seinen Kunstaktionen hatte er sich lächerlich gemacht, zum Gespött, hatte sich selbst hervorgehoben, als Person. Was falsch war. Er musste sich subtrahieren, als Mensch, herausschneiden, in den reinen Dienst der Sache treten.

Iana schnarchte jetzt leise. Er sah in ihr Gesicht, das nun wieder ihm zugewandt war, und fand es überzogen schön. Vielleicht fehlte ihm die Abweichung. Das Andere. Ja, Klarheit. Das fehlte. Ihm. Seinen Aktionen. Seinen Aussagen. Und wenn die Welt etwas Schlimmes erlebt, etwas Gemeines, dann hat sie Klarheit. Mit dem Guten kann man sie nicht belehren. Zu spüren mussten sie etwas bekommen. Und Schmerz war ja schließlich intensiver als Freude – einprägsamer.

Nur dürfte er mit dem Gesetz nicht in allzu großen Konflikt geraten. Es müsste im Rahmen bleiben. Das Strafmaß. Und sie vollkommen irre sein, die Aktion. Er würde etwas tun, was man nicht tat, sonst, in ethischer Hinsicht. Eine künstlerische Aussage musste natürlich schon drin sein. Eine tief künstlerische. Keine Frage. Absolut keine Frage. Aber es wäre Kunst, die sich einen anderen Weg suchte als den durch die Galerien und Museen. Eine, die die Route der Antimoral einschlug. Das Gesetz durchbrach. Es überwand.

Iana erwachte. Sie plapperte irgendetwas vor sich hin, noch nicht ganz anwesend. „Wo sind, wo sind... wir...“

„In der Türkei. Wir sind in der Türkei.“ Franz lehnte sich zu ihr und streichelte gedankenverloren ihr Haar. Er wusste, dass er es geschafft hatte. Er hatte nun selbst Klarheit.

„In der... in der Türkei... o Gott.“ Iana bog und streckte sich, legte dann ihren Kopf auf Franz´ Becken und meinte: „Ich hatte gerade einen Albtraum. Es war furchtbar. Die Puertoricanerin, meine Kollegin, versuchte mich im Pool zu ersäufen. Und ihr standet alle um das Becken herum und habt nichts gesehen. Ihr lachtet und redetet und schminktet euch gegenseitig. Und ich sah, wie Paul und du euch küsstet. Es war ekelhaft. Ich sah es alles von unten. Unter der Wasseroberfläche. Weil die scheiß Puertoricanerin mich ständig tunkte. Und ihre hervorstehenden Beckenknochen waren riesig. Sie war riesig und dürr."

„Die ist ein bisschen hochnäsig, oder?", bemerkte Franz, nachdem er seine Gedanken zum Abschluss gebracht hatte.

„Die!" Iana legte ihren Kopf auf das Kissen zurück. „O ja. Sie ist arrogant. Das kannst du wohl sagen. Die ist mega-arrogant. Gestern schrie sie die Hair-Stylistin nieder. Nur weil die einen Moment an ihr Handy gegangen war, um mit ihrer Tochter in Finnland zu sprechen. Sie schrie sie an, dass sie in der Arbeit wäre und nicht zum Vergnügen da sei."

„Hässlich ist sie ja nicht!", bemerkte Franz.

„Na ja. Südamerikanerinnen sind zurzeit einfach en vogue. Das ist alles. John Galliano hat mal irgendwas über Francesca gesagt. Ich weiß nicht mehr genau, was. Aber das ist seitdem die Visitenkarte für sie. So hübsch finde ich sie jetzt auch wieder nicht. Komm! Sie ist eben sehr groß und dünn wie alle und sieht einfach temperamentvoll aus."

„Ja, aber das in Kombination mit etwas sehr Europäischem." Franz dachte an ihr Gesicht. Es war schmal, mit hohen Wangenknochen, streng, sanft einfallenden Augenhöhlen, deren seidige Haut um das Auge herum zu schimmern schien. Ihr Kinn stand stolz nach vorne und war wundervoll gekantet, während der obere Teil ihres Gesichtes von hauchdünnen, langen Augenbrauen abgeschlossen wurde, die so nahe über den Augen waren, dass sie verwegen und kraftvoll wirkte, und etwas männlich.

„Ach, hör auf", entgegnete Iana.

„Du bist natürlich schöner!" Wieder Franz.

„Ja klar." Sie.

„Iana. Du bist viel schöner. Das meine ich absolut ernst! Wenn es nicht so wäre, wäre ich nicht mit dir zusammen.

Du bist die Schönste. Ganz einfach."
„Dann wärst du nicht mit mir zusammen? Du bist fies!"
„Ich wäre auch mit dir zusammen,
wenn du wie die dicke Hair-Stylistin aussähest."
„Nein. Das wärst du nicht. Und das weiß ich."
„Blödsinn." Franz legte seinen Kopf neben sie
und strich mit der Hand über ihren flachen,
gebräunten Bauch.
„Was ist mit dir los?", fragte sie ihn.
„Du bist so... so gut aufgelegt irgendwie."
Franz gab ihr einen sehr hitzigen Kuss, sodass ihre Lippen
danach brannten, und meinte: „Ja, das bin ich. Es wird sich ei-
niges ändern in nächster Zukunft."
„In naher Zukunft. Es heißt, in naher Zukunft."
„Nein. Es heißt in nächster. In diesem Falle.
Bei mir. Sobald wir aus der Türkei zurückgekehrt sind."
„Was willst du denn machen?
Eine Aktion wahrscheinlich."
„Ja, eine Aktion. Ich werde eine Aktion machen." Und es
klang, als sagte er es nicht zu ihr, sondern zur ganzen Welt.

Die nächsten Tage verliefen noch ruhig. Franz wohnte
meist den Modeaufnahmen bei oder setzte sich ab, um an
der Verfeinerung seiner Eingabe zu arbeiten. Jetzt kam ihm
die Türkei, die fremde Umgebung gerade recht. Hier konnte
er so tun, als hätte er keine Vergangenheit, keine Zukunft,
keinen Ort. Alles war möglich, gedanklich. Er suchte sich
ruhige Orte auf dem Rasengrundstück der weitläufigen
Hotelanlage, die terrassenartig in immer höheren Ebenen
nach hinten zu den Bergen anstieg. Ganz hinten war es ganz
einsam, und da begannen auch der Berg und der Punkt, an
dem der kultivierte, kurz geschnittene Golfrasen in verwor-
renes Geäst und stachliges Gestrüpp wechselte, schlagartig.

Er suchte dort einen Platz, von dem aus er einen Blick auf Meer und Berge zugleich haben konnte und arbeitete dort. Er saß ständig im Schatten und liebte den Gedanken, bleich zu bleiben, nicht braun zu werden, während Tausende von Touristen im Ort, der sie umgab, alles taten, um es zu werden. Ging auch sonst immer im Schatten und fand es irgendwann stilvoll: das Sonnenausweichen. Einmal saß er am Rand des Swimmingpools, nur die Füße im Wasser, und beobachtete die Models und das Team bei der Arbeit. Iana posierte mit breitem Pelzkragen und einem Bustierkleid mit enger Taille und einem langen, unten leicht ausgestellten Rüschenrock am Beckenrand. Dazu trug sie caramelfarbene Pumps mit braunen Ziernähten, breiten Riemen und Futter in Löwenoptik. Das nächste Outfit war eine Bundfaltenhose aus kamelfarbener Wolle mit Umschlag. Am Oberkörper ein transparentes Netzstrumpftop mit Zackenmuster von Wolford. Immer mussten die beiden Mädchen so in die Kamera schauen, als befänden sie sich in einer klinisch relevanten Depression. Das abturnende Gesicht war in den Modemagazinen gerade angesagt. Und Paul gab ihnen, wenn sie zu sehr lächelten oder zu sexy aussahen, die Anweisung, an schlechten Sex zu denken. Francesca verstand die Anweisungen sprachlich nicht recht und schaffte es nicht, das darzustellen, was sich der Fotograf vorstellte. Gerade trug sie einen cremefarbenen Trenchcoat mit dunkelblauer Paspelierung und kariertem Innenfutter.

All diese Strapazen schienen Iana nicht im Geringsten zu tangieren. Im Gegensatz zu Francesca, die es an keiner Stelle ausließ, ihren Unmut gegen die Liaison von Tierpelz und Sonnenhitze zum Ausdruck zu bringen. Und Franz konnte genau beobachten, wie Iana diese Art an ihr, dieses Empfindlich-Sein und Nicht-Tolerieren, anwiderte. Iana bevorzugte bald die schwereren Gewänder, nur um ihrer Kollegin beizubringen, wie ein wahres Model zu sein hatte. An einem Nachmittag zankten sie sich dermaßen, dass Franz ihr Geschrei bis an seinen Vollkommenheitsplatz hören konnte. Das Team musste die Arbeiten unterbrechen, und der Erfolg der gesamten Unternehmung wäre gar in Gefahr gewesen, hätte nicht Franz, nachdem er herbeigeeilt war, Paul den Vorschlag unterbreitet, diese Situation auszunutzen und Szenen zu schaffen, in denen die beiden sich garstig und herablassend ankeiften. Paul setzte es um, und der Effekt war, dass die beiden, als sie ihre Posen einnahmen, dermaßen über sich selbst lachen mussten, dass deswegen die Aufnahmen auch wieder in Verzug gerieten und Iana und Francesca, die sich mittlerweile lachend in den Armen lagen, angehalten werden mussten, wieder zur Vernunft zu kommen. Am Abend schließlich waren sie so gute Freunde, dass Franz´ und Pauls kameradschaftliche **Dominanz** Konkurrenz bekam.

Als es Nacht wurde, gingen sie aus, zu dritt, in Marmaris, und es stellte sich im Verlauf des langen Abends, der bis in der Morgen hinein reichen sollte, heraus, dass sich Iana und Francesca im Grunde sehr ähnlich waren, um nicht zu sagen total ähnlich. Und dass sie die gleichen Ansichten über ihr Business hatten, über Paul, über John Galliano, Mailand, New York und Paris und über die Tatsache, dass Marc Jacobs ein **Gott** und Lagerfeld ein **Diktator** war. Franz saß daneben und verlor sich in ihrer Schönheit, sprach wenig und konnte nicht richtig denken. Später kam noch Paul dazu, und Iana betonte, wie froh sie sei, dass Franz nun endlich einen zum Sprechen gefunden habe, und Francesca erzählte Iana von ihrem Freund, der genau so sei wie Franz. Und als sie später zu viert durch die Stadt, die ausschließlich von englischen und schwedischen Touristen bevölkert war, schlenderten und auf Woody-Allen-Art heftig miteinander diskutierten, verstand Franz mit einem Mal, dass er niemals auch nur einer Menschenseele von seinem Vorhaben erzählen durfte – keiner!

Am Morgen darauf hatte Paul die Idee, das Hotel mitsamt dem Team zu verlassen und woanders zu fotografieren. Also fuhren sie los. Im ersten Jeep saßen Paul und Franz mit den beiden Models, und in einer Wagenkolonne folgten Beleuchter, Visagisten, Hair-Stylisten und Schneiderinnen. Paul wusste nicht wohin, und Franz steuerte. Sie wollten spontan entscheiden. Dafür war Paul berühmt in seiner Branche. In der Geschichte der amerikanischen *Vogue* war er der erste und wahrscheinlich auch letzte Fotograf, dem die Modezeitschrift erlaubt hatte, auf ihrem Titelbild einen Affen im Chanel-Kostüm abzulichten. Er hatte schon ganze Teams verschlissen und Models in Kliniken gebracht. Einmal, als er tatsächlich ein Model zur Nervenklinik fahren musste, entschloss er sich, in der Klinik weiter zu fotografieren und verfolgte das manisch gewordene Model bis unter die Röhre für die Computertomographie. Das war sein Durchbruch – während das Model ein halbes Jahr benötigte, um sich wieder seelisch zu stabilisieren.

Wohin sie momentan wollten, war ebenfalls unklar. Franz und Paul unterhielten sich aufgeregt, während Francesca und Iana allmählich nervös wurden.

„Wohin wollt ihr denn jetzt?" Iana, vorsichtig.

„In den Kaukasus." F. Und Paul lachte.

Franz hielt den Wagen an, selbstbewusst, als wisse er genau, was nun zu tun sei. Er wendete und passierte die ganze Kolonne Jeeps, die augenblicklich auch anhielt und ihm nachfuhr.

„Wir müssen in die Zivilisation", meinte er. „Nicht in die Natur. Die ist viel zu einfach. Die Zivilisation. Und das sind die Touristen. Hier. Sonst gibt es hier nichts. Nur Abertausende von Touristen. Heerscharen. Da wirst du sie fotografieren."

Paul widersprach nicht, schien sogleich einverstanden mit Franz' Vorschlag. Wohl auch, wenn es ein anderer gewesen wäre. Franz lenkte die Wagenkolonne also Richtung Strandpromenade. Dorthin, wo der Millionenstrand war. Die Wagen wurden mitten auf der Fußgängerpromenade für sehr teueres Trinkgeld abgestellt und entladen. Iana und Francesca waren unsicher und hatten Angst davor, inmitten Hunderter Hinsehender abgelichtet zu werden.

„Wir brauchen die Schaulustigen", erklärte Franz Paul. „Die musst du mit drauf kriegen. Die Mädchen, topp gekleidet, übermäßig geschminkt, künstlich. Und dahinter, als Kulisse, die grobe Masse, unschöne, gewöhnliche Körper." Er sagte es, als Iana und Francesca gerade nicht hinhörten.

Paul sah ihn an, sagte nur: „Great!" und begann den Raum gefühlsmäßig auszuloten. Iana gefiel die Situation nicht. Franz war nun der Regisseur, und Paul wirkte wie ein scheuer Handlanger. Schließlich wollte doch sie mit dem Shooting in der Türkei an Paul Puquet rankommen, von ihm wahrgenommen werden. Und jetzt Franz. Gebärdete sich, als sei dies alles nichts Besonderes für ihn. Als hätte er das jeden Tag. Und während sie zwischen den geparkten Jeeps geschminkt wurde, kam es ihr: Er tat es jeden Tag. Franz tat diese Dinge seit Jahren schon, in Gedanken. Und das, was jetzt sichtbar war, war längst eine Routine. Selbst Puquet war völlig gefangengenommen von diesem Gehabe! Iana hasste Franz für die Idee, unter so viele Menschen zu gehen. Tatsächlich hefteten sich sogleich unzählige neugierige Blicke auf ihren **Körper** und ihr Gesicht. Nun war sie hauptsächlich Ding.

Das Resultat der Aufnahmen, die sie am gleichen Abend gemeinsam sichteten, überzeugte indessen jeden. Der Touristeneffekt, von dem Franz gesprochen hatte, funktionierte. Die plumpen, begierigen Blicke von Männern, von jung bis sehr alt. Offene Münder von Frauen und Mädchen, verwundert, dass solche Wesen in der Wirklichkeit existierten. Auf ein paar Fotos Franz in action, mitten in der Menge. Unbeirrbar, ganz nahe an der Sache. Dann die rosafarbene, sonnenverbrannte, sämige Haut der Schultern, Bäuche, Oberarme und Rücken dickleibiger oder magerer britischer und schwedischer Touristen. Ihr verbissenes Schweigen, das entstand, weil sie so sehr hinsehen mussten. Franz hatte verhindern können, dass die Gaffenden aus dem künstlerischen Prozess ausgeschlossen wurden. Wollte sie ganz dicht dran haben. An der **Schönheit**. Dass sie sie beinahe berührten. Dies aber nicht wagten. Und die Menge bildete einen vollkommenen Kreis – wie ihn Michelangelo einst für den Papst malte, als der anhand dieser Fertigkeit den Künstler für die Gestaltung der Sixtinischen Kappelle auswählte. Derjenige um die beiden Models fand von sich aus die idealste Form. Franz zeigte auf dem Monitor die Grenze, die sie nicht überschritten hatten. Was ihn unglaublich faszinierte. Und während er und Paul und Iana und Francesca die Bilder betrachteten, meinten Francesca und Iana, dass die Idee so schlecht doch nicht gewesen sei, und sie mussten über ihre steife Haltung auf den Bildern lachen, und über die „...dummen Blicke..." der Schaulustigen. Franz machte Paul noch den Vorschlag, unter die Bilder das Zitat eines mittelalterlichen Theologen zu setzen, in welchem die Schaulust, die Lust zu schauen, verpönt wurde.[1]

Sie sichteten sämtliche Bilder, öffneten eine Flasche Champagner, sprangen in den Pool, lachten, wurden abermals fotografiert, öffneten die zweite Flasche, schrieen laut, tunkten sich gegenseitig, rannten nackt über das Hotelgrundstück, kotzten in den Pool und schliefen bis in Nachmittagsstunden des nächsten Tages. Als Franz erwachte, hasste er sich. Wieder. Er rieb sich die Augen und sah zu Francesca hinüber, die

---

1 *Tractatus moralis de contractibus reddituum annuorum (Heinrich Totting v. Oyta; um 1330 - 1397)*

neben Iana lag. Ihr Körper war an Beckenknochen und Rücken entblößt, und die vier Beine waren ineinander verkeilt. Schliefen wie Selige, unbedarft, leicht und hoch. Franz erinnerte sich. Die kleine Feier war auf dem Doppelbett ihres Zimmers weitergegangen. Paul hatte Iana und Francesca nackt fotografiert. Franz hatte ihnen aberwitzige Anweisungen gegeben oder unnatürliche Körperverrenkungen vorgemacht. Und am Ende forderten Paul und Franz sie auf, sich zu küssen.

Franz sah Francescas´ Körper sehr lange an, während sie schlief, und drehte sich dann von den beiden weg. Aufstehen konnte er auch nicht. Das hätte zu stark geschmerzt. Also blieb er liegen und dachte nach. Die Kunsthochschule war damit auch passé. Ganz klar. Er müsste sich ausschließlich auf seine Aktion konzentrieren, alles andere ausschalten. Ein Abend wie der letzte würde nicht wieder vorkommen.

Beim gemeinsamen Frühstück, das von den Hotelangestellten auf der Terrasse angerichtet wurde, herrschte beredtes Schweigen. Iana gähnte unentwegt, und Paul rauchte eine Zigarette nach der anderen. Er sah sehr wild und zerzaust aus. Ungewaschen. Francesca grinste immer wieder in sich hinein und machte irgendwelche Gesichtsmassagebewegungen. Schließlich unterbrach Franz die Anspannung.

„Morgen früh fliegen wir."

Niemand erwiderte etwas. Und plötzlich hatte Franz das beschämende Gefühl, das übrige Team völlig übergangen und missbraucht zu haben. Für seine Kunstidee. Er begann, alle in ein Gespräch zu verwickeln, um die hierarchischen Unterschiede der letzten Tage und die Tatsache, dass er den Ton angegeben hatte und jeder Folge leisten musste, ein wenig zu kaschieren und zu entschuldigen. Francesca erzählte dann unvermittelt irgendetwas von ihrer Heimat, von ihrer Großmutter, die Schildkröten züchte und viel Erfolg damit habe und deswegen auch schon ins Fernsehen gekommen sei, und ihrer Schwester, die bereits vier Kinder zur Welt gebracht habe und einfach nicht zunehme und der glücklichste Mensch sei, den sie kenne. Und Franz hörte nicht hin und beobachtete Iana, wie sie begeistert Francescas´ Ausführungen folgte, und wunderte sich, weshalb sie sich so gut mit ihr verstand. Franz hatte zwar keine schlechte Meinung von ihr, fand Francesca aber eben inhaltlich eher problematisch. Ihr fehlte jeglicher doppelte Boden. Da war nur die erste Ebene. Keine darüber, von der sie über die erste hätte lachen oder spotten oder heulen können. Darunter auch nichts. Für Franz hingegen existierten ausschließlich Über- und Unterböden. Ein Fundament gab es nicht.

Später im Hotelzimmer meinte Iana, als Franz gerade unter die Dusche wollte: „Francesca ist viel schöner als ich." Und aus ihrem Mund klang es wie die endgültige **Kapitulation**.

„Viel schöner als du. Jetzt hör aber auf!" Franz lehnte sich an den Türpfosten des Badezimmers. „Selbst wenn sie das ist, ist sie auch viel gewöhnlicher als du."

„Sag das nicht. Das ist gemein. Sie ist nicht gewöhnlich. Du weißt gar nicht, wie sie ist."

„Du weißt, dass ich keinen verachte, keinen Menschen."

„Außerdem...", unterbrach ihn Iana mit deutlich vernehmbarer Enttäuschung, „....sagtest du, selbst wenn sie das ist, selbst wenn sie schöner ist als ich...."

„Was ist denn das Äußere? Du verstehst nicht, Iana. Das Äußere ist nichts. Warum bist du immer so äußerlich. Die ganze Zeit. Permanent." In seiner Stimme klang eine gewisse Kränkung.

„Gerade du! Du redest doch immer davon, wie schön ich bin. Immer schön und schön und schön. Und über Olga sagst du das auch. Schön. Wunderschön."

„Wie kommst du jetzt auf Olga!?"

„Warum, ist das ein Problem? Willst du ihren Namen nicht hören?" Und sie sah Franz an, als wüsste sie über absolut alles bescheid.

„Du bist..." Er ging auf sie zu. „... du bist das Aller... Allerschönste, was ich je zu Gesicht bekommen habe."

Iana schwieg.

„Iana! Du bist krankhaft schön, und ich hasse dich dafür."

Seine Stimme klang äußerst durchdringend.

„Ich kann nicht mehr hören, dass ich schön bin." Sie wich vor Franz zurück. „Jeder verdammte Fotograf sagt es, jeder Visagist. Und sie sagen es doch alle nur, weil ich schön bin."

„Das verstehe ich jetzt nicht."

Franz blieb auf angemessener Distanz.

„Sie sagen, dass ich schön bin, weil ich schön bin. Und etwas anderes sagen sie nicht, und etwas anderes bin ich nicht. Als schön. Und ich weiß, dass du das genauso siehst. Du siehst zuerst die Schönheit, wie jeder verdammte Scheißkünstler, wie jeder Fotograf. Weil die doch alle nur Schönheit wollen und sonst nichts. Ich bin nicht schön. Ich bin überhaupt nicht schön." Beim letzten Wort fing sie an zu weinen.

„Doch, du bist schön. Warum glaubst du mir nicht?" Franz fasste ihr von hinten an die Schultern. Iana riss sich los, warf seine Hand weg und schrie: „Ich bin nicht schön! Das kapierst du nicht! Du kapierst es nicht!"

Franz fühlte sich gekränkt.

Iana sank auf dem Bett zusammen, vergrub ihren Kopf in ein Kissen und verkrampfte sich so sehr, als würde sie nicht mal mehr atmen. Franz konnte es nicht mit ansehen, wenn sie starr wurde und sich tot stellte. Er ging ins Badezimmer und setzte sich auf den Rand der Kloschüssel. Er dachte an Deutschland, das er sonst hasste und in diesem Moment vermisste. Am Morgen hatte er im Feuilleton der *Süddeutschen Zeitung* gelesen, dass man das Flugzeug des Schriftstellers Antoine de Saint-Exupéry identifizieren konnte. Sein mysteriöses Verschwinden 1944 sei nun endlich aufgeklärt, auch wenn man nicht wisse, ob es ein Unfall war oder er Selbstmord beging. Was für ein Blödsinn! Er wurde abgeschossen. Von einem Deutschen. Auch wenn das den Deutschen nicht gefällt. Da war sich Franz sicher. Aber das war gerade egal. Heimweh.

Sogar München vermisste er. Die Stadt, die er am innigsten hasste. Aber in München konnte man, gerade weil es menschlich so kalt war, klar nachdenken. München legte einem nichts in den Weg. Es war eine glasklare Stadt, wenn man wusste, was man wollte. Nur dann natürlich. Aber dann schob sie einen mit an.

Er riss ein Stück Klopapier ab und versuchte mit einem Kuli, den er auf dem blau gefliesten Boden entdeckt hatte, ein Gedicht zu schreiben.

ende, unter palmen

nachgebender sand unter den füßen
nackten füßen südseesand   so fein
wie pulver luxus ressort sie weint
am strand lange braune beine
von allem nur das beste wie
viel sterne er ist davonge
rannt richtung unbewach
ter strand schrie wie ein
kleinkind im abendpro
gramm malaysischer
tanz echte volkskunst
er stiert die mädchen
dümmlich an sie ist

ins bett gegangen spricht
nicht mehr mit ihm sagt
es ist aus klarer hellgelber
hass auf türkisblauem grund
giftige korallenbänke kilometerlang
eintauchen in paradiesparadieswasser
gesegnet von licht sie ist wie tot
rühre mich niemals wieder an
er muss weg sonst sonst
morgen in den flieger kaltes
schönes heimatland sie bleibt
noch eine woche voller palmen
weißem licht und totem sein

Er faltete das beschriebene Stück Klopapier sorgsam zusammen und steckte es in seine linke Hosentasche. Er dachte an Francesca und verglich ihr Gesicht mit dem von Iana. Sie war niemals so schön wie Iana. Aber wenn Iana einen Menschen in ihr Herz schloss, so fand sie ihn immer auch gleich wunderschön. Jedes Mal. Er hörte, wie sie wieder aus dem Bett stieg und den Fernseher anstellte. Orientalische Techno-Klänge, dann die zischende Stimme eines arabischen Nachrichtensprechers. Sie zappte. Das tat sie immer, wenn sie sich schlecht fühlte. Sie konnte es ewig tun – plastikartiges Publikumsgelächter in einer Comedy-Serie, die nuschelnde und undeutliche Stimme einer deutschen Auslandskorrespondentin, CNN News, Aktientipps in english, Britain's ministry of defense today reported that, Robbie Williams Feel...

Der Taxifahrer fuhr ohne anzuhalten in die Kreuzung ein, bog rechts ab und ließ dann auf gerader Strecke die Ortschaft Icmeler hinter sich. Er wirkte sehr wach, trotz der frühen

Stunde. Draußen war es noch dunkel, und der Morgen war weit entfernt. Der Taxifahrer schien aufgedreht. Das frühe Aufstehen hatte Franz´ und Ianas Ohren mit einer Art Taubheit belegt. Lediglich die Lichter der umschaltenden Ampeln und einige vereinzelte, schwach leuchtende Straßenlaternen gaben ihrem Wachbewusstsein eine Orientierung. Im Wagen war es kühl, und es roch nach altem Polster und Öl. Franz wollte schon seine Hand zu Iana ausstrecken und über ihr Knie streichen, hielt die Bewegung dann aber zurück und kratzte sich am Bein. Er bemerkte, wie sie immer wieder durch den mittleren Wagenrückspiegel die Augen des Fahrers betrachtete, an denen sie dessen Geistesszustand abzulesen versuchte. Da Iana selbst noch sehr müde war, glaubte sie nicht daran, dass der Fahrer wirklich wach war und bereitete sich darauf vor, im Bruchteil einer Sekunde ihre Hand nach vorne schnellen zu lassen, um ihn zu berühren und aufzuwekken, falls er einnickte. Franz hingegen mochte die Mischung aus Müdigkeit, sinnlicher Einschränkung und dem Erwarten des Morgenlichts. Er fühlte sich endlich ruhig. Er wollte den **Moment** erfassen, an dem das Licht des Morgens zum ersten Mal aus dem Dunkel auftauchte. Er war nicht müde und sah immer nur zum Fenster hinaus. Irgendetwas Beruhigendes wiegte ihn. Das schaukelnde Taxi? Er hoffte, dass die weite Strecke, die der Wagen bis zum Flughafen zurücklegen musste, noch einmal das Meer passieren würde. Das offene Meer. Denn als in Buchten und zwischen Halbinseln Eingekeiltes hatte er es jetzt sechs Tage lang gesehen, sechs zu lange Tage, dachte er, hinausgeschmissene Zeit. Für irgendwelche langen Disco- und Kneipenabende, die ihm ausschließlich der Erkenntnis nähergebracht hatten, dass sie sinnlos waren. So sinnlos wie die Bekanntschaften, dachte sich Franz und wartete auf **Licht**. Die Richtung, aus der es auftauchen musste, hatte er ungefähr ausgemacht. Aber noch war es vollständig dunkel. Franz spürte die angenehme Unruhe in sich, die er immer hatte, bevor er flog. Der Taxifahrer bremste ruckartig, und ihr altes, dottergelbes Taxi kam vor einer roten Ampel zum Stehen. Sie hielten an der Kreuzung einer Landstraße, die völlig leer war. Das unvermittelte Stillstehen des müden, alten Wagens war auf besondere Weise irreal und beunruhigend. Franz dachte, wer ist dieser Fahrer! Ein plötzlich in die Nähe Gestellter, über den einem nichts bekannt ist und von dem das eigene Leben zumindest für eine kurze Zeitspanne abhängt. Und vor allem, wer denkt er, dass wir sind? Er musste bereits eine Vorstellung haben von uns! Und zwar eine Eindeutige.

Das grelle, hässliche Rot der Ampel, das auf die Netzhaut des Fahrers und der zwei Mitfahrenden einwirkte, forderte eine seltsame Konzentration ein. Die Aufmerksamkeit auf die Frage, wann rot in grün umsprang. Ein simpler Vorgang, den zu verfolgen ebenso simpel war, der aber dennoch einen ganzen Menschen für viele Augenblicke in Starre bringen konnte. Franz dachte an seinen Besuch der Alten Pinakothek vor zwei Wochen, als sie dort gerade Da Vincis *„Madonna mit der Nelke"* zeigten. Franz hatte vor dem Bild gestanden und gewartet, bis etwas passiert. Maria hielt eine äußerst kleine, purpurne Nelke in der Hand und betrachtete sie mit vollendeter Aufmerksamkeit. Und obwohl Franz ihre Augen nicht sehen konnte, da ihre Lider weit niedergeschlagen waren, spürte er ihren Blick. Als könnte er, durch ihre großflächige, kreidefarbene Stirn hindurch, direkt auf ihr Hirn sehen und alle Gedanken darin zugleich erkennen. Da Vinci schaffte das, dachte Franz, wie er vor dem Gemälde stand. Man sieht jede einzelne Empfindung, die Maria zur Nelke hat. Maria sieht zur Nelke hin. Sie hat die Nelke vollständig erfasst. Und damit alles andere auch. Das Jesuskind dagegen greift tumb nach der Blume und erfasst nur ein greifbares, buntes Objekt. Franz ging weiter und dachte, Maria war bereits vor Jesus erleuchtet worden und hat ihm das Wichtigste beigebracht. Maria ist das eigentliche Ereignis. Nicht der Mann. Nicht Jesus.

Nachdem Franz sehr viele Räume ohne Betrachtung der Bilder abgegangen war, um innerlich vom manchmal unerträglich kraftvollen Ausdruck der Kunstwerke auszuspannen, blieb er mit einem Mal vor Peter Paul Rubens´ *„Höllensturz der Verdammten"* stehen, bei dem unzählige kleine, scheußliche, nackte Körper in einem braun-weißen Strudel nach unten gesogen wurden, während sie von dunkelbraunen und schwarzen Dämonen und Tieren gepeinigt und gequält wurden. Oben war ein schmaler, heller Schacht, durch den ein ruhiger, hellblauer Himmel sichtbar wird. Vor dieser kleinen Öffnung schwebten zwei Engel und schleuderten die fleischig-nackten Körper in die Tiefe. Daneben hing das Rubens-Gemälde eines Franziskanermönchs. Er hielt in der Linken einen Menschenschädel und in der Rechten die geschlossene Heilige Schrift - während sein Zeigefinger eine bestimmte Seite einen Schlitz weit geöffnet hielt. Franz dachte, vielleicht hat er die Seite gefunden. Die mit der Lösung des Rätsels. Seine Augen und sein asketischer, ernster, aber zugleich leichter Gesichtsausdruck wollten sagen: Ich habe Gott einmal gesehen. Es war zwar nur ein einziges Mal. Aber das hat genügt. Franz blieb noch eine Weile auf der dunkelbraunen Lederbank sitzen, dicht vor dem Mönch, und betrachte wieder und wieder seinen kahlen Schädel, bevor er weiterging. Dorthin, wo Dürer war. Im hintersten Raum. Als Franz dort angelangt war, hatte er Angst davor, dessen Selbstbildnis zu betrachten. Als er es vor Jahren zum ersten Mal gesehen hatte, war er furchtbar erschrocken. Albrecht hatte ihn in diesem Augenblick wirklich angesehen. Er stand also mit dem Rücken zu Albrecht und betrachtete seine Evangelisten und das blatternarbige Trinkergesicht des Markus. Dann verlor er sich in Gedanken, roch diesen typischen, altehrwürdigen Museumsgeruch und war einen Moment lang glücklich.

Plötzlich – obwohl die Ampel noch gar nicht geschaltet hatte – trat der Taxifahrer, der bisher kein Wort von sich gegeben hatte, sehr stark aufs Gas und fuhr los. Begann die Gänge weit auszufahren und war bald auf über hundert Stundenkilometern. Iana sah Franz angst- und vorwurfsvoll an. Der runzelte die Stirn und zuckte mit den Achseln. Dann pendelte sich die Geschwindigkeit des wortlosen Fahrers wieder auf ein angemessenes Mittelmaß ein, und Iana und Franz folgten wieder ihren eigenen Gedanken.

Allerdings hatte Franz wegen des kleinen unerklärlichen Aussetzers des Unbekannten, des ihrer Sprache nicht Mächtigen das Erscheinen des Lichts verpasst. Am Horizont nämlich schwelte bereits ein dunkler Streifen Purpur. Die Straße, auf der sie seit gut einer Stunde noch keinem anderen Wagen begegnet waren, verlief nun wieder in der Ebene. Jetzt konnte man erste Konturen von Felswänden und Felsbrocken, Pinien und Zedern ausmachen. Die Bäume wirkten schattenhaft und schwer, und die Struktur der Felswände nahm sich kurios und unwirklich aus. Iana beobachtete, wie der Fahrer allmählich müde zu werden begann. Seine Augen sahen trunken nur mehr halb geöffnet auf das schwarze Straßenband und tränten leicht. Iana griff nach Franz´ Hand und verkrampfte sich in sie. Seit ihrem gestrigen Streit vermittelte sie Franz den Eindruck, eine wertlose Person sein zu müssen. Er fand das Krampfen ihrer Hand kindisch und abscheulich und hätte ihren Arm am liebsten gegen die Fensterscheibe geschleudert. Stattdessen versuchte er aber, sie zu streicheln und hatte die

Befürchtung, dass dies sehr mechanisch geriet. Der Wagen fuhr jetzt durch eine weite, karge Ebene, und das Licht hatte alles erfasst, ohne dass Franz Notiz davon nehmen hatte können. Zudem war es immer noch nicht wirklich hell.

Olga kam ihm in den Sinn, und er bemerkte, dass er sie die ganzen sechs Tage stark ausgeblendet hatte. Wegen der neuen und unsicher machenden Umgebung höchstwahrscheinlich. Das Ausland löschte nun mal alles Inländische aus. Schon immer. Also auch Olga. Und während Franz zum Fenster hinaus sah, erkannte er in der Möglichkeit, nun wieder an Olga denken zu können, einen möglichen Sinn für sein Leben. Sein ganzes Leben.

Olga...

Plötzlich kamen sie ans Meer. Und Franz sah den Strand jenseits der Straße. Die Wellen brachen sich in langen, schrägen Reihen, und sie wirkten dunkel und mystisch auf ihn. Er kurbelte das störrische, quietschende Autofenster ein wenig herunter, um das Brechen der Wellen hören zu können. Kühle Luft drang in den Wagen, und Franz roch das Salz vom Meer. Das Rauschen der Wellen konnte er nicht hören, aber er sah mehrere Minuten wie versteinert aufs offene Meer hinaus und atmete kaum. Der Horizont des Meeres, das im Westen lag, war immer noch dunkel, während im Osten schon ein kleiner, gelber Lichtball aufgestiegen war, der bestimmt nichts von einer Sonne hatte, sondern unwirklich, kühl und bedeutungslos aussah. Iana war neben ihm eingeschlafen und hielt noch immer fest seine Hand. Und ihm wurde bewusst, dass er nun ganz alleine war. Er war der Einzige, der jetzt auf dieses Stück Meer hinaussah. Der Fahrer sah auf die Straße, und Iana sah gar nichts oder die Bilder eines Traumes. Er allein sah auf das Meer. Und es war das neue und frische Meer eines neuen und großen Morgens.

Iana...

Während Iana im Flugzeug an ihrem kleinen Plastikbecher mit Kaffee nippte, erinnert sie sich an ihren Traum im Taxi. Sie war in Lederhosen einen kleinen, steilen Hang hinaufgestiegen, und als sie oben ankam, breitete sich ein ewig weites Hochplateau vor ihren Augen aus. Der Rasen war gepflegt wie der Rasen eines Golfplatzes, aber die Grashalme waren grau. Das Grau der Haare älterer Männer. Auf dem Rasen lag eine Gruppe von Menschen, die Iana sofort musterte. Sie ging auf die Menschengruppe zu und zog im Gehen ihre Lederhosen aus. Weil sie sich für ihre plumpe Bauerntracht schämte. Die Gruppe war sehr vornehm gekleidet. Iana ließ nur ihren Slip an. Und während sie näher kam, standen die Mitglieder der Gruppe nacheinander auf und bildeten einen Kreis. Sie nahmen sich an den Händen und produzierten eine Art Summton. Iana sprach sie an, doch keiner reagierte. Dann ließen sie sich wieder los uns setzten sich auf den kurz geschnittenen Rasen nieder. Sie setzten sich so, als würden sie sich auf bequemen Sofas und Diwans niederlassen. Iana setzte sich zaghaft neben die Gruppe. Die Funktion der Gruppe war ihr unklar. Alle waren zwar sehr gut gekleidet, rochen aber intensiv nach äußerst billigem Parfum. Da erkannte Iana an den Gesichtern, dass die Gruppe aus ihren ehemaligen Schulkameraden bestand. Es war ihre eigene Schulklasse. Es war Abiturprüfung, und das Lehrerkomitee erschien am Rande der Böschung, auf der auch Iana hochgekommen war. Sie hatte Todesangst, weil sie den Termin der Abiturprüfung vergessen hatte und sich deshalb auf überhaupt nichts vorbereitet hatte. Sie würde durchfallen, das war ihr klar. Plötzlich erschien ihr Vater auf der Wiese und begann sich mit einem der Lehrer zu unterhalten. Sie fühlte sich besser. Aber ihr Vater, der die gleiche Farbe wie der Rasen hatte, zeigte auf eine andere Schülerin. Er verwechselte sie. Und Iana rief, sie sei hier. Sie sei Iana, nicht die andere. Ihr Vater nahm in Begleitung des Lateinlehrers die Schülerin neben ihr mit und verschwand. Iana stand vom Rasen auf, um mit einem der stillschweigenden Lehrer zu sprechen und ihm das Ganze zu erklären. Da merkte sie, dass es nicht die Abiturprüfung war, sondern eine Beerdigung. Ihre Mutter wurde beerdigt, und Iana konnte sich vor lauter Tränen und Schmerz kaum mehr selbst fühlen. Sie rannte weg und stolperte aus Versehen in das Grab, fiel und kam nicht auf, fiel immer weiter. Über sich hörte sie türkisches Stimmengewirr. Und während sie in das Loch, das nach Salz roch, fiel, bemerkte sie, dass sie nur geträumt hatte, und dass die furchtbare Abiturprüfung und die tote Mutter nicht Realität waren. Sie wusste jetzt, dass ihre Mutter noch am Leben war. Sie sah aus dem Wagenfenster und entdeckte in der Ferne, weit hinter der Ebene, durch die sie fuhren, eine hohe Feuersäule. Der Wagen fuhr direkt darauf zu. Wieder hatte sie Angst und rüttelte an den Beinen des Fahrers, einem Muslimen mit rotem Turban, um ihn auf die Gefahr aufmerksam zu machen. Sie schrie und schrie und wachte mit einem Mal auf.

Franz...

Franz saß neben ihr und sah aus dem halbgeöffneten Wagenfenster. Aber es war hell draußen, und das war unmöglich. Es musste eigentlich noch dunkel sein. Franz regte sich nicht von der Stelle. Er schien wie versteinert. Iana hatte wieder **Todesangst** und wagte nicht, ihn anzusprechen, weil er vielleicht gar nicht Franz war, sondern ein Entführer. Sie konnte sein Gesicht nicht erkennen, weil er zum Fenster hinaus sah. Der Wagen hielt an einer Straßenkreuzung, und plötzlich drehte sich Franz zu ihr um und sagte, dass sie jeden Moment am Flughafen ankommen müssten. Und dass sie die ganze Fahrt über geschlafen hätte.

Deutschland war sehr schnell wieder deutsch, und Franz bereute es, seine Heimat vermisst zu haben. Die Tage wurden kürzer, der Herbst begann, und in den Bayerischen Alpen war bereits Schnee gefallen. Iana musste schon drei Tage nach ihrer Ankunft wieder weg. Zu den Herbst- und Wintermodenschauen nach Mailand. Ganze vierzehn Tage. Franz war also allein. Die nächste Zeit. Und er freute sich wie ein kleines Kind darauf. Gleich beschloss er, sich ab jetzt bei niemandem mehr zu melden. Er sollte wieder zurück sein, und niemand sollte es wissen. In der Hochschule würde im Auditorium Maximum und im Seminarraum, im Werkraum und im der Dunkelkammer jeweils immer eine Person weniger da sein als sonst. Fühlte sich majestätisch an - die ersten Tage. Vor allem das Moment des Sich-Verleugnens vor den anderen. Doch bald bemerkte Franz, dass er ganz alleine nicht war. Olga war auch da. Sie war anwesend, wenn er erwachte, wenn er das Frühstück ausließ und wenn er beim Arbeiten für kurze Zeit seine Verwegenheit einbüßte. Gut, er ließ sie da sein. Er kämpfte nicht dagegen an. Nur wenn sie ihn zu sehr ablenkte, tat er etwas gegen sie: Er vergaß sie.

Er machte sich zahlreiche Notizen zum Thema Schönheit. Iana hatte ihn mit ihrer Bemerkung darauf gebracht. Der Begriff der **Schönheit** war in der zeitgenössischen Kunstszene kein Wort mehr. Zu simpel, alt und inhaltsbeladen. Kitschig zudem. Ein unverwendbarer Terminus. Das fand Franz nicht. An einem Abend, als sie in einer Touristenbar in Marmaris gesessen hatten, hatte er die Gesichter der Mädchen am Nebentisch betrachtet. Und er hatte sich gefragt, warum die Natur so verteile, Schönheit. Warum sie ihre feststehende Menge an Schönheit − wahrscheinlich gab es ein fixes Maß − warum sie die so verteilte und nicht anders. Iana sah überartig aus und die anderen Mädchen, die an den Tischen um sie herum saßen, einfach, normal. Es konnte doch nicht sein, dass er sie nur deswegen liebte, oder hauptsächlich deswegen, oder auch deswegen. Aber an jenem Abend in Marmaris stellte er sich die Mädchen, die er sah, als Freundinnen vor, und es wollte ihm partout nicht gelingen, trotz des immensen Ausmaßes an Vorstellungskraft, das ihm naturgemäß zur Verfügung stand. Ein paar Stunden später kam ein apartes, orientalisches Mädchen mit Teakholzaugen an den Tresen, und er wusste, dass sie es sein könnte.

Aber das war krank! Das konnte nicht er sein! Es wäre ungerecht, von Natur wegen, und scheiße, von ihm. So konnte er nicht sein. Franz wollte es nicht. Wollte sich nicht so. Er wusste, dass er auch ein durchschnittliches Mädchen lieben konnte. Er wusste es. Obwohl es noch nie so weit gekommen war. Er konnte es. Aber Natur nicht. Sie war ungerecht. Sie konnte nicht fair verteilen. Und er fragte sich, was andere Mädchen dachten, wenn sie jemanden wie Iana sahen, oder Olga. Manchmal, wenn er mit ihnen unterwegs war und die Blicke der Männer auf der Straße wieder mal alle Haltung verloren, schämte er sich. Aber dann war er auch wieder stolz. Es war schizophren. Er liebte die **Schönheit**, und er verachtete sie. Vor allem, wenn sie in seiner Nähe war. Da musste er sie zerstören und zuvor missachten. Wenn er sie überwunden hätte, würde das Wahre zum Vorschein kommen. Vorher nicht. Er lehnte sie auch dann ab, wenn sie von Natur kam. War sie hingegen selbst gemacht, fortgeschritten, charakterlich entwickelt, feinsinnig, selbstkritisch, bescheiden, sich selbst verbergend, dann war sie in Ordnung. Er hätte auch sich selbst abgelehnt, wenn er nur ein – Naturgenie sagte man nicht – Naturtalent gewesen wäre.

Franz saß alleine in der Küche in seiner Wohngemeinschaft und hörte, wie gerade die Wohnungstür von außen aufgeschlossen wurde. Er goss warme Milch in seine Kaffeetasse und schrieb abermals an einem Gedicht, nachdem er seit einer Stunde das Gefühl hatte, dass er vielleicht doch auch ein recht passabler Schriftsteller oder Poet sein könnte. Das Brunnenlochgedicht, das er in der Türkei auf dem Klo verfasst hatte, schien ihm jetzt ziemlich brauchbar, ästhetisch sogar.

Er schrieb:

die pupille

*sie hatte große runde augen
ein schwarzes brunnenloch in
der mitte steinchen werfe ich
hinein und höre warte bis
sie am grund aufschlagen
sie schlagen niemals auf!*

*was
erwartete ich von ihrem kalt
gepressten olivenölgesicht
dass unter ihrer haut die
wahrheit liegt?*

Er korrigierte und veränderte noch einige Zeilen und hörte, wie der Sommerwind einzelne große Regentropfen an die Scheibe des Küchenfensters stob. Er dachte an Iana und sagte sich: „Schönheit sponsert alles. Schönheit ist der große Sponsor. Für die postmoderne Welt des Konsums, für die kommunistische Diktatur, für das alte Weltreich der Römer, das Weltreich der Vereinigten Staaten, für Hollywood, Supermodels, Kate Moss. Sie sponsert alles. Kate Moss sponsert alles. Mord und Totschlag, Liebe, Hoffnung und Glaube. Schönheit ist keinem verpflichtet. Sie springt mit jedem ins

Bett."

Die Küchentür ging auf, und Franz´ Mitbewohnerin stand plötzlich vor ihm. Sie erschrak regelrecht. Konnte ihn überhaupt nicht einordnen, da er so selten hier war und noch nie in der Küche gesessen hatte.

„Entschuldigung!", meinte er, mit einem Hauch von nettem Sarkasmus in der Stimme.

„Wofür?", fragte sie. Es war die Soziologin aus Franken. Manuela.

„Dafür, dass ich mich hier unangemeldet aufhalte."

„Dafür brauchst du dich nicht entschuldigen." Es klang, als meine sie es völlig ernst. Seine Ironie hatte sie nicht verstanden. Überhaupt hatte sie nicht besonders viel von seiner Art zu sprechen, seinem Humor, seinem Themenschatz. Im Grunde gar nichts. Manuela und Franz verband außer der Tatsache, dass sie in derselben Wohngemeinschaft lebten, überhaupt nichts.

„Nein", entgegnete er. „Ich meine nur, dass dir wahrscheinlich aufgefallen ist, dass ich recht selten hier bin."

„Ja." Sie fing an, ihren Arbeitsrucksack und ihre Jacke abzulegen. „Da musst du dir nichts denken. Ich find´s schön, allein zu sein."

Wie nett!, dachte sich Franz.

„Aber es ist auch ganz schön, wenn mal jemand hier ist", fügte sie dann hinzu.

Ganz schön, dachte Franz. Wie mittelmäßig! Es war überhaupt alles mittig bei dieser Studentin. Alles im normalen und bekannten Bereich. Den sie auch verteidigte. Es gab bei einigen Menschen einen Stolz darauf, zu den ganz Normalen zu gehören. Und was immer Franz an Seltsamem und Irritierendem ihr gegenüber vorgebracht hatte, hatte sie meist mit einer alltagsweisheitlichen, platten Bemerkung zur Strecke gebracht und in die Sparten Träumereien, Spinnereien, und – schließlich war sie Soziologin –abnormes Verhalten eingeordnet.

Franz wollte in ein Gesprächsthema einsteigen, mit ihr. Wurde sich aber plötzlich dessen gewahr, dass alles, worüber er reden konnte, nicht in ihrem Themenbereich lag. Also musste er über etwas ganz Normales sprechen, möglichst mit einem Touch von negativ. Denn negativ war immer realistischer als positiv. Zumindest bei denjenigen, die sich zu den Realisten zählten, dachte er.

„Fertig vom Studentenjob?", fragte er.

„Wem sagst du das." Sie setzte sich nicht zu ihm an den Tisch, sondern begann sofort, das Geschirr abzuwaschen.

„Das liegt hier auch schon länger", bemerkte sie mit unverkennbarem Vorwurf.

„Ich habe nichts davon benutzt", erklärte Franz verteidigend. „Es ist alles chinesisch."

„Warum chinesisch?", fragte sie.

„Von unserem chinesischen Mitbewohner, der auch so selten hier ist!"

Sie erwiderte nichts, und während Franz sie so vor den Spülbecken stehen sah, ihren breiten Rücken sah, den stumpfen, braunen Wollpulli, die peinlich enge Jeans, und wie er das Zusammenstoßen der Tassen und Teller unter Wasser hörte, wurde ihm bewusst, woher er kam. Aus welcher Welt. Und wie sich die Welt im Normalfall anfühlte. Und aussah. Nämlich wie das, was nun vor ihm stand. Er fühlte sich wie aus einer Art Traum erwacht und bemerkte plötzlich eine Art Panik.

„Was machst du eigentlich?", fragte Manu, wie er sie nennen durfte, unvermittelt, mit einem Anklang von Vorwurf und Verwunderung in der Stimme.

In diesem Moment wurde er unsicher. Denn er hatte die Wasmachtmannachsoeinemstudiumeigentlichfrage noch nie gemocht. Und er hatte sie schon zu oft in seinem Leben gehört.

„Was tust du eigentlich!",
fragte er mit derselben Kaltschnäuzigkeit zurück.
„Im Moment muss ich das Geschirr abspülen,
und sonst arbeite ich, weil gerade Semesterferien sind.
„Als Beraterin, ich weiß. Aber wo?"
„Sucht. Suchtbereich."
„Aha."
„Jo."
„Und wie ist das so?"
„Wie das so ist?!"
„Ja?"
„Wie soll das schon sein...." Sie hatte das Geschirr abge-
trocknet und die feuchten Hände an ihrer Jeans abgewischt.
„Es ist... ja, wie soll es sein. Es ist halt ein Job."

Franz fühlte sich plötzlich so klein, wie er immer nur dann
war, wenn er daran zweifelte, einmal sehr berühmt zu werden.
Höchstwahrscheinlich war er in der unwahrscheinlichsten aller Welten zu Hause, dachte er. Und diese Frau in der wirk-
lichsten, also in der wahren.

Zu seiner Verwunderung setzte sich Manuela tatsächlich
zu ihm an den Tisch. Obwohl kein realer Grund dafür bestand. Es lag keine Zeitung, kein Brotzeitteller oder irgendetwas, das man hätte benutzen können dort. Die Tischfläche
war leer. Tabula rasa. Das einzige, die Kaffeetasse von Franz,
hatte der schon lange auf seinem Schoß platziert und so mit
beiden Händeln ummantelt, dass die noch restliche, dürftige
Wärme sich ein wenig länger in der Tasse und der dunkelbraunen Flüssigkeit halten konnte. Er trank sehr langsam, und es
konnte Stunden dauern, bis er zum letzten Schluck Kaffee
kam. Deswegen musste er die Tasse auch regelmäßig mit seiner Hand so umschließen, dass die körpereigene Wärme als
organische Heizung für das Tassenporzellan diente. Und wenn

er dann den letzten Schluck nahm, erschauderte er jedes Mal ein wenig darüber, wie der Kaffee noch so warm sein konnte, und er bekam Angst vor der animalischen Körpermasse, die in ihm lauerte und die für ihn nicht sichtbar heizte, produzierte, mischte und verdaute.

„Heute hatten wir einen ganz Krassen in der Beratungsstelle!" Manuela plauderte mit einem Mal drauf los. „Der kam einfach in unser Büro, völlig ausrangiert, hundert Meter gegen den Wind stinkend, und schrie die ganze Zeit ‚Carla Bruni will euch alle beherrschen! Carla Bruni will die Welt beherrschen!'" Manuela stützte ihre Ellbogen auf den Tisch. „Das war ein Soziopath, mitten in einer fetten Psychose, also einer, für den nicht wir, sondern die Kollegen von der Psychiatrie zuständig sind."

„Und was hast du dann mit ihm gesprochen?", fragte Franz nach.

„Sprechen? Pah! Völlig unmöglich. Den hätte man gleich einweisen sollen."

„Du weist Leute ein?", fragte Franz, stutzig geworden.

„Jeden Tag", antwortete Manuela.

„Aha." Franz kratzte sich am Kopf. „Und warum glaubst du, dass Menschen Drogen nehmen?" Er plante eine Attacke.

„Menschen nehmen Drogen, weil sie irgendwie da rein geraten. Es gibt tausend Gründe!" Sie starrte ins Leere.

„Du kannst es also nicht verstehen, weshalb ein Mensch Drogen nimmt."

Manuela antwortete nicht, sondern überflog die Frage, indem sie äußerst bedacht und konzentriert kleine Fussel von ihrem Pullover zupfte und auf einen kleinen Haufen auf dem Tisch legte.

„Ich kenne da einen Grund, warum man Drogen nimmt", fuhr Franz fort.

„Und der wäre?",

entgegnete sie nicht sonderlich interessiert.

„Wahrscheinlich liegt es an der Welt?",

formulierte er fragend.

„An der Welt!? An welcher Welt?!"

„An dieser. Und daran, dass alles in ihr falsch ist."

Manuela fand einen besonders großen Fussel, entfernte ihn von seiner Masche und legte ihn auf den Tisch, behutsam auf die Spitze der kleinen Pyramide.

„Glaubst du etwa an diese Welt?", hakte Franz nach.

Manuela begann mit beiden Händen den winzigen Berg von Fusseln zusammenzudrücken und eine Walze daraus zu rollen.

„Ich weiß nicht wirklich genau, wovon du sprichst."

In ihrer Stimme klang vages Interesse.

„Wenn ich jetzt konkret sagen würde, was ich mit Welt und dem, dass sie falsch ist, meine, würde das Ganze zerspringen, die Kraft dieser Aussage." Er sah Manuela an. „Weißt du – du musst das Ganze sehen, die ganze Welt, alles. Und dir dann eine Meinung bilden. Eine Erkenntnis. Ein Satz."

„Und du hast das getan? Du hast eine Erkenntnis erhalten?" Sie sah Franz fragend an.

„Ja. Das könnte man sagen. Ja. Schon..."

„Und du meinst, dass es die falsche Welt ist?" Sie lehnte sich in ihrem Stuhl zurück und verschloss die Arme.

„Mhm."

Manuela nahm einen tiefen Atemzug, seufzte leise, sah auf die Küchenuhr an der Wand und meinte:

„O Scheiße. Ich muss los. Teamsupervision."

Sie stemmte sich langsam vom Tisch hoch, sah Franz mit einem undefinierbaren Blick an und ging in ihr Zimmer. Von dort rief sie Franz nach:

„Wir müssen das Thema auf morgen verschieben. Sorry!

Aber ich glaube, ich sehe das Ganze ganz anders als du. Nicht so totalitär." Und an ihrer Intonation erkannte Franz, dass sie an seiner Meinung nicht sonderlich interessiert war, sie eher abstempelte, als zu extremistisch, zu wahnsinnig. Wie einer aus ihrer Drogenberatungsstelle eben. Ein Klient. So fühlte er sich. Der wahnsinnige, tollwütige Klient, der eingewiesen werden musste. Er sah an seinem Arm hinab und entdeckte am rechten Handgelenk den gerade noch erkennbaren runden Rand des Stempels einer Disco in Marmaris. Er war fast ausgeblichen. Und in diesem Moment musste er an seine Studienkollegen in der Hochschule denken und daran, dass am heutigen Abend die eine Party stattfand, die er selbst ins Leben gerufen hatte. Eine WG-Party in der Alten Ziegelei, einer Studenten-WG ausschließlich mit Kunstleuten, die in diesem Monat an der Reihe war, eine Feier auszurichten. Letzten Monat war es die Rieder-WG. Davor die... er selbst hatte diesen Turnus eingeführt. Eine WG pro Monat. Die Partys waren immer ein Volltreffer. Nach jeder gab es mindestens zwei neue Pärchen und ein paar dramatische Trennungen. Eine WG versuchte die vorige zu übertreffen. Die Zimmer und die Flure waren oft kaum wiederzuerkennen, die Mottos schrill und die Gastgeber stets bis zur Unkenntlichkeit verkleidet.

Ihn werden sie wahrscheinlich schon vermissen, heute Abend, in der Alten Ziegelei. Oder gar nicht. Auch möglich. Er hätte mit einem Mal diesem öden und realen Leben, das nun vor ihm lag und das er sich für die nächsten Wochen selbst verschrieben hatte, ein schnelles und abruptes Ende bereiten können. Aber das verbot er sich.

Und nur so ist es gut, dachte er und nahm den letzten, eben noch lauwarmen Schluck Kaffee aus seiner Tasse, ging zum leeren Spülbecken, spülte die Tasse mit warmem Wasser aus und trocknete sie mit jenem blau-weiß-karierten Spültuch ab, dessen Karo-Design sich in den letzten Jahrzehnten deutschland- oder vielleicht auch weltweit durchgesetzt hatte. Er stellte seine Tasse in den Schrank, in dem ein gutes Dutzend durcheinander gewürfelter, unästhetischer Tassenformen und Tassenfarben lieblos übereinander gestapelt war.

Er nahm immer diese eine Tasse. Sie war die ästhetischste. Aber eigentlich war das egal. Er nahm sich vor, nächstes Mal eine x-beliebige zu benutzen. Er musste sich von all seinem bohèmianischen Gehabe lossagen, seinem Künstlergetue, dem ewigen Kaffeehaussitzen, dem sinnlosen Herumflanieren durch die Straßen des Studentenviertels in alten Leinen-Jacketts und eng anliegenden Jeans, kurz: von seiner Totalästhetisierung des Alltags, von dem er bisher geglaubt hatte, dass er nicht alltäglich war, sondern vornehmlich fabelhaft. Wie er lebte, war doch nicht ausschlaggebend. Nur ob er es schaffte, an die oberste Spitze, ins Licht der Rampen, auf den **Zenit** der Öffentlichkeit. Denn dass das nicht mehr weit war, spürte er. Er spürte es jetzt mit einer ihm bisher unbekannten Art tief liegender Gewissheit. Die Idee, mit der er durchstarten würde, war noch nicht vollständig geboren. Brutal. Das würde sie sein. Schockierend und gemein. Nicht bloß skandalös. Nein. Sehr viel mehr. Franz entschloss sich spontan, noch länger in der ungemütlichen und ihm so gar nicht entsprechenden Atmosphäre der halb abgedunkelten Küche auszuharren. Nichts konnte hier ablenken. Die hellbraunen und hohen, geistlosen Küchenschränke, die industrieblaue, zu klein geratene Anrichte, das von kleinen, runden Tropfenmustern nicht mehr freizuscheuernde Spülbecken, der argwöhnisch weiße Kühlschrank. Alles war unpersönlich und freudlos und landläufig. Durch ein viereckiges Fenster, das mit einer gerippten Sichtschutzfolie abgeklebt war, drang eine bestimmte Farbe des Abends herein, und Franz dachte daran, das Licht anzuschalten. Doch der Gedanke, kein Geräusch oder Licht oder Sonstiges zu erzeugen, komplett einsam und schweigend in einer Küche zu sitzen, deren Funktion im Moment überflüssig war, nun, nachdem auch Manuela die Wohnung verlassen hatte und er das kahle Zuschlagen der Wohnungstür vernommen hatte, regte ihn an. Er dachte, was wohl Olga denken würde, wüsste sie, er ist in genau diesem Moment völlig allein in seiner Wohnung, sitzt an dem viel zu großen Küchentisch, der mit alten Aufklebern übersäht ist, deren Farbe verblichen ist und auf denen nur noch vereinzelt die Schriftzüge und Embleme großer Firmenmarken oder Produkte zur erkennen sind. Fragen würde sie ihn, warum er hier blöd und stumm herumsitzt. Anflehen würde sie ihn, auszugehen, mit ihr, um danach alles nur Erdenkliche zu tun. Und dann dachte er, **Liebe** sollte bei Olga in erster Linie wehtun, dessen war er sich sicher. Doch sein **Schmerz** lag anderswo. Jedenfalls nicht in der Liebe.

Olga wusste nicht, dass er hier saß, da Iana es nicht mehr geschafft hatte, vor ihrer Abreise nach Mailand mit ihr zu sprechen und davon zu berichten, dass sie zurück waren und Franz nun zwei Wochen allein sein würde. Olja – wie sie sagte, dass ihre Familie sie in Russland nannte - Olja wusste nichts, und das sagte ihm auf eine gewisse Weise zu. Ihm sagte die Menge der Möglichkeiten zu, die er ungenutzt ließ.

Franz ließ nacheinander alle Finger seiner rechten Hand knacken, und als er gerade zur linken wollte, hörte er von der Straße die einsame Sirene eines Polizeiwagens, deren Ton sein Trommelfell zu ignorieren schien und geradewegs in seinen Kopf eindrang. Nicht als Geräusch. Sondern als Sache. Vielleicht würde er schon sehr bald mit dieser Berufsgruppe in nicht unerhebliche Konflikte geraten. Nicht aus Gründen der Verzweiflung, aus der die meisten Kriminellen handelten, oder aus Gier nach Geld, plumper Rache oder ähnlichem.

Nein. Bloß zum Zweck der Ausübung großer Kunst. In diesem Moment glitt Franz mit seinen Fingern über die kleine, gerade noch fühlbare Schwelle der Außenränder der Aufkleber auf der Tischplatte und hatte Angst vor seinem Vorhaben. Die Unmenge an Möglichkeiten, mit dem Gesetz in Konflikt zu geraten, schwebte ihm jetzt ganz deutlich vor. Nichts war einfacher im Grunde. Man überschritt eine unsichtbare Grenze, an die sich keiner normalerweise heranwagte, also war sie auch nicht bewacht, nicht gesichert, was hieß, sie konnte jederzeit übertreten werden. Von ihm.

Seltsam allerdings, dass noch kein ihm bekannter Künstler das bisher richtig ausgenutzt hatte. War das Gesetz doch schließlich auch nur irgendeine Idee des menschlichen Geistes, der menschlichen Spezies, der Spezies Mensch. Vor längerem hatte Franz im Fernsehen ein Interview mit einem der letzten noch inhaftierten RAF-Terroristen angesehen. Der RAF´ler bereute seine Taten nicht, nachdem ihn der berühmte Reporter danach gefragt hatte. Fand Franz eigentlich ziemlich schockierend. Doch dann sagte er etwas, das ihm bis heute im Gedächtnis geblieben war und das er immer noch nicht richtig verstanden, aber trotzdem bewundert hatte. Er meinte, dass Kriminalität ein Mittel des Ausdrucks sei. Ein Mittel, das man bewusst wähle. Auf Franz wirkte dieser Mann wie ein nachdenklicher Mensch, ein Mensch mit Tiefgang, ein Intellektueller. Er wirkte sanft.

Die irrsinnig bösen Bösewichte aus Hollywoodfilmen kannte man, und die verkrachten Existenzen im echten Knast, Arbeitslose, Alkoholiker und so weiter konnte man sich vorstellen. Aber jemand von seiner Sorte im Knast?! Der Spät-RAF´ler hatte Franz damals dermaßen verwirrt, dass er sich lange Zeit Gedanken machen musste, über Kriminalität als ein Phänomen unserer Gesellschaft und den Gefallen, den sie den Machthabenden tat. Denn schließlich wachten diese über die Definition, wo Kriminalität anfing und wo sie aufhörte.

Es war bereits nach elf, als Franz sich entschloss, doch noch mal die Wohnung zu verlassen und ein bisschen in der abgedunkelten Stadt umherzuirren. Jetzt konnte ihn niemand erkennen. Zumindest nicht aus der Ferne. Aber vielleicht übertrieb er, dachte er, als die Fußgängerampel am blankpolierten Friedensengel auf rot umschaltete und er plötzlich stehen bleiben musste. Vielleicht übertrieb er doch ein bisschen mit seinen Vorkehrungen. Seinem Versteckspiel. Das jetzt ja noch gar nicht nötig war. Später vielleicht. Denn noch konnte er sich völlig frei bewegen, als Bürger. *Mein Gott, war es einfach, ein Bürger zu sein, ein gesetzestreuer Bürger!*
Die Stadt, die Straßen, Gebäude, alles erschien ihm wie gewählt. Ein Leben, das er entworfen und über das er die Macht hatte, es zu entwerfen. Oder zu vernichten. Denn schließlich hatte er vor, etwas zu vernichten. Innerhalb des Lebens, das er bisher als sein Leben ausgegeben hatte. Schließlich musste er einen Preis zahlen. Für das, was er wollte. Was er im Intimsten wollte. Und das war doch nicht schlecht, war doch nicht böse. Er forderte schlussendlich nur die Möglichkeit, seine Gedanken, Taten und Werke in die Menschheit einfließen zu lassen, seine reine Empfindung der absoluten Klarheit.
Franz ging durch den östlichen Teil des Englischen Gartens, längs der Isar, Richtung Maximilianeum, und wusste, dass er nicht an die Auswirkungen denken durfte. Er wusste den ganzen Weg bis zum Maximilianeum, dass er nicht einen Gedanken an die negativen Auswirkungen verschwenden durfte, die sein Vorhaben auf Olja, auf seine Eltern, auf seine gesamte nähere soziale Umgebung haben würde. Und er ging sehr raschen und steifen Schrittes dabei.

Am Morgen des übernächsten Tages schrillte die Wohnungsglocke, und seine Eltern standen vor der Tür. Überraschend. Sie würden ihm nur ein paar Kisten Äpfel vorbeibringen, nachdem sie im Biberachzeller Garten so viele geerntet hatten. Und außerdem wollten sie ihn wieder mal sehen, nachdem er sich so lange nicht hatte blicken lassen. Und warum dies der Fall war. Franz stand wie unter Schock, als sein Vater und seine Mutter selbstbewusst die Wohnung betraten und mit Argusaugen alles begutachteten, was sichtbar war.

Sein Zustand der Abschottung war empfindlich gestört. Jene Abschottung, die er jetzt so nötig brauchte, um klar denken und handeln zu können. Schließlich hatte er am gestrigen Tage eine recht annehmliche Idee empfangen, von oben herab, beim Abendessen. Und jetzt standen seine Eltern mitten in der Wohnung herum.

Ehe er sich's versah, begann seine Mutter damit, Naturalien aus ihrem mitgebrachten Weidenkorb auszupacken und auf der Tischfläche zu verteilen. Sie tat es in einer Gestik des Vorwurfs. Sein Vater, der seiner Mutter beim Tragen des schweren Korbes kein bisschen behilflich gewesen war, sah sich in der unwohnlichen Küche um, erspähte einen einigermaßen gemütlichen Sitzplatz und ließ sich nieder. Denn er saß gerne. Überhaupt saß er eigentlich permanent. Soweit sich Franz zurückerinnern konnte, hatte er das Bild eines sitzenden Vaters im Gedächtnis. Seltsamerweise forderte seine Mutter seinen Vater auch immer dazu auf, sich hinzusetzten. Wie diesmal. „Komm, setz dich doch irgendwo hin." Und nachdem er saß und seine Mutter alles Obst, den Käse, etliche gebügelte Küchenhandtücher und ein paar Unterhosen auf dem Tisch ausgebreitet hatte, sah sie Franz mit kritischem Blick an und meinte:

„Erzähl mir nicht wieder, wie letztes Mal, dass du die Sachen nicht brauchst. Du brauchst sie!"

Sie erinnert sich an jedes meiner Worte, dachte Franz und fühlte sich sofort generell schuldig. Ein Angeklagter, der nicht gehört wurde und nicht einmal vorgeführt werden musste. Eine Art natürlicher Schuld.

Und während er seinen Blick nickend und angestrengt dankbar über die Auswahl an Lebensmitteln und Textilien streifen ließ, dachte er, es wäre das Beste, jetzt, da beide schon mal hier waren und kein Weg an dieser Tatsache vorbeiführte, nach draußen zu gehen, raus aus der Wohnung, mit ihnen, irgendwo in die Stadt. An einen neutralen Ort, an dem er sich nicht so uneingeschränkt beobacht- und durchschaubar fühlte wie hier. Wusste, dass sein Vater bestimmt bald Hunger kriegen und dann nach einem guten Restaurant in der Nähe fragen würde. Ritual.

„Habt ihr Hunger?!" Franz brach die Regel.

„O, ja." Sein Vater hellauf begeistert, in seinem Stuhl umherrückend. „Weißt du denn ein Lokal, wo man gut essen kann?!" Franz mit geweiteten Augen ansehend: „Du weißt ja, ich gönn mir ja nicht viel. Aber wenn wir mal unterwegs sind, die Mutter und ich, wie heute in München, dann tun wir das schon, oder?!!"

[Schweigen]

„Dann gehen wir schon richtig essen, oder??!" Die Frage war rein rhetorisch und weithin bekannt. Aber Franz wollte nicht bejahen und dadurch das Angebot zum Spiel akzeptieren.

So tat es seine Mutter.

„O, ja, komm. Das machen wir schon!!" Und sie sagte es mit einer Stimme, als wäre sein Einfall brandneu und unerhört aufregend.

Sie durchschaute seinen Vater, dachte Franz. Sie durchschaute ihn. Aber sein Vater durchschaute nicht sie. Nicht mal im Ansatz. Ehefrauen durchschauen ihre Männer, dachte Franz. Nicht deren Gedanken, aber wirklich jede einzelne ihrer Verhaltensmodi, möglichen Reaktionen, Präferenzen, Ausflüchte, Abwehrhaltungen, kurz: sämtliche ihrer Feigheiten.

Eine Stunde später saßen sie schweigend um einen Tisch im russischen Restaurant Malachit am Ende der Schellingstraße, das Franz bewusst gewählt hatte, weil Olga ihm erzählt hatte, dass dort eine wunderbar triste russische Atmosphäre herrsche und sie dort außerdem fast täglich einkehre. Sie saßen um einen viel zu großen Tisch, und Franz hatte Angst vor der Hochschulfrage seines Vaters, die in den nächsten Minuten anstand. Wieder nichts vorzuweisen. Wieder weder einen Galeristen gefunden noch ein Stipendium erhalten noch eine brauchbare Zensur. Und sein Vater stand nun mal auf Handfestes, Abzählbares. Außerdem, und daran durfte er gar nicht denken, hatte er das Studium ja hingeschmissen und sich in leicht angetrunkenem Zustand vorgestern exmatrikuliert.

Der Kellner nahm ihre Bestellungen auf und unterbrach damit die Gedankenstränge jedes einzelnen. Jetzt wäre Iana eine geeignete Ablenkung vom Thema `Kunsthochschule´ gewesen: Das ist übrigens Iana, meine neue Freundin, sie modelt, hauptsächlich.

Sein Vater wartete auf eine positive Nachricht über die Hochschule. Franz konnte ihn warten hören. In der Zeitspanne, während der sein Vater seine Gabel zum Mund führte, war es, als lausche er, angestrengt. Franz brachte nichts hervor. Keinen Ton. Er musste den Wortstreik seines Vaters brechen.

„Wie geht´s mit deiner Orchideenzucht?"

„Wächst." Sein Vater, lakonisch.

„Und deine Neuzüchtungen?" Franz.

„Sie sind herrlich." Seine Mutter - wodurch sein Vater sein Schweigen stolz fortsetzen konnte.

„Du hattest doch Probleme mit den Keimlingen!", hakte er nach.

„Gelöst."

Franz sah zur Seite, überfordert, sah, dass Olga in diesem Moment in Begleitung einer Freundin das Malachit betrat. Sie gingen, ohne sich im Raum umzusehen, an einen hinter weiß getünchten Mauern verborgenen Tisch. Er wurde schier meschugge: Sein Vater. Olja. Seine Mutter. Die wutgefüllten Auberginen. Die Kunsthochschule. Gratis Vodka am Tisch nebenan. Die dunkle Zukunft. Russische Techno-Musik im Hintergrund. Sein Vater. Olja. Seine Mutter. Sein Vater. Olja, Olja, Olja.

„Ich muss dich jetzt schon mal was fragen", hob sein Vater an, und Franz wusste, was nun kam.

Er wusste, dass sein Vater erwartete, dass er besser sei als er, im Leben, dass er weiterkomme als er. Es war kein Konkurrenzkampf, sondern ein Vermächtnis, das der Sohn dem Vater gegenüber einzulösen hatte. Die Orchideen des Vaters waren das einzige, was ihm alleine gehörte. Alles andere ging an den Sohn weiter. Musste weitergehen. Beruflich war der Vater nicht sehr weit gekommen. Weiter würde der Sohn kommen. Wusste der Vater. Und der Sohn. Sogar im Kunstmetier, zu dem der Vater nicht den geringsten Bezug hatte, eher eine Abneigung, selbst hier, hoffte er, wartete er auf den Sohn. Und der sagte jetzt nichts. Saß einfach da und löffelte seinen Borschtsch und aß von den mit Weißkraut gefüllten Auberginen und schaute unentwegt nervös in eine Ecke des Raumes.

„Was macht man denn so in deiner Kunsthochschule?!" Da die Frage nicht abwertend, aber auch nicht ernsthaft klang, hatte Franz plötzlich das unerklärliche Gefühl, dass er in den Augen seines Vaters überhaupt nichts falsch machen könne. Selbst wenn er versagte – es war seltsam. Doch in spätestens einem Jahr würde sein Vater stolz sein auf ihn. Mit Gewissheit.

Er mochte seinen Vater – klar. Aber das Verhältnis der beiden zueinander war immer schon mehr von Sachlichkeit als von Emotionalität geprägt. Intime Sachlichkeit könnte man es nennen. Denn auf verstandesgemäßem und emotional rein rhetorischem Weg waren die höchsten Anknüpfungspunkte denkbar, und nur hier. Ihre Lebensanschauungen gingen konträr auseinander, und trotzdem gab es einen Nucleus, der absolut identisch war. Sein Vater bestimmte die Sprache, in der gesprochen wurde, Franz prägte den Jargon. Und so war das Sprechen zum Zenith ihrer Beziehung geworden. Franz wünschte sich eigentlich mehr als das.

Wollte Franz ein Gefühl übermitteln, so musste er verquert vorgehen. Er musste sprechen, vornehmlich. Über etwas anderes. Niemals über die Sache selbst. Hauptsache, er blieb im Redefluss. Dann war sein Vater schon berührt. Er hätte – das betonte sein Vater immer wieder – sich irrsinnig gefreut, als Franz das erste Wort hervorgebracht hatte, als Kleinkind. Und als er sich dann mit ihm unterhalten konnte, reden konnte, war der Sinn eines Kindes erst richtig erkennbar geworden, für ihn. Dann hätte er sich erst so richtig über Franz gefreut. Schließlich, bevor es sprechen konnte, war ein Kind doch vor allem ein Schnellkochtopf der Gefühle (so hatte er es allerdings nicht genannt).

Weder seine Frau noch ein Bekannter oder irgendein Freund besaßen die Gabe, so mit ihm zu sprechen wie sein Sohn. Sprach Franz längere Zeit nicht, so war das' ein Affront, ein ernstzunehmender, intimer Angriff auf seinen Vater.

„Du bist daaa?!!!" Franz erschrak vor der lauten

Frauenstimme hinter sich. Er drehte sich langsam um, kaum atmend. Unter genauester Beobachtung seines Vaters. Und sah Olga in braunem, offenem, kurzem Mantel und einem engen, grauen Bleistiftrock hinter sich stehen.

„Ich bin da, ja", entfuhr es ihm, kleinlaut. Den Vorwurf in Olgas Stimme hatte er sehr deutlich vernommen.

„Willst du uns nicht..." Sein Vater lächelte Olga äußerst höflich an. „... willst du uns nicht die junge Dame vorstellen?!!" Und bei `Dame´ führte seine Stimme einen kurzen, aber perfekt ausgeführten Handstand vor.

Franz wandte sich wieder um, seinem Vater zu, sich entschuldigend, und sah, wie der sogleich einen Stuhl herauszog und Olga anbot. Sie reagierte mit einem sehr netten Lächeln und setzte sich so schnell, dass Franz keine Zeit blieb, eine Erklärung für sein Sich-Verleugnen-Lassen der letzten Tage und die Szenerie, die sie hier vorfand, abzugeben.

„Junge!" Sein Vater bohrte weiter, höflich und konkret, mit diesem gewissen Etwas in der Stimme, das Franz gut kannte. „Willst du uns denn nun nicht deine Freundin vorstellen!?"

„Olja", schoss es aus ihm hervor, und er wunderte sich über das J, das sich anstelle des G in ihren Namen eingeschlichen hatte. Olga registrierte es auch und sah Franz neckisch an.

„Ich bin ja nur ein einfach Beamter im Ruhestand...", fuhr sein Vater, Olga zugewandt, fort. „Und ich verstehe nicht viel von dem, was mein Sohn studiert. Und ich persönlich hätte ihm auch zu einem anderen Studium geraten. Aber..." Franz unterbrach ihn: „Worauf willst du hinaus?!"

Sein Vater sah ihn an, und Franz erkannte, dass alles, was sein Vater nun sagen würde, ausschließlich an Olga gerichtet war. Eine sonderbare Masche, die er blindlings und vortrefflich beherrschte.

Sein Vater: „Du wirst uns sicherlich gleich erzählen, dass deine Freundin auch Kunst studiert, und dann wird es wahrscheinlich kein Thema geben, über das sie sich mit deiner Mutter und mir unterhalten kann!"

„O nein! Das glaube ich nicht!", wandte Olga ein. Und Franz spürte, dass sie dem alteuropäischen, höfischen Charme seines Vaters erlegen war, denn sie lächelte unentwegt auf eine unsichere, süße und schamhafte Art über das, was er sagte.

„Ich bin wirklich kein Kunstkenner...", fuhr sein Vater fort, „... aber ich mag einen Rembrandt und einen Renoir. Und ich verbrachte damals zwei Tage im Louvre. Aber das neue Zeug, mit dem sich mein Sohn und wahrscheinlich auch Sie beschäftigen, sagt mir nicht sonderlich zu. Zumindest kann ich nichts damit anfangen..."

„Schon gut, Vater", unterbrach ihn Franz. „Du musst keine Angst haben. Sie studiert nicht an der Kunsthochschule. Sie ist sich noch nicht sicher, was sie machen will."

„Ach so. Das ist doch auch gut, denn..."

Und sein Vater erzählte und erzählte, und es war Franz ein wenig peinlich. Aber als er Olga ansah, erkannte er, dass die antiquierten Flirtversuche seines Vaters sie erheiterten, und er bemerkte vor allem, dass Olga an seinem Vater interessiert war, weil er sein Vater war. Im weiteren Verlauf des Gespräches, das er ausschließlich und unter vollständiger Ausklammerung seiner Frau mit Olga führte, bemerkte Franz zudem, dass Olja sämtliche Charakter-Tests seines Vaters bestanden und er sie akzeptiert hatte, als Partnerin, für Franz. Sie bereits in die Familie aufgenommen hatte. Es war auch nicht wirklich ein Flirt. Eher ein fokussiert Vertrautheit schaffendes Kennenlernen. Und nun ein ausdrückliches Bereits-Zugestimmt-Haben. Sein Vater wandte sich von Olga ab und sah ihn an, als wolle er sagen: „Und??! Nun!!? Wie ist das jetzt mit euch beiden!!"

Franz fand die Situation äußerst befremdlich, da auch Olga und seine Mutter ihn nun so ansahen, als wollten sie ihn zu einer entscheidenden Aussage zwingen. Er sagte:

„Aber Rembrandt hätte einen Van Gogh seinerzeit auch abscheulich gefunden!"

„Was?!", stotterte sein Vater.

„Wenn Rembrandt, vom dem du vorher sprachst, die Bilder, die Van Gogh zweihundert Jahre später malte, gesehen hätte, wäre ihm wahrscheinlich dasselbe Grauen gekommen, das heutige Väter bei der Kunst der jungen Generation anfällt."

„Ich meinte doch nur..." Sein Vater, versöhnlich.

„Nein. Da verstehe ich keinen Spaß. Ich stehe hinter der Kunst und ihrem heutigen Gesicht. Ich mache sie schließlich. Ich mache sie schließlich auch. Und wenn du, oder du, Mutter, sehen würdet, was ich kreiere, würdet ihr wahrscheinlich die Hände über dem Kopf zusammenschlagen."

„Wir bekommen ja nie etwas von dir zu sehen!" Sein Vater, sich beschwerend, Olga zugewandt.

„Ich weiß auch genau warum!" Franz, tief in sich versunken, äußerst unversöhnlich.

Franz reagierte dermaßen ernst, dass sein Vater und seine Mutter und auch Olga ganz unsicher und blöd auf ihren Stühlen saßen und ihn hilflos anstarrten. Er hätte aufstehen, schreien und davonrennen wollen. Und diese Eltern nie wieder sehen. Denn alles, was ihm etwas bedeutete, sagte ihnen nichts. Nein. Auch sie gebrauchten seine große Liebe `Kunst´ nur für läppisches Geplänkel.

„Ich mag die Sachen aber, die er macht",
startete Olga einen Rettungsversuch.

Und Franz sah sie an, als hätte sie gerade Hochverrat gegen einen ganzen Kontinent begangen. Tatsächlich stand er auf, ging quer durch den Raum und aus der Tür und kam nicht mehr in das Lokal zurück.

Seine Eltern versuchten ihn später noch in der Wohnung zu erreichen, aber er war nicht da. Er war gleich nach dem

Essen in den Franz-Marc-Park gegangen und hatte es bereits beim Betreten des Parks bedauert, Olja so angesehen und mit Blicken gestraft zu haben, wollte fast schon umkehren, bis er sich auf einer Parkbank niedersetzte, wieder den Zorn gegen seinen Vater verspürte und zu weinen begann.

Er weinte laut. Ein Spaziergänger ging pikiert an seiner Bank vorbei. Franz schluchzte, rang nach Luft und spürte, wie sich seine Bauchdecke in kurzen Intervallen zusammenkrampfte. Es war ein **Abschied**. Von allem. Und davon, wie man ihn kannte. Von dem, der er war, sonst. Er sah die Kunstaktion nun ganz deutlich vor seinem inneren Auge und wusste, wie sie durchzuführen war. Hatte sogar schon einige Details ausgearbeitet, im Kopf, seitdem ihm die Idee gestern gekommen war. Mit dem linken Zeigefinger fing er die größten Tränen, deren Bahn auf seinem Kinn zum Stillstand gelangt war, ab und nahm den Finger in den Mund. Der Geschmack des Salzes machte, dass er sich selbst wieder spürte. Das Salz kam aus seinem Körper. Er selbst war das Salz. Bei Matthäus stand: *Ihr seid das Salz der Erde.* Wenn aber das Salz nun seinen Geschmack verliert, womit soll man es dann noch salzen?!

Franz saß jetzt mit angezogenen Beinen zusammengekeilt auf der Parkbank und feilte weiter an seinem Vorhaben. Und er ließ Gedanken zu, die er sich bisher niemals erlaubt hätte. Weshalb sollte man sich bestimmte Gedanken auch verbieten!? Es war sehr ungewohnt, und er war so aufgeregt wie bei seiner Erstkommunion, bei der er an einem Nachmittag an die zweihundert Geschenke hatte aufpacken dürfen. Aber er war kein böser Mensch. Dessen war er sich sicher, während er in sein Tempotaschentuch schnäuzte und seine Wangen von dem salzigen Extrakt befreite. Er war nicht böse oder schlecht oder hinterhältig oder gemein. Vielmehr ging es jetzt einzig und allein um eine Sache. Um das Handeln. Und in der Kunst war sowieso alles gleich. Göttlich. Sie läuterte doch alles. Niemand würde ihr etwas vorwerfen. Am wenigsten er, Franz Kappa.

Dennoch wusste er nicht mehr richtig, was er von sich halten sollte, wenn er tatsächlich zu so etwas imstande war. Vielleicht war er ja auch böse. Seine Idee zumindest war es. Nicht wenig. Unglaublich raffiniert war sie, ausgebufft. Eine neue, bisher unerfasste Art der Straftat, die den Täter – oder nennen wir ihn Künstler – straffrei ließ. So abgefeimt war sie.

Franz steckte das verkrumpelte und nasse Tempo wieder ein, weil er die Erfahrung gemacht hatte, dass man Tempos auch nach intensiver Benutzung immer wieder gebrauchen konnte, da sie in der Hosentasche nach geraumer Zeit wieder trockneten. Und er stand von seiner Parkbank auf und ging quer über den kleinen Trampelpfad, der am Rand des Parks entlangführte. Er müsste nur so schnell wie möglich Olga erreichen, um sich zu entschuldigen, für sein Verhalten im Malachit. Hatte sie so hässlich angesehen, als sie meinte, seine Kunst sei sehr schön. Sie meinte es sicher auch ehrlich. Sie war eine der wenigen, die in seinem Atelier oder seinem Zimmer länger seine Bilder betrachtet hatten. Nicht einmal Iana wusste wirklich, was er tat. Olga hingegen erkannte das große Gefühl, das in sie eingearbeitet war. Aus dem sie gemacht waren. Verfügte über Kunstsinn. Das hatte er auch gemerkt. Einen guten sogar. Und sie hatte er angefahren. Und das, obwohl er sich so selig fühlte als sein Vater mit ihr sprach und er erkannte, wie gut sich die beiden miteinander verstanden. Er fühlte sich vollständig, in diesem Moment, als Olja mit an ihrem Tisch saß, und auch seine Mutter die neue Bekanntschaft mit ihren Blicken guthieß.

Während sie mit seinem Vater sprach, hatte Olja immer wieder zu ihm hergesehen, als wollte sie die Erlaubnis für das Gespräch immer wieder erneut von ihm einholen. Auch hatte sie Franz so eigenartig verständnisvoll angelächelt. Als verstünde sie nun einiges. Davon, wie sein Vater war, und wie Franz war, und wie sein Vater und Franz waren, und wie Franz zu Franz wegen seines Vaters wurde. Und womöglich sogar sein Vater zu seinem Vater wurde wegen Franz.

Franz ging von dem kleinen Pfad ab und trat auf die freie Rasenfläche, und in diesem Moment musste er an das düstere Licht in der ausrangierten Kantine der Domagkkaserne denken, wo er Olga geküsst hatte. Es war kein Kuss gewesen. Eher das Gegenteil davon. Die Berührung eines Gegenstandes durch einen anderen Gegenstand. Wie sie ihn nicht geküsst hatte – einer Begegnung ausgewichen war. Sie küsste ihn so endlos kalt und vermied es, dass er sie berührte. Sie blieb unangetastet, von ihm. Göttlich. Fast war es lustfrei. Das reine Benutzen von Körperteilen.

Sie hatte auf der Anrichte gesessen, scheinbar vollkommen unschuldig, in diesem Licht, mit hin- und herbaumelnden Beinen. Und er war vor ihr gestanden, wie ein schutzloser Schuljunge. Franz erinnerte sich jetzt an ihre herunterhängenden Schultern, das blasse, runde Gesicht, die riesigen, schwarzen, geweiteten Pupillen. Ihre elegante und weiche und französische Silhouette. Warum französisch? Weil junge, intellektuelle Französinnen, die in den Sechzigern studierten und sich in einem Schwarzweißfilm in Paris herumtrieben und irgendwie immer ein bisschen politisch waren, einfach so aussehen mussten.

„Hast du mal Zeit?" Ein Obdachloser, der gebückt hinter einer Vogelbeerhecke des Franz-Marc-Parks hervorgekrochen kam, stellte sich dicht neben Franz und sah ihn eindringlich an. Franz konnte ihn riechen.
„Hast du Zeit oder nicht?"
Seine Stimme klang sanft und brüchig.

„Ja, klar." Franz wandte sich ihm zu und sah ihn aufmerksam und neugierig an. So begann der alte Mann davon zu erzählen, wie er noch eine Frau gehabt hatte und zwei Söhne und einen großen, dunklen Wagen. Er sah Franz mit seinen Mosaik-Iris-Augen an, die klein waren und leuchteten, und fragte abermals, ob Franz Zeit habe. Und er beteuerte: „Ja, ja, natürlich!" So erzählte er von seinem jetzigen Leben und wie erbärmlich und beschissen und grauenvoll es sei, und wie sehr er darunter leide, und er klagte und klagte, bis ihn Franz unterbrach und sagte: „Ich habe Zeit, kommen Sie, gehen wir ein bisschen miteinander!", und der fremde Obdachlose ging neben ihm her, langsam, was Franz Mühe bereitete, und bestimmte den Weg, was Franz wiederum faszinierte. Und er wollte eben wieder in einen Klagepsalm einstimmen, als Franz ihn unterbrach:

„Warum ist es passiert?"

„Wie?!", stotterte der Obdachlose
und blieb abrupt stehen.

„Dass Sie nun hier leben. Draußen. Im Park.
Unter freiem Himmel."

„Der Marc-Park gehört mir!",
insistierte er mit stierem Blick.

„Ja, ja. Das glaube ich Ihnen. Sie sind hier, und Sie leben hier, und das gehört Ihnen. Aber wie kommt es, dass Sie nicht mehr in Ihrem Haus und bei Ihrer Frau und bei Ihren Kindern leben? Wie kam es dazu?"

Er wurde lauter: „Ich bin hier der Einzige, der zählt. Der König vom Tucher. Das sagen sie. Der König vom Tucher. Ich." Er sprach nun mechanisch vor sich hin.

Franz hatte ins Schwarze getroffen. Ein Aspekt seines Lebens, den der Obdachlose mit aller ihm zur Verfügung stehenden Blindheit übersah. Nun sackte er in seine eigene falsche Welt ab.

„Der König vom Franz-Marc-Park", wiederholte Franz bestätigend, seinen Fehler einsehend. „Und Sie sind sehr mächtig!", setzte er nach.

„Mächtig?!" Franz hatte sein System irritiert.

„Ja. Ein mächtiger König." Franz meinte es ernst. Er wollte ihn nicht veräppeln. „Sie können herrschen, worüber Sie wollen! Jeder kann das!"

Der Mann blieb neben einem Abfalleimer stehen, zog seine alte Hose bis über sein Becken hoch und sah Franz erstaunt an.

„Es gibt viel zu viele Untertanen und fast keine Könige", meinte Franz und betrachtete ihn achtungsvoll.

Der Obdachlose rümpfte die Nase, machte einen Schritt zurück, sagte irgendetwas Obszönes, das Franz nicht verstand, und ging in abschätziger Haltung davon.

F. saß auf dem verschlissenen Dielenboden in seinem Zimmer, das Fenster war geöffnet, und Straßenlärm tönte von der Straße nach oben. Es war dunkel. Es war Abend. Franz hatte das Licht nicht angemacht, saß neben dem WG-Telefon und überlegte, was er Olga sagen wollte. Er wollte sie anrufen, um sich zu entschuldigen. Und zu verabreden. Eventuell.

Seitdem er dem König im Franz-Marc-Park begegnet war, waren acht Tage vergangen, und in dieser Zeit war es ihm gelungen, seine... Er wusste nicht, wie er es nennen sollte, gedanklich in allen Details durchzugehen. Seit dem König im Park hatte er mit keinem Menschen mehr gesprochen. Jetzt, da er dicht neben dem Telefon saß, musste er gedanklich vorsprechen, vor sich selbst, was er sagen würde, denn er konnte sich momentan das Sprechen tatsächlich nicht vorstellen. In den letzten Tagen hatte es übermäßig oft geklingelt. Rangegangen indessen ist er nie. Er hatte das Gefühl, es seien seine Eltern. Oder Olja. Iana. Scheißegal. Es waren die schlimmsten acht Tage seines Lebens. Tagsüber hatte er sich in der Wohnung versteckt. Und abends, bevor seine Mitbewohnerin nach Hause kam, verschwand er rechtzeitig, um ein mögliches Gespräch oder ähnliches zu vermeiden. Es hätte ihm und seinem Unterfangen geschadet. Das war ihm klar. Musste mit sämtlichen Sinnesorganen und mit jeder Bewegung seines Willens auf einen Punkt zusteuern. Dem Ding der Unmöglichkeit. Dem Zusammenfall des größten Schadens und des größten Nutzens. Einem Loch.

Franz nahm den Telefonhörer in die Hand und begann Oljas Nummer einzutippen. Null acht acht...

Gegessen hatte er nicht viel in den letzten Tagen. Heute zum ersten Mal wieder richtig Hunger. Nachdem er nun das Datum und den Ort der Durchführung seiner Handlung festgelegt und damit den Schlussstein gesetzt hatte, emotional. Eigentlich war die Sache für ihn schon gelaufen. Es war in diesen acht Tagen gelaufen.

Vor über einer Woche, am ersten Tag seiner Isolation, hatte sich alles fremd angefühlt, taub. Der zweite Tag war noch schlimmer gewesen, noch ungreifbarer. Er wollte sein Vorhaben abbrechen, wieder an die Hochschule zurück, einfach in den Vorlesungssaal gehen und zuhören, alles aufschreiben, was der Dozent von sich gab, und ein gutes Leben führen. Denn schließlich war es ein glückliches Leben, das er geführt hatte, bis dato. Aber das wurde ihm erst jetzt bewusst, nun, da er so kurz vor seiner Totalen Veränderung, wie er sie nannte, stand. Am dritten Tag wurde alles ein bisschen besser. Er bekam wieder ein Hungergefühl, duschte sich und konnte sehr gut arbeiten. Er begann, die Briefe und Mails mit dem zusätzlichen Material, das er an die großen deutschen Tageszeitungen schicken wollte, um seine Handlung anzukündigen, vorzubereiten. Ging alles flugs von der Hand. Dann wieder Panik, am vierten Tag, Todesangst. Am fünften hatte er eine weitere kolossale Idee, die er mit der bereits bestehenden verknüpfen konnte. Dadurch fühlte er sich kurzzeitig besser und sicherer. Fing an sich auszumalen, wie seine Studienkollegen, seine Professoren, seine Cousins, seine Heimatstadt, seine alte Schule, seine Bäckerin, bei der er einkaufte, und sein Vater ihn behandeln würden, wenn sein Name mit einem Mal in Deutschland und wahrscheinlich auch Europa bekannt wäre. Der sechste und der siebte Tag dann wieder reines Grauen. Er wollte abbrechen. Den ganzen Dreck vergessen. Denn wenn nur er es vergaß, war es schon aus der Welt. Schließlich wusste überhaupt niemand von seinem Unterfangen. Abzubrechen wäre ein Leichtes gewesen. Nur ein Gedanke. Ein in die Gegenrichtung verlaufender. Er war dermaßen wankelmütig und verzweifelt, dass er sich in seinen alten, grauen Citroen BX setzte, aus der Stadt fuhr und wie ein Gestörter über die Autobahn bretterte. Bis er plötzlich in Garmisch war. Was er nicht beabsichtigt hatte. Er erschrak vor der Zugspitze, die sich vor ihm aufbaute und graue, kratzige Felsrhizome in alle Richtungen sprühte und entschied, auf der Stelle wieder kehrtzumachen und nach München zurückzufahren. Der achte Tag war der schlimmste. Er wagte es nicht mehr, sich selbst zu fühlen, da er ansonsten... Mit innerlich geschlossenen Augen versuchte er zu essen, sich weiter vorzubereiten, ein bisschen zu zeichnen. Nur er empfand nichts mehr dabei. An diesem Tag gab es ihn nicht mehr. Bis zum späten Nachmittag. Als er die rettende Idee hatte, ein endgültiges Datum festzulegen. Einen festen Termin, an dem er die Absolute Äußerung, wie er es nun nannte, von sich geben würde. Und als er den Tag gefunden hatte, und die Stunde, wurde er ruhiger. Er fühlte bestimmte Bewusstseinsregionen zurückkehren und erinnerte sich allmählich wieder an sich selbst. Dann erkannte er sich wieder, und nach einer kurzen Weile war alles wieder beim alten. Er machte ein Bier auf und stieß mit sich selbst an. Er saß auf dem Fußboden, neben dem Telefon und der Flasche Bier (die vorher nicht erwähnt wurde) und wählte Olgas Nummer.

„Ja?"
„Du bist die erste Person, die ich anrufe!!"
„Franz!!"
„Ja…"
„Die erste Person. Wie meinst du das?!"
„Du bist eine sehr wichtige Person.
Meine allererste Person."
„Franz. Bist du´s wirklich?!!"
„Ja klar, ich bin´s."
„Ich glaub´s dir schier nicht."
„Ich glaub´s mir selber nicht."
„Ich hab dich tausendmal angerufen!! Ich hab mir solche Sorgen gemacht, nachdem du vorletzten Sonntag, als deine Eltern hier waren, einfach auf und davon bist!!"
„Ich weiß."
„Gar nichts weißt du!! Iana ist auch schon völlig ausgeflippt. Sie ruft mich permanent an, weil sie dich nicht erreichen kann! Wo warst du die ganze Zeit?!! Warum gingst du nicht ans Telefon!"
„Ich… ich kann… ich kann dir das jetzt nicht erklären… es tut mir leid…"
„Wo… wo bist du eigentlich?! Von wovon rufst du an?"
„Mach dir keine Sorgen. Mir geht´s bestens.
Ich bin daheim."
„Du bist so ein riesen Ar… Ich hasse dich. Ich machte mir furchtbare Sorgen. Ich wollte schon zur Polizei. Daheim warst du auch nicht! Deine Eltern…"
„Hör auf. Ich weiß schon. Bitte.

Ich habe dich vermisst, Olja. Ich will dich sehen!"
„Sei still. Sag das nicht."
„Ich will dich sehen."
„Ja?"
„Ja."
„ – Gut."
„Olja?"
„Ja?!"
„Wo willst du, dass ich hinkomme?"
„Zu mir. Komm zu mir. Oder?"
„Gut. Ja."
„Ja."

II.

„Habt ihr die Einstellung?!"

„Nein. Moment. Wir brauchen noch mehr Grundierung!"

„Heller?!"

„Nein, mehr blau."

„Blau. Ok. Moment. – Jetzt besser??"

„Nein. Fast. Noch ein bisschen!"

„Jetzt??"

„Perfekt. Danke!"

„Habt ihr´s jetzt?"

„Jo."

„Dann können wir?!"

„Wir können. – Stopp, nein.
Wir haben noch ein kleines Problem."

„Stimmt der Winkel nicht?!"

„Nein. Passt schon. Moment. Wir haben´s gleich.
Gut. Passt. Wir haben´s."

„Perfekt. Dann können wir!?"

„Jawohl."

„Kamera ein! Den Lichtstrahl auf den linken Stuhl
etwas stärker! Sonst alles ein kleines bisschen dimmen!"

Sämtliche Scheinwerfer des Studioraums waren angeschaltet. Der Raum war nun hell, schmerzhaft hell. Und weiß. Die dreißig Monitore im Aufnahmeraum hinter dem Studio zeigten alle das gleiche Bild. Zwei leere tiefe Clubsessel, die in gehörigem Abstand zueinander standen und im stumpfen Winkel aufeinander ausgerichtet waren. Zwischen den beiden Sesseln ein dezentes, quadratisches, graues Glastischchen, auf dem ein achteckiges Silbertablett mit einem hohen, schmalen Trinkglas und einer italienischen Wasserkaraffe arrangiert war. Die Karaffe halb leer. Ein grelles Stillleben. Stille. Im

Aufnahmeraum Unruhe. Fünfzehn Minuten bis zur Sendung. Live. In einem anderen Zimmer neben dem Aufnahmeraum der Redakteur der Sendung mit dem zurzeit am stärksten nachgefragten und am schnellsten Intimität herstellenden Interviewer in deutscher Sprache, Eberhardt von Jost, einem Schweizer.

„Ist er wirklich wie sein Ruf?!"
„Nein. Er ist ganz angenehm.
Eigentlich sehr höflich und elastisch."
„Ja?"
„Ja. Aber Sie müssen aufpassen. Er ist äußerst unberechenbar. Launisch. Letzte Woche hat er mitten in Schmidt das Publikum auf die Studiobühne geholt, live natürlich. Dann bot er demjenigen 10.000 Euro, der..."
„...ja, ja, Schmidt erzählte mir selbst davon!"
„Aber machen Sie sich keine Sorgen! Was er macht, ist auf jeden Fall **Publicity** für unseren Sender. Und zu gut steht´s gerade nicht um uns. Haben Sie keine Panik. Legen Sie ruhig los. Provozieren Sie ihn. Vielleicht kommt was Spektakuläres dabei heraus!?"
„Wie soll ich ihn anfassen?"
„Schon vorsichtig. Wir sind heilfroh, dass er heute Abend bei uns ist. Er ist eigentlich auf die nächsten drei Jahre ausgebucht. Wer ihn hat, hat Stil."
„Wie haben Sie ihn eigentlich bekommen!?"
„Das weiß ich selber nicht."

„Wie Sie sehen können, Herr Kappa, haben wir vorgesorgt. Wir haben kein Publikum. Sonst passiert uns dasselbe wie in Schmidt letzte Woche."
„Sie müssen ja ziemlich viel Angst haben vor mir!"
„O ja. Wenn Sie so wollen! Aber wie gesagt,

das Publikum steht Ihnen heute nicht zur Verfügung."

„Aber ich habe ja Sie!" Lacht.

„Na. Aber heute soll es doch um Sie gehen. Sie sind... wie nannte es der Spiegel... der lauteste und klügste Narr der deutschen Nachkriegsgeschichte. Und Wolfgang Eck von der *Frankfurter Zeitung* nannte Sie neulich einen Till Eulenspiegel der Moderne!"

„Ja. – Aber was wissen wir denn schon von Ihnen?!"

„Von mir?!"

„Ja. Ich habe mich auch auf unseren heutigen Abend vorbereitet, Herr von Jost, und aus diesem Grund ein bisschen recherchiert. Interessanterweise kommen Sie ja gar nicht aus dem Mediensektor, sondern waren vor Ihrer TV-Karriere zehn Jahre lang Gymnasiallehrer in Französisch-Guinea. Dort lernten Sie dann auch Ihre jetzige Ehefrau Charline Bureau kennen, die ebenfalls an ihrer Schule unterrichtete. Nun erfuhr ich allerdings aus unterrichteten Kreisen, dass Ihre Ehe seit Ihrer Bekanntschaft mit der noch relativ jungen Journalistin Mareike Scheldow nicht mehr so..."

Das Taxi, das vor den Pforten des Fernsehstudios wartet, wird plötzlich mit Hagelkörnern überschüttet. Der Fahrer lässt die Fenster, die er noch kurz zuvor geöffnet hatte, hochfahren. Ein Frühjahrshagel. Nur kurz. Dann bricht die Sonne wieder durch. Im Fond sitzt eine junge Frau. Dunkelrot gefärbtes Haar. Und ungeduldig. Der Fahrer jung. Student der Germanistik. Beobachtet die Frau im Fond für kurze Augenblicke, wenn die nach draußen sieht, nicht hersieht. Die trägt eine weiße, mit gerissenen Stoffstreifen üppig dekorierte Wollbluse und dunkelgrüne, gleichmäßig gelöcherte, enge Lederhandschuhe.

Nicht ein Wort an ihn gerichtet. Als sie einstieg. Nur das Ziel. Die Fernsehstudios. Von TRL. Im Norden von

München. Er überlegt hartnäckig, worauf er sie ansprechen könnte. Findet kein Thema. Kommt zu dem Schluss, dass sie nicht seine Klasse ist. Zu distinguiert. Schweigt. Sieht auf die Uhr. Sieht, wie die Wolken zerbersten und blauer Himmel dahinter erscheint. Sieht ein Linienflugzeug. Im Landeanflug auf München. Ein strahlend heller Blitz von Sonnenlicht reflektiert für einen Moment auf den Tragflächen der Flügel.

„Und, wie war´s?„
„Nett."
„Nett?"
„Ja. Nett. Machte Spaß."
„Spaß."
„Ja, Spaß."
„Aha."
„Was ist los mit dir!?"
„Ich bin ein bisschen daneben.
Ich stehe seit heute Mittag neben mir."
„Warum, Iana?"
„Weil mir eine Studentin, die ich in der Uni traf, als ich mich einschrieb, stark abriet von Theaterwissenschaft."
„Ach. Das tun alle. Alles, was jemand tut oder anfängt, besonders beim Anfangen, wird abgeraten, grundsätzlich, von jedem, bei allem."
„Rede nicht so!"
„Wie so?!"
„Wie du jetzt redest. Als wärst du noch im **Fernsehen**."
„Warum?"
„Ach sorry. Ich bin nur etwas schlecht drauf.
Wie gesagt. Wegen der Sache."
„Nein, Iana. Vergiss das! Bitte!!"
„Sie hat gesagt, sie habe das Gleiche studiert und bekäme jetzt keine Anstellung. Niemand kriegt einen Job mit diesem

Studium."

„Aber das ist... du hast extra das Modeln an den Nagel gehängt. Für dein Studium. Und es geht nächste Woche los.
Jetzt lass dich nicht gleich von so einer einschüchtern. Es wissen doch alle immer alles besser."

Iana atmete lange aus, kratzte sich heftig an Hinterkopf
und wurde müde. Wie es schien, hatte sie in letzter Zeit viel
von ihrer früheren Verve verloren. War unsicherer geworden.
Seitdem Franz in der **Öffentlichkeit** stand. Der frenetische
Rummel um ihn dauerte nun schon recht lange an. Und Iana
war mit zunehmender Berühmtheit ihres Ex-Partners immer
stiller geworden, immer vager. Ihren Beruf als Model hatte
sie in den Wind geschrieben, allerdings seitdem feststellen
müssen, dass ihr wohl noch ziemlich viel fehlte, allgemein.
An Selbststärke. Lebensbewältigungsfähigkeit. Und anderem.
Das öffentliche Gedränge um Franz fand sie nicht sonderlich
aufregend. Ein wenig davon hatte sie selbst schon erlebt. Sie
wusste, was dieses Aufhebens in Wirklichkeit war. Doch sie
hatte das dunkle Gefühl, Franz wisse das nicht. Und deswegen
hatten sie sich auch letztendlich voneinander getrennt. Franz
jonglierte mit derart vielen Bällen, die ihm durch den Raum,
den sein RUHM eröffnete, zugeworfen wurden, und verlor
dennoch nie einen. Seine Kontrolle und Multidimensionalität
war beängstigend für Iana, obgleich sie wusste, dass er eigentlich derselbe geblieben war. Nun erkannte sie, er war damals
bereits wie heute, und dieser ganze Irrsinn des Ruhmes hatte
als Anlage immer schon in ihm gelauert. Franz Kappa selbst
war die Öffentlichkeit, die er gesucht hatte. Brauchte er sie
also überhaupt?! Franz Kappa war Künstler und Publikum
zugleich. Er verschmolz. Vortragender und Zuhörender in
einem. Heißt natürlich, er konnte nicht eine Sekunde ruhen. Damals wie jetzt. Er rannte. Nur mit überirdischen

Spitzengeschwindigkeit und dem permanenten Aufschieben des Innehaltens war diese Tour gangbar.

Begann zudem, sich zu überschätzen, nach Auffassung von Iana. Zu meinen, er kenne dies alles bereits und könne mit der Öffentlichkeit im Grunde tun, was er gerade zu tun gedachte. Indessen nahm ihm Iana auch seine Bescheidenheit, die er immer so herausgestellt hatte, nicht mehr ab. Ihr war nicht klar, was Franz wirklich wollte. Damals war es RUHM. Doch heute!?

Auch Iana war nicht mehr dieselbe. Ihr lichter, fassbarer und reiner Kleidungsstil war nun einem eher komfortablen und einfachen Formgefühl gewichen. Wichtiger, sich in der eigenen Kleidung wohlzufühlen, als immer nur grandios auszusehen. Natürlich stand ihr nun auch nicht mehr soviel Geld zur Disposition wie zu der Zeit, als sie sich noch vor dem Hintergrund des Winterpalasts in St. Petersburg oder den Windkrafträdern in der östlichen Normandie ablichten hatte lassen. Der Mammon war nun zweitrangig. Denn Franz hatte nach seinem Durchbruch unmittelbar damit begonnen, sämtliche künstlerischen Arbeiten wie Zeichnungen, Fotos, Videoarbeiten, die er bis zum damaligen Zeitpunkt erschaffen hatte, der Öffentlichkeit, die nun gierte, zum Fraß vorzuwerfen, versteigern, kopieren und überall abdrucken zu lassen, und allen alles im Internet dann wieder kostenlos zur Verfügung gestellt, um seine Teilchen noch heftiger zu beschleunigen. Die Originale natürlich wurden meistbietend versteigert, und der Erlös überstieg die Begriffe von **Kapital**, mit denen er oder Iana oder Olja bisher hantiert hatten, brachial. Die Aktie `Kunst´ war vor kurzem von Fondanlegern entdeckt worden und verwandelte die Schöpfung eines bekannten Künstlers bereits während ihres Entstehungsprozesses in reine Ziffern – Geld.

Georg Baselitz und der deutsche Verteidigungsminister wollten, dass er sie portraitiere, und die Familie Wagner aus Bayreuth hatte ihn in drei Wochen zum Abendessen geladen, was von führenden deutschen Opernkritikern als eindeutiges Engagement für die nächste Festspielsaison gedeutet wurde. Er hatte schon so seine Ideen, wie er den Ring der Nibelungen zum absoluten Debakel ausarten lassen könnte.

Die Hochschule der Künste in München indessen versuchte Franz Kappa mit mundgerechten Ködern zurückzugewinnen. Der Hochschulpräsident hatte die Eingebung, unter finanzieller Mitwirkung des Kultusministeriums einen Lehrstuhl für Konzeptkunst einzurichten und Franz Kappa dann als Junior-Professor an die Hochschule zu berufen. Nun brüsteten die sich mit seinem Namen. Student sei er hier gewesen. Immer aus dem Rahmen gefallen. Ein junger Wilder eben. Er lehnte den Ruf an die Hochschule ab – das grenzenlos ungenierte, heimtückische, tolle, kleine Kind. Mit dem Begriff des **enfant terrible** versuchten die Kulturschaffenden, Kunstkritiker und großen Tageszeitungen Franz Kappa terminologisch dingfest zu machen. Doch konnte und wollte er diesem Terminus nicht gehorchen und verhielt sich nach einer Kehrtwende wieder brav und bieder. Bis ein englisches Kunstmagazin das Ende seiner silly period konstatierte und Franz Kappa gleich daraufhin wieder loslegen konnte. Anzuecken.

Ihm machte der Wirbel um seine Person keine Angst. Im Gegenteil. Er ritt die Wellen. Vom Wellenrücken ins Wellental. Freunde, Bekannte und Familie fielen ihm um den Hals, doch Franz wehrte sich nicht. Öffnete sich allen. Ließ sie in seine Privaträume, wie Andy Warhol Valery Solanas in seine Factory. Öffnete sein Lächeln, sein Portemonnaie. Jedem. Denn es ging ihm um nichts Geringeres als um alles, wofür er naturgemäß auch alle erreichen musste. Das heißt, nicht nur die

Kunstsinnigen. Sich zu schützen, gegen was auch immer, kam ihm nicht in den Sinn. Eher sich hergeben. Wenn alles Kunst werden sollte, was er tat und anfasste, durfte er auch nichts zurückhalten. Nichts Intimes mehr zu haben, war das nicht göttlich!?

Franz Kappa gab dem Taxifahrer, der ihn inzwischen als Franz Kappa erkannt hatte und jetzt, anstelle von Iana, ihn durch den Rückspiegel anstierte, die Anweisung, in die Türkenstraße hundertdreiundfünfzig zu fahren, wo seine Partnerin Olja auf die beiden wartete, im Kaspar Hauser.

Vor etwa einem halben Jahr hatte er sich mit Olja über Iana unterhalten, und beide hatten feststellen müssen, dass Iana unglücklich geworden war mit dem, was sie machte, also mit Modeln. So dachten beide tagelang darüber nach, was sie alternativ anfangen könnte. Irgendwann war Olja auf Theaterwissenschaft gekommen. Und es musste wohl auch Olja gewesen sein, dachte er sich nun auf dem Weg in die Stadt, die Iana überredet oder überzeugt hatte, diesen Weg einzuschlagen, denn er hatte es nicht getan. Und heute Vormittag hatte sie sich an der Anton-Maximilians-Universität für Theaterwissenschaft eingeschrieben.

Eine Art Abmachung: Wollte Franz mit Olja liiert sein, durfte Iana nicht einfach weggeworfen werden, sondern musste ganz dicht in seiner und Oljas Nähe bleiben. Nur so spürte Franz keinen Schmerz über die partnerschaftliche Trennung von ihr. Und nur so spürte Iana, vor allem Iana, keine Traurigkeit. Mit der Zeit kam es, dass er nicht einmal ein paar Stunden mehr allein sein konnte, mit Olja, ohne ein mulmiges Gefühl zu kriegen. Was Iana wohl mache, wo sie gerade sei, und in erster Linie, wie es ihr so ganz alleine gehe. Olja störte das nicht. Zumindest schien es sie nicht zu stören. Auch sie machte bald sämtliche Unternehmungen nur noch mit Iana und ihm aus. Waren sie zusammen auf Reisen unterwegs, ertrug es Franz bald nicht mehr, alleine im Hotelzimmer mit Olja zu nächtigen. Eine Liege wurde vom Service bereitgestellt, und Iana schlief fortan ein paar Meter von beiden entfernt. Alles Sexuelle war damit im Keim erstickt. Schließlich hätte dies auch die Zerstörung ihrer insgeheimen Abmachung bewirkt: Alles zu dritt!!

Nach einiger Zeit fand Franz es ungerecht, Iana auf der Pritsche schlafen zu lassen und bot an, mit ihr den Platz zu tauschen. Von nun an also schliefen Olga und Iana im großen Doppelbett, während es für Franz kein Problem darstellte, auf dem Behelfsbett zu nächtigen. Er hatte einen festen Schlaf und konnte überall pennen. Warum also!? Olja schien keine Vorwände dagegen zu haben.

Am frühen Morgen im Kaspar Hauser hatten sich Olga, Iana und Franz in einem Anfall kooperativer **Euphorie** entschieden, wenn es hell würde, nach Venedig runter zu fahren. Zur Biennale. Der wichtigsten und größten Ausstellung zeitgenössischer Kunst, in der jedes Land in seinem eigenen Pavillon einen oder zwei seiner wichtigsten Künstler ausstellte. Franz hatte bereits vor zwei Jahren Deutschland vertreten.

Die Biennale di Venezia war eine weitläufige Kunstausstellung auf dem großen, historischen Areal der Giardini di Castello am südwestlichen Rande von Venedig, eine Art alter, verlassener Park mit unterschiedlichem Baumbestand, kleinen, ausgetretenen Pfaden, die kreuz und quer und ungeordnet über das Gelände führten, einem brachliegenden Wasserweg und zahlreichen Länderpavillons, deren Baustile spielerisch die verschiedenen architektonischen Epochen des alten Europas nachstellten. Deutschland in einem kleinen, klassizistischen Pantheon, Australien in einer modernen, frei schwebenden Holzbalkenkonstruktion über einem künstlichen Tümpel, Polen in einem hellen, grünen Plastikkubus und so fort. Es war weniger eine Kunstausstellung, sondern eher ein Tummelplatz, auf dem sich trotz des weltweiten Bekanntheitsgrades der Biennale meist recht wenige Besucher wieder fanden, den einen oder anderen Pavillon besichtigten, auf den Treppen davor Rast machten, Butterbrote auspackten, durch das abgetretene, hohe Gras eigene Wege einschlugen, sich verliefen und so fort. Dem Ganzen ermangelte es an jener kunstsinnigen Versteiftheit artverwandter deutscher Veranstaltungen, und so empfanden es auch Olga und Iana und Franz, als sie an einem warmen Juninachmittag, fernab von Bayern, durch das weite, offene und unbewachte Areal schlenderten und sich darüber wunderten, dass dies jene irrsinnig wichtige Biennale di Venezia war.

Es war fabelhaft, natürlich. Als sie sich vor einigen Stunden vom italienischen Festland, dem Friaul, der Adria genähert hatten, hatte Franz gemeint, er könne die nahe Präsenz seiner sterbenden Diva, wie er Venedig nannte, bereits körperlich spüren. Er wurde ganz fromm. Olga und Iana lachten und meinten, er übertreibe. Sie konnten der Stadt nicht sehr viel abgewinnen, als sie sich, dem Strom der Besuchermassen anpassend, vom Lagunenparkhaus nach San Marco durchschlugen. Beide gingen vor ihm her, eingehenkt.

Olja trug eine Volantbluse aus bedrucktem Satin in zartem Vanillegelb mit tiefem Dekolleté und Doppelkragen und hatte einen Jeansmini an, in Ballonform, aus extrem gebleichtem Denim. Keine Netzstrümpfe. Franz' seltsames Gebaren, nachdem sie venezianischen Boden betreten hatten, war in der Tat aufgefallen. Er lief wie ein geistig Zurückgebliebener neben ihnen her. Da sie dies aber von ihm gewohnt waren, ließen sie ihn in seiner eigenen Welt in Frieden und mokierten sich über die vielen Menschen und den modrigen Gestank der

Kanäle. Selbst Olga, von der Franz besondere Anteilnahme an Venedig erwartet hatte, reagierte herablassend.

„Davor sind wir aus dem Osten geflüchtet", erklärte sie, während sie vergeblich nach Wegweisern zur Biennale suchten.

„Wie?! Wovor?" F.

„Vor diesem alten... Dreck... tut mir leid", entschuldigte sich Olga.

„So." Franz, beleidigt.

„Ich kann nichts damit anfangen. Es sieht aus wie in den Außenbezirken Wladiwostoks, da, wo ich herkomme, Russland."

„Also ein bisschen Unterschied..." F.

Iana unterbrach ihn: „Nein. Ich kann sie verstehen. Viel Unterschied wird da nicht sein. Ich weiß auch nicht, warum hier so ein Rummel veranstaltet wird – um nichts."

Franz, vor Kulturergebenheit dahinschwelgend, weigerte sich, Venedig zu verteidigen, meinte:

„Es zerfällt. Ja. Ich weiß. Das ist ja das Göttliche. Es ist so dermaßen vollkommen, dass er zerfällt. Zerfallen muss." Er sah ein kleines, gusseisernes Balkongitter einer unscheinbaren, abbröckelnden Wohnhausfassade, das herunterzufallen drohte. „Und es zerfällt in absoluter Glorie und Schamlosigkeit!!"

Olga und Iana hörten nicht mehr hin und gingen Hand in Hand vor Franz her. Iana hatte ihren Stadtplan aufgeschlagen und konnte aus dem Stegreif, fernab des Touristenstroms, den Routenverlauf zum Markusplatz vorgeben, was Olga sehr zu imponieren schien. Iana und Olga waren seit dem steilen Aufstieg von Franz stärker als je zuvor miteinander verbunden. Waren zu einer Art Zweiermannschaft geworden. Ein wenig wie ein alterndes, schrulliges Pärchen. Die Verbindung Olga – Iana hatte etwas leicht Pathologisches bekommen.

Und dann war da ja auch noch Franz. Das ehemals Leichte der drei war nun einem Notwendig gewichen. Hätte einer der drei das Behältnis verlassen, so wären die Übriggebliebenen in kürzester Zeit untergegangen.

Der Markusplatz entfaltete sich vor ihnen, und trotz der vorausgehenden Enge und Dunkelheit der Sträßchen und Gassen, durch die sie gekommen waren, wirkte er klein, der lange Dogenpalast grau, unprätentiös und niedrig und die Weite des Platzes, der gesamt mit Trachyt- und Marmorplatten ausgelegt war, beklemmend. Nicht wie es das Auge von den Bildern und fotografischen Darstellungen gewohnt war und erwartete. Obwohl Franz den Platz schon öfters betreten hatte, Venedig schon ein paar Mal besucht hatte. Und er wäre um ein Haar in eine andere Stimmung hineingeraten, hätte seine jetzige, vollkommene gefährdet - zumal im Moment ein Pulk reiseberauschter, amerikanischer Greisen kopflos Tauben zu füttern begann - hätte er sich nicht plötzlich daran erinnert, dass direkt am Markusplatz irgendwo das Lieblingscafé von Ernest Hemingway gewesen sein musste. In das er einkehrte, als er „Über den Fluss und in die Wälder" schrieb, in jenem Venedig vor fünfzig Jahren, das er so geliebt hatte. Caffè Florian. Angeblich eines der ersten Cafés der Welt überhaupt.

Sie fanden es. Piazza San Marco 56. Der italienische Kellner, der ihre Bestellungen aufnahm, schien sie gleich ins Herz zu geschlossen zu haben. Er war bereits älter, groß und hager. Ein perfekter Diener, ohne zu dienen. Und er lächelte die Mädchen stets auf eine äußerst distanzierte und dennoch vaterhafte Weise an. Als kenne er sie und als wolle er ihnen etwas Bestimmtes sagen. Franz dachte daran, sein Gesicht zu fotografieren, so unglaublich narrativ, wie es war, sich herschenkend. Er konnte den älteren Mann jedoch nicht fragen, ob er ihn fotografieren durfte. Er hätte sich wie irgendeine Sehenswürdigkeit gefühlt. Also zeichnete er ihn. Immer wenn der gerade nicht hersah. Das riesige, archetypische Gesicht eines der letzten Kellner. Er solle ihm die Zeichnung auf keinen Fall zeigen, meinte Olja. Der erschrecke sonst. Iana war dafür, sie ihm zu zeigen, und Franz steckte sie schließlich weg, um die Albereien, die die beiden nun um seine Zeichnung anfingen, abzuwürgen.

Sie saßen bereits über drei Stunden im Caffè Florian und vergaßen über der angenehm dumpfen Tonalität des kleinen, hohen Raumes all das, was sie an diesen Ort gebracht hatte und weshalb sie hergekommen waren. Als Franz wieder die Biennale einfiel, fragte er den Kellner mit einem versuchten Schmunzeln – er scheiterte - nach dem Weg und ließ ihn sich so gut als möglich erklären. Der schien sich zu wundern, was sie draußen bei den Gärten wollten, kannte die Kunstausstellung wohl nicht. Er lebte in einer, dachte sich Franz, während er ihn beobachtete. Er wurde in einer geboren. Hätte er sich für Kunsttrends, die in fünf Jahren wieder passé waren, interessieren sollen?! Venedig war seit seiner Gründung en vogue gewesen und würde es bis Ende dieses noch jungen Jahrtausends bleiben.

Der Kellner sah Franz´ Fotoapparat, der auf ihrem Tisch stand, und fragte mit vorsichtigen Gesten und behänden Fingerbewegungen, ob sie Interesse daran hätten, von ihm zu dritt fotografiert zu werden. Sie waren überrascht, und nachdem er das Foto gemacht hatte, fragte ihn Olja, ob sie ihn fotografieren dürfe, und ihm war anzusehen, dass er trotz seiner in Jahrzehnten erprobten butlerhaften Gefasstheit leicht in Verlegenheit geriet.

Nachdem sie ihn fotografiert hatte, gab Olja den kleinen, handlichen, schwarzen Apparat, eine alte Lomo, unmittelbar

Franz in die Hand und lächelte ihn ganz kurz an.

„Bevor wir gehen, muss ich euch noch etwas vorlesen. Aus dem Roman ‚Über den Fluss und in die Wälder‘." Er holte ein rotes, zerfleddertes Taschenbuch hervor und durchblätterte es ziellos.

„Wieder Hemingway?!" Olja.

„Es spielt im winterlichen Venedig und beschreibt die Liebe eines alternden US-Commanders zu einer jungen, bildhübschen Venezianerin." Franz

„Oje, Hemingway." Olja, stöhnend. „Hemingway ist mir äußerst unsympathisch. Der schreibt immer nur von Tod und Krieg und Liebe und Jagd. Und das alles vermengt er miteinander. Eigentlich setzt er es also gleich. Er ist ekelhaft."

„Warum ekelhaft?!", fragte Franz, der immer noch im Buch nach einer geeigneten Stelle suchte.

„Total eklig! Ich las mal etwas, eine Szene, in einem deiner Hemingway-Bücher, da tötete er irgendein riesiges, altes Tier, und es röchelte und stank und blutete, und er stach und stach darauf ein, und dann stand da wieder, dass er es liebte, das Tier, das er tötete, und dann schrie es gotterbärmlich. Und dann, am Ende, war das Tier sein Vater, den er geschlachtet hatte. Es war…"

„Gut. Dann les ich besser nichts vor." Er klappte das Taschenbuch zu und legte es mit einer Geste intimer Verletztheit zur Seite.

Olja sah es und meinte: „Nein. Komm!! Lies uns was vor. Es macht nichts. Vielleicht ist es besser als das, was ich gelesen habe."

„Nein." Er sah durch das Fenster auf den Markusplatz hinaus und versuchte sich vorzustellen, wie diese Stadt im Winter aussah. Wie vollkommen traurig. Und er sah die Stadt vor siebzig Jahren und vor hundertfünfzig und fünfhundert. Manchmal konnte er das. Dann sah er alles. Die ganze

Geschichte eines Ortes in einem Moment. Und darin alle Lieben und die Schönheit und alles Leid auch.

„Jetzt lies uns schon was vor!!“, meinte Olja vorwurfsvoll, versuchend, ihn aus seiner Pikiertheit und Abgeschiedenheit zu ihnen zurückzuholen.

„Na gut.“ Er nahm das Buch wieder zur Hand und suchte.

„Irgendwas mit Liebe“, meinte Olja. „Die zwischen dem alten Major und der jungen Venezianerin.“

Franz blätterte wieder in dem Buch und las: „Natürlich ist es eine unglückliche Liebe. Weil der Colonel bald sterben wird. Und weil er zu viel trinkt.“ Er stoppte. „Nein, das ist nichts!“ Blätterte weiter.

„Das gefiel mir aber!“, kommentierte Iana.

„Nein, da hab ich was.“ Er hielt eine lose Seite in der Hand, die sich bereits aus der Klebebindung des billigen Taschenbuchs herausgelöst hatte, und meinte: „Es ist der Schluss. Die Stelle, wo der Colonel stirbt. Er ist gerade mit seinem Fahrer in einem Militärlastwagen unterwegs, im einsamen, flachen Hinterland von Venedig, und spürt, dass er jetzt gleich sterben wird. Jackson... so heißt sein Fahrer.“

„Jackson“, sagte er. „Wissen sie, was General Albert L. Edison mal bei einer Gelegenheit gesagt hat? Bei der Gelegenheit seines unseligen Todes. Ich hab es mal auswendig gelernt. Ich kann natürlich nicht für den genauen Wortlaut bürgen. Aber so hat man es berichtet. <Befehl an A. P. Hill: Höchste Gefechtsbereitschaft.> Dann allerhand fiebriges Zeug. Dann sagte er: <Nein, nein, wir wollen über den Fluss setzen und im Schatten der Wälder ruhen.>

„Und? Weiter?!“ Olja stützte das Kinn auf den Ellbogen.

„Nichts weiter.“ Franz bereute es stark, doch etwas vorgelesen zu haben.

„Nicht weiter?“ O.

„Nein. – Man muss es eben spüren können. Sonst hilft alles nichts." F.

„Spüren. Und das kann ich nicht. Ich verstehe schon." Olja zog teilnahmslos an ihrem Plastikstrohalm

„Der nahm sich doch das Leben!?" Iana, gleichermaßen nicht besonders eingenommen von der verlesenen Textstelle.

„Ja." Franz. Packte das Buch tief in seine Tasche ein.

Bat den Kellner, der in diesem Moment an ihren Tisch kam, die Rechnung zu machen, worauf der verschwand und sofort wieder da war. Mit einer Geste des völligen Sich-Zurücknehmens das kleine Tablett mit der umgeknickten Rechnung auf den Tisch legte und gleich wieder weg war. Als wäre er gar nicht da gewesen. Als schämte er sich für das Abkassieren. Und Franz sah auf den kleinen Zettel, auf dessen Rückseite der Rechnungsbetrag stand und den er früher immer sogleich aufgeschlagen hatte, um zu wissen, wie viel er zahlen musste, und er wunderte sich, dass dieser Reflex nun schon seit längerer Zeit ausblieb. Er konnte einfach dasitzen, vor dem Tablett, und sich keine weitere Sorgen machen um eine zwei- oder dreistellige Zahl auf der Innenseite. Er hatte das Geld. Früher hatte er die Speisekarten von der rechten Seite gelesen und dann erst nachgesehen, welches Getränk dazugehörte.

Er dachte an die Wende, die jetzt schon recht lange zurücklag. Seine Wende. Oder die Wende der Welt?! Er hatte sich ja nicht gedreht. Die anderen drehten sich um, nun, wenn sie sein Gesicht erkannten, auf der Straße, im Restaurant oder beim Einkauf. Er dachte, der Kellner wisse wahrscheinlich nicht, wer er sei. Erkenne ihn nicht.

Vielleicht aber doch.

In diesem Moment hätte er sehr viel dafür gegeben, zu wissen, ob der wusste, dass er ein kultureller Poller war, an dessem physischen Widerstand nun kein Kunstschaffender mehr vorbeikam. Ein Senkpoller, der hochgekommen war und nun stand. Eigentlich war es scheißegal, ob ihn der Kellner kannte. Es müsste ihm scheißegal sein, dachte er. Und Franz ärgerte sich darüber, dass es das nicht war. Es war nicht egal, denn es veränderte alles. Wenn er wusste, dass er berühmt war, fiele sein Verhalten der letzten drei Stunden in ganz anderes Licht – seine besondere Beachtung und Höflichkeit und Feinheit ihnen gegenüber. Jeder Blick zwischen ihm und dem Kellner hätte dann eine andere Bedeutung, einen anderen Sinn.

Auch Franz selbst konnte sich diesem Prozess nicht entziehen. Das Erkannt-Werden war etwas ganz Besonderes. War es das wirklich? Eigentlich wurde Franz nur äußerlich erkannt, als Franz Kappa eben. Auf jeden Fall... auf jeden Fall wurde das Energieniveau des Fremden in Sekundenschnelle so stark angereichert, dass eine gewisse Luftspannung bis auf die andere Straßenseite hinüber spürbar wurde. Auch für Franz. Sodass er selbst nervöser wurde, obwohl es eigentlich der andere sein sollte. Eine **Erotik** war darin, aber auch ein Schauder. Dass er zuweilen dachte: „Ich gehöre dir nicht, nur weil du mich kennst. Ich kenne dich auch nicht. Ich werde dich nie kennen. Was nimmst du dir heraus, zu meinen, du kennst mich. Du glaubst, es sei etwas Besonderes, dass ich das bin. Ich finde nicht, dass es etwas Besonderes ist, dass ich es bin. Für mich bin ich immer ich. Warum schaust du also so blöd!"

Die Unbekannten kannten ihn tatsächlich schon lange, während Franz sie noch nie gesehen hatte. Vielleicht hatten sie sogar Freundschaft mit ihm geschlossen und fühlten sich ihm innerlich verbunden. Doch wie sollte Franz damit etwas anfangen? Er war nur etwas für sie. Sie nahmen ihn sich. Und was waren sie für ihn?

Auch war keiner mehr bedeutungslos für Franz Kappa – wie dies früher die anderen, die Fremden für ihn waren. Fremde, die eben in Autos an einem vorbeifuhren oder einem auf der

Straße entgegenkamen. Nun konnte jeder von Bedeutung sein. Für Franz. Jeder!!

Es gab da unterschiedliche Spezies. Die Bewunderer, die krampfhaft nüchtern Bleibenden, die Erschrockenen, sich nicht fassen Könnenden... Komplett Verunsicherte, Aufmerksamkeit Erhoffende. Franz hatte bereits sämtliche Arten von Reaktionen beobachtet und eingehend studiert und auch eine kleine Abhandlung darüber geschrieben.

Titel: Psychologie des Fans

Nun hatte alles, was er tat, Bedeutung. Er wurde Kultur. Stil. Dinge, Orte, Gespräche erhielten sein Gepräge, seine Schwingung, seinen Geist. Neulich etwa, nach der Live-Übertragung seines Interviews bei BDF, hatte sich Franz noch kurz mit dem Programmchef zusammengesetzt und ihm den Vorschlag unterbreitet, er solle doch eine Show namens „Mach mich normal!!" ins Leben rufen. Da zurzeit ja die Mach-mich-Shows dermaßen angesagt waren. Mach mich schön! Mach mich zur Ehefrau! Mach mich berühmt! Mach mich cool! Mach mein Gesicht! Und da könnte man doch einen Menschen... so wie sie immer einen auswählen, den sie dann machen, so könnte man doch auch einen Menschen auswählen, der vollständig aus der Gesellschaft herausgefallen war, einen Obdachlosen etwa, oder einen Kleinkriminellen oder einen halbtoten Alkoholiker erwählen und ihn dann wieder herstellen. Vor aller Augen. Mit jedem Mittel. Psychologen. Zahnärzten. Partnervermittlern. Arbeitsagenturen. Bis der wieder völlig normal in einem Haus, einer Wohnung, mit Hund, mit Partner, mit Kühlschrank, mit Bücherregal leben konnte und leben wollte. Ihm ein völlig neues Leben ermöglichen. Ihn retten. Sein Leben. Was könnte das Publikum größer finden!? Was edler?! Was anrührender??

Drei Tage nach seinem Gespräch rief der Programmchef

von BDF bei ihm an und sagte, dass die Sache anlaufe und alle begeistert waren, zumal die Idee von ihm stamme, Franz Kappa.

„Ich will da rein!!"
Iana blieb abrupt stehen und zeigte auf eine kleine Holzhütte im norwegischen Stil, bonbonfarben gestrichen, direkt neben dem koreanischen Pavillon, aus der gerade eine kleine Gruppe Menschen unbeholfen aus der viel zu niedrigen Öffnung hervorgekrochen kam.

Von dem jungen Kuratoren-Team der Biennale, das Franz Kappa persönlich nach Venedig eingeladen hatte, hatte er in einem Telefongespräch erfahren, dass in dem kleinen Holzverschlag vor dem koreanischen Pavillon eine Videoarbeit gezeigt wurde. Ein Film mit der Gesamtlänge von insgesamt dreiundzwanzig Tagen, auf dem die vollkommene Entlaubung einer Eiche festgehalten war. Titel: Time. Der koreanische Filmemacher Wuai Xin Ligua hatte mit einer Kamera, die er vor einer mächtigen, allein stehenden Eiche installiert hatte, das herbstliche Ritual des Blätterfallens vom ersten Eichenblatt bis zum letzten dokumentiert. Bis sie kahl war. Das Video sollte ungefähr am letzten Tag der Biennale zu Ende sein.

„Ich weiß, was da drin ist. Das muss ich mir nicht unbedingt ansehen!" F. zu Iana.

„Aber ich muss", persiflierte ihn Iana, hakte Olga unter dem Arm ein und stieg mit ihr zusammen durch die kleine Luke in die Holzbaracke.

Sie sehen wie ein junges Liebespaar aus, dachte Franz. Zwei, zu denen ich nicht gehöre. In der Tat hatte sich Olgas Verhältnis zu ihm in den letzten Monaten verändert. Sie suchte ihn nicht mehr. Versuchte nicht mehr, mit ihm zu sprechen und ihm zu entsprechen, indem sie über besondere

Dinge sprach, wie sie das sehr lange sehr inständig getan hatte. Richtete sich nur noch nach Iana. Was Franz ja am Anfang recht gewesen war, wegen Ianas beruflicher Neuorientierung und ihrer damit verbundenen Unsicherheit und inneren Unruhe. Da war Olga perfekt für sie. Doch nun schien sie auf dem gleichen kommunikativen Niveau wie Iana. Lehnte alles Lyrische und Absonderliche und Winzige und Göttliche und Schreckliche und Gigantische ab. Und das schon sehr lange. Und als Franz volle vierzig Minuten vor der pfefferminzfarbenen Hütte gewartet hatte, dachte er sich, jetzt sei es bereits zu perfekt. Die Kombination. Der beiden. Und dass er sich ausgegrenzt fühlte, seit längerer Zeit. Und auch Oljas große Gesten und kleine Intimitäten fast vollständig nachgelassen hatten. Zu ihm - aber nicht zu ihr.

Die beiden berührten sich ständig, hielten Händchen, flüsterten sich gegenseitig Dinge ins Ohr, streichelten sich sanft die Haare und küssten sich permanent irgendwo hin. Nur nicht auf dem Mund.

Das war auch aufregend für ihn. Und zunächst gefiel ihm diese Wendung auf eine bestimmte Weise auch. Er gewann mehr Zeit, konnte sich zurückziehen und die beiden machen lassen, konnte arbeiten, die beiden zogen gemeinsam los, waren keck und meist angetrunken, wenn sie zurückkamen, und er kam dazu, die Dinge zu tun, die anstanden. Er musste Agentenverträge und Galeriekontrakte prüfen, unterschreiben. Einladungen absagen, Konzepte versenden, Stellungnahmen, Pressemitteilungen an europäische Zeitungen und Magazine, Interviews schriftlich beantworten, dauernd zur Post.

Aber vielleicht ging es zu weit.

Vielleicht hatten die beiden ja etwas miteinander?!, überkam es ihn, als er das lachende Gesicht Olgas aus der Bretterluke hervorlugen sah. Es war das erste Mal, dass ihm dieser Gedanke kam.

„Du musst reinkommen!", schrie ihm Olga zu.

„Warum?!"

„Es ist göttlich! Wir haben schon fünf Blätter gezählt. Fünf Blätter sind schon abgefallen. Da ist ein Baum, der verliert seine Blätter. Komm!!"

„Was ist daran so aufregend!"

„Nichts." Sie kicherte seltsam. „Nichts!!"

„Dann komm ich auch nicht!!"

„Doch. Du wirst kommen. Ich weiß es!" Olja.

„Nein. Das weißt du nicht!" Franz.

„Doch, doch. Das weiß ich. Ich kenne dich."

Das Salzwasser des Canale Chinone klatschte in disziplinierten Zeitabständen eindringlich ruhig und deutlich hörbar gegen die dem Kanal zugewandte Außenwand des Hotels. Wenn ein Motorboot vorbeigefahren kam, veränderte sich der Rhythmus. Doch erst, als das Motorengeräusch schon längst verstummt und das Boot bereits verschwunden war. Als es zu spät war (wofür?).

Franz lehnte aus dem Fenster im ersten Stock und sah auf den Kanal hinab. Die Luft vom Kanal roch wunderbar nach Fisch und Salz und Motoröl und Algen. Es war bereits dunkel, und das Wasser wirkte uralt und schwer. Irgendwann ließ das sanfte Schlagen der Wellen nach, und die Wasseroberfläche wurde eben. Immer seltener störte ein Motorboot diesen Zustand und pflügte das dunkle Feld mit Dieselmotoren in parallele Wellenrillen. Franz wartete jedes Mal, bis sich die Wasseroberfläche geglättet hatte und sich wieder ruhige See eingestellt hatte. Bis kein Boot mehr kam und er feststellte, dass er einige Stunden am Fenster gestanden haben musste. Einige Stunden!? - Eigentlich unmöglich. Tatsächlich jedoch schon öfters so geschehen. Dass er einen gleichförmigen, sich wiederholenden Vorgang beobachtete und dann in dieser Betrachtung einsank und sich und alles andere verlöschte. Wenn er wieder aufwachte, erschrak er sich jedes Mal beinahe zu Tode. Es war eine Absence. Als er klein war, hatte er sie mehrere Male im Monat und war deshalb auch untersucht worden, von Hausärzten, Psychiatern, Heilpraktikern. Keiner fand eine Ursache. Bis ein Arzt in der Ulmer Uniklinik schließlich konstatierte, dass es sich um das recht seltene Phänomen der Zeitflucht handle, einer nahezu unerforschten Krankheit, die jedoch keine weiteren Einschränkungen oder Nebenwirkungen mit sich brachte. Die unbehandelbar war und nur dann ein Problem werden konnte, wenn der Betroffene zu wenig Zeit hatte. Letzteres hatte der Arzt als Witz verstanden gewusst, aber Franz nahm es ernst und war seitdem stets erpicht darauf gewesen, genügend Zeit zu haben.

Ein solcher Anfall hatte sich nun länger schon nicht mehr ereignet, und Franz fühlte sich nicht sehr wohl, nachdem es derart lange gedauert hatte, drei bis vier Stunden. Er bemerkte erst jetzt, dass sein Körper kalt geworden war, von der kühleren Nachtluft, und sich die Haut seiner nackten Oberarme eiskalt anfühlte. Außerdem fühlte er plötzlich Rückenschmerzen. Er schloss das Fenster hinter sich zu und biss sich auf die Unterlippe. Als wolle er sicherstellen, dass er nicht noch immer träume. Setzte sich auf das glatte, frisch bezogene Hotelbett und dachte, dass ihm diese Absence früher nie wirklich gestört hatte, im Gegensatz zu gerade eben.

Er hatte keine Zeit mehr. Das musste der Grund sein. Früher en masse. Heute kaum mehr. Jetzt war alles, was er tat wichtig, bedeutend. Denn wenn es nicht bedeutend war, dann war es unbedeutend, und dann konnte das seinen RUHM sehr, sehr schnell wieder beenden. So musste es also bedeutend sein. Was er tat. Alles. Er hatte begonnen, alles von sich zu dokumentieren. Für die Jetzt- und die Nachwelt. Was er wo tat. Auf fest installierten Videokameras, die dauernd liefen und ihn noch im Schlaf filmten. Fotoapparaten und Diktiergeräten, die er immer bei sich hatte, um ja keinen Einfall zu vergessen und um die Einfälle, gesetzt, er würde sie nicht realisieren, auf jeden Fall festgehalten zu haben. Um ein lückenloses Bild seines Selbst zu liefern, der Kunst. Um alles zu verwandeln, in Kunst.

Er ließ sich nach hinten auf das Bett fallen und versuchte langsam ein- und auszuatmen. Er war alleine im Zimmer. Einem Einzelzimmer. Olga und Iana schliefen ausnahmsweise im Doppelzimmer nebenan. Die Zimmer waren nur so buchbar gewesen. Schließlich war ihr First-Class-Hotel ein altehrwürdiger, osmanischer Palazzo, in dem nun mal keine Dreibettzimmer vorgesehen waren. Und Franz wollte Iana nicht alleine in einem Einzelzimmer schlafen lassen. Sie waren nochmals ausgegangen. Er blieb hier. Um eine großformatige Zeichnung der Santa Maria della Salute anzufertigen. Mit Hilfe von Polaroids, die er am Nachmittag von der Kirche gemacht hatte. Noch immer hatte er keinen einzigen Strich zu Papier gebracht und starrte auf den kunstvollen Stuck an der Zimmerdecke. Im Fensterbereich der Decke befand sich sogar ein altes, ausgeblichenes Fresko. Es zeigte italienische Bauernmädchen bei der Feldernte. An der Wand lehnten zwei provisorisch eingerahmte, kleinformatige Fotografien von Thomas Struth, die Franz bei einer telefonischen Versteigerung teuer erworben hatte. Eine der Fotografien war das Portrait der dreiköpfigen Familie Gerhard Richters. Auf dem Zimmertisch hatte Franz vier antiquarische Mikroskope der Firmen Krügelstein, Wasserlein, Teichgräber und Gundlach platziert, die er im besten Antiquariat von Venedig erstanden hatte. Seit einem Jahr hatte er eine nicht unbeachtliche Sammlung alter Mikroskope erworben. Über

Stuhllehnen hingen verschiedene Karottenhosen von Hedi Slimane, ein halbes Dutzend buntkarierter, kurzärmliger Hemden von Kaviar Gauche und noch verpackte Socken von Sisi Wasabi.

Eben dachte er daran, dass Iana und Olja heute zum ersten Mal allein in einem Doppelzimmer schliefen. Er hatte darauf bestanden, als sie heute Nachmittag die Zimmer bezogen. Offizieller Grund: Er wollte sich voll und ganz auf seine Zeichnung konzentrieren, die er bereits in München genauestens geplant hatte. Und er benötigte Ruhe und Kraft dafür.

Keine der beiden hatte auch nur die geringste Ahnung, wie anstrengend es war, schöpferisch zu sein. Wie zerstörerisch im Grunde. Für ihn. Kreativität und alles, was mit ihr zusammenhing, bedeutete die permanente Überspannung seines Gesamtwesens, war Raubbau an seinem Geist und an der eigenen Biografie. Lag das Kunstobjekt dann fertig vor ihm, war er ausgehöhlt, eigentlich ausgelöscht. Was er indessen vor sich sah, war alles, was in diesem Moment von ihm übrig war.

Franz machte einen großen Schritt über den am Parkettboden des Hotelzimmers ausgebreiteten, grobstofflichen Papierbogen und dachte abermals an Olga und Iana. Vielleicht hätte er einfach mit ihnen ausgehen sollen, vor vier Stunden, als sie bei ihm angeklopft hatten und ihn mitnehmen wollten und er nicht mal seine Zimmertür aufgemacht hatte. Wie still es war, als sie abgezogen waren und er allein in seinem Zimmer auf dem Barcelona-Chair saß. Sie hatten aber auch kein zweites Mal nachgefragt, ob er mitkäme. Nicht mal gebettelt.

Nachdem er länger nachdenklich über dem quälend weißen Bogen Papier gestanden hatte, kniete sich Franz vor ihm nieder, nahm einen besonders dicken, roten Edding in die Hand, öffnete die Kappe und wusste plötzlich, dass Olga ihn verabscheute. Er betrachtete das grelle, überbelichtete Polaroid von Sante Maria della Salute, setzte den Edding – er zeichnete ausschließlich mit Edding oder Kugelschreiber – im linken unteren Eck des Papiers an und ließ ihn nach oben schnellen, betrachtete dabei beständig nur das Polaroid und überließ dem Stift die Führung. Ohne auch nur einmal aufs Blatt zu sehen. Und er fühlte, dass er seinem Stift vollkommen vertrauen konnte. Die wichtigste Voraussetzung für eine gute Zeichnung. Vertrauen. Und der Stift sprang und kreiste, malte die Kuppel, überschlug sich, haute die Eingangstreppen zur Kirche nur so hin, wurde ausgewechselt durch einen schwarzen, dünneren Edding und traktierte den Papierbogen weiter. Er hätte juchzen können. Es lief perfekt. Nicht ein einziges Mal hatte er seiner **Intuition** misstraut und auf das Blatt gesehen, was er sonst leider viel zu oft tat. Um nachzusehen, ob es gut war. Dreieinhalb Minuten später war das Bild vollendet. Ein Schnellbild, wie immer. Es musste wirklich sehr, sehr rasch vonstatten gehen, sonst wurde es nichts. Es musste aus einer einzigen Emotion heraus entstehen - aus nur einem Geisteszustand.

Und er sah hin, ein bisschen ängstlich natürlich. Und es stand. Es stand da und war bereits vor ihm da. Bevor er hinsah, beurteilen konnte. Es existierte bereits als eigenständiges Wesen. Und das war es.

Auf dem nächtlichen Markusplatz waren nur noch drei Passanten unterwegs, als er zehn Minuten später das Hotel verließ, um ein bisschen durch Venedig zu gehen und sich dabei ein klein wenig zu verlaufen. So, dass er vielleicht doch gerade noch ins Hotel zurückfinden konnte. Zuvor musste es wohl kurz geregnet haben, denn nun stieg leichter Wasserdampf vom warmen Pflaster auf, und es roch nach altem Staub und Eisen. Über manchen Kanälen hatten sich sogar kleinere Nebelbänke gebildet. Franz hörte seine Schritte an den feuchten Häuserwänden nachhallen, immer, wenn er einen kleinen Platz betrat, wie sie zahlreich unvermittelt am Ende von Gassen und Straßen auftauchten. Seine Zeichnung - er konnte noch was! Das war jetzt klar. Unerklärlicherweise musste er, als er gerade über eine kleine Kanalbrücke ging und auf das unruhige Wasser sah, an die Gesichter seiner Ex-Kommilitonen und Ex-Professoren denken, als er damals seinen ersten Vortrag in der Hochschule der Künste in München hielt. Er war zu einer Vortragsreihe in der Hochschule als Redner geladen worden, und es war seine erste Wiederberührung mit all dem, seit er einen bekannten Namen hatte und Galeristen in Milwaukee, Neu-Delhi und Kiew seine Werke feilboten. Ihr Dummschauen, im Sinne von Sich-Wundern, über ihn. Doch diese Lehrenden waren damals nichts wert, für ihn - sie und was sie dachten - und sie waren es auch heute nicht. Wenn sie ihn also jetzt bewunderten, so war das einen absoluten Scheißdreck wert. Sein RUHM war in diesem Sinne also überhaupt nichts wert, dachte Franz und bog in eine der kleinen dunklen Gassen ein, die Richtung Inselmitte verliefen.

„Wie hast du uns gefunden!?" Iana, bewundernd.

„Ich ging draußen vorbei, ich hatte eigentlich vor, mich zu verlaufen, sah zufällig durch diese Fensterfront und erkannte den Hinterkopf von Olga." Franz lächelte Olga überzogen an, die sich gleich wieder von ihm abwandte und Iana ansah, als wolle sie sagen: „Warum muss der jetzt hier auftauchen!?"

„Das glaub ich dir nicht!" Iana, stutzig.

„Doch. So war es. Oder, Olga?!"

„Woher soll ich das wissen!?" O. Sie trug einen überknielangen Faltenrock in Taubenblau, A-förmig geschnitten, mit großen Schmuckknöpfen. Dazu ein cremefarbenes Ripptop mit Minivolants.

„Was haltet ihr hiervon!?" Er klemmte sich zwischen ihre Barhocker und fasste - für Iana unsichtbar - Olga an der Hüfte. Die schrak auf und rückte ein wenig weg.

„Wir werden morgen nicht nach Deutschland zurückkehren!" Er legte seine Hand wieder auf Olgas Hüfte, diesmal ein bisschen höher.

„Ich will nicht nach Deutschland. Es macht mich krank. Alles ist besser als Deutschland. Als Deutschland und München und Bayern. Wirklich alles. Wir reisen einfach weiter!"

„Oui oui oui!" Iana griff zu ihrem Glas und wollte gleich darauf anstoßen. „Und wohin!?"

„Das weiß ich nicht. Sagt ihr es mir!"

„Ich weiß es auch nicht." O., schnoddrig.

„Doch, du weißt es!" Franz wollte sie provozieren.

„Ich habe auch keine Ahnung!", sagte Iana. „Aber ich will auch auf keinen Fall heim!"

Olga bewegte sich nicht mehr von seiner Hand weg, ließ sie dort ruhen, wirkte aber starr, schien gar nicht zu atmen. Franz dachte daran, wie schön sie war: viel schöner als Iana. Ihre Haut schien zu leuchten. Die klare, kräftige Linie ihrer tiefschwarzen Augenbrauen ließ sie stoisch und überlegen wirken. Ihre tiefen, aber sanft einfallenden Augenhöhlen machten ihren Gesamtausdruck ein wenig finster und geheimnisvoll.

Franz ließ Olgas Hüfte wieder los, nahm sich einen Barhocker und setzte sich zwischen die beiden.

„Ich habe Lust zu trinken!", meinte er.

„Richtig zu trinken!!"

Er bestellte für alle drei, was ihm gerade in den Sinn kam und beobachtete dabei, wie drei ältere Männer, die an einem Ecktisch saßen, Olga und Iana und ihn beobachteten und sich über sie unterhielten. Schienen zu diskutieren, wer er sei und zu welchem Mädchen er gehöre. Die Bar war von einheimischen Arbeitern besucht und hinsichtlich ihrer kargen und sparsamen Ausstattung kein Ort, an dem man sich besonders gern aufhielt. Der Kontrast jedoch zwischen den Mädchen und den anderen, meist älteren Gästen war brillant, in den Augen von Franz. Die Spannung, die die Fremden in einen Raum brachten, der sonst klar ausgemessen und sozial eindeutig kalkuliert war. Iana und Olga sahen ab und an zu dem Tisch mit den alten Herren und lächelten hinüber.

Venezianer, dachte Franz, echte Venezianer.

Eine besondere Art `Mensch´. Schon die ganzen letzten Tage hatte er sie beobachtet. An ihren Hauseingängen. Wenn sie leise und unauffällig darin verschwanden oder plötzlich auftauchten. In den kleinen Motorbooten, aus denen sie geübt und souverän ausstiegen und sich in der Masse von Fremden – man sollte sie Feinde nennen, da sie die alte Lagunenstadt in ihrer mühelosen Schaugier überfluteten und zu vernichten schienen - wie sie sich in dieser Masse geschmeidig und immerzu kosmopolitisch bewegten. Meist sehr reiche Menschen wahrscheinlich. Vielleicht auch nicht. Auf jeden Fall waren sie hochgezüchtet. Von ihr. Die Kulturhoheit ihrer Exzellenz Venezia musste in all den Jahrhunderten einen übermäßigen Einfluss auf sie ausgeübt haben, geistig und auch physisch, sodass sie vollkommen kosmopolitisch geworden waren. Auch bei den Besuchern der Bar konnte Franz diese Schwingung der Überlegenheit wahrnehmen, dieses Geprägt-Haben so zahlreicher Kulturen der Erde.

Franz lehnte über dem Tresen und schlürfte seinen Grappa. Es war bereits der fünfte. Olga hielt mit, Iana hatte sich ausgeklinkt. Er musterte O. von der Seite. Sie trug eine enge Bluejeans, darüber einen kurzen, leichten Tweedcardigan, dessen Ärmel ebenfalls sehr eng waren und ihre Figur betonten. Unter dem Cardigan hatte sie ein einfaches weißes T-Shirt mit dem Aufdruck *I want to die in Venice*'. Hin und wieder sah er sie herausfordernd an, aber sie wandte sich immerfort nur Iana zu und unterhielt sich angeregt. Sie sprachen gerade über eine Wohnung in München.

„Ich will nichts davon hören!", unterbrach sie Franz. „München liegt in Deutschland, und davon will ich nichts wissen. Ich will nie wieder dorthin. Wenn man einmal draußen war, weiß man, dass man nie wieder hinein will."

„Bitte, Franz!!", unterbrach ihn Iana.

„Ich mein´s doch nicht böse. Ich liebe doch Deutschland auch. Zumindest dann, wenn ich dagegen ankämpfe. Deutscher zu sein ist wahrscheinlich die schwierigste Aufgabe weltweit. Ich bin einer und ich hasse mein Land. Aber ich bin einer. Ich bin einer."

„Mach dir da nicht so viel Gedanken."

Iana, ihn abwiegelnd.

„Scheiß Deutscher!! Passt es dir so?

Wenn es eine Russin sagt?" Olja.

„Ja. Das passt mir!" Er sah Olga begeistert an.

„Sag´s noch mal!"

„Scheiß Deutscher!!"

„O ja. Das tut gut."

Die Drei griffen fast gleichzeitig zum Glas und tranken.

„Nach dem heutigen Abend möchte ich aber wissen, wo wir als nächstes hinfahren", meinte er. „Ich hoffe, das ist euch klar!"

„Uns wird schon noch irgendwas einfallen!", sagte Iana. „Jetzt sind wir schon über drei Wochen in Venedig, und langsam will ich auch wieder fort von hier. Und zurück nach München will ich auch nicht."

„Vielleicht sollten wir überhaupt nach Berlin umziehen", meinte Franz. „In die erste deutsche Stadt, die ein Prickeln verursachen kann. Berlin ist Weite und Fläche, hauptsächlich Fläche."

„Das ist eine gut Idee!", unterbrach ihn Olga süffisant.

„Zieh du mal nach Berlin."

„Und ihr bleibt in München?!" Franz, unernst.

„Iana, was meinst du?! Wir ziehen nicht mit, oder?"

„Nö." Iana lachte und stieß mit Olga an, dann mit Franz, und dann drehte sie sich zu dem Tisch in der Ecke um und prostete den drei älteren Herren zu.

„Ist unser Besuch auf der Biennale wirklich schon über drei Wochen her?!" Er.

„Ja", antwortete Olga. „Seitdem hocken wir in diesem wunderbaren, alten Hotel gleich über dem Canale Chinone, trinken und speisen jeden Tag vorzüglich, Fisch, immer irgendwo anders, trinken wieder, gehen schlafen, nachmittags, stehen zwei Stunden später wieder auf, duschen uns, besichtigen mit dir irgendeine alte, wunderbare Kirche, verlaufen uns wieder mal und enden in irgendeiner Bar ..."

„Ist schon gut!", unterbrach sie Franz. „Morgen ist das vorbei. Morgen Abend sind wir ganz woanders."

„Und ziehen dort in ein schönes Hotel mit klassizistischer Außenfassade, marmornen Handläufen, purpurroten Teppichen und großen, goldenen Vorhangkordeln, lassen die Kellner aufs Zimmer kommen, verursachen Probleme, geben zu viel Trinkgeld ..."

„Jetzt hör´ mal auf", unterbrach sie Franz. „Während ihr´s euch gutgehen lasst, muss ich permanent kreativ sein, um das Geld reinzuschaffen."

„Das kannst du ja auch. Du bist ja auch kreativ. Du könntest gar nicht anders." O.

„O doch. Ich könnte schon anders. Glaub´ mir!"

„Ja?" Sie sah ihn mit weit aufgerissenen Augen an, in denen Franz eine Spur zynischer Liebkosung ausmachen wollte.

„Ja, meine Liebe!" F.

„Dann lass uns nach Prag fahren!!" I.

„Nach Prag?" F.

„Ja, nach Prag. Oder, was meinst du, Olja!?"

Iana, in Begeisterung.

„Von mir aus. Ist mir egal. Davos, Prag, Cadiz, Paris.
Ist mir nicht wichtig."

„Ich will nach Prag!", insistierte Iana.

„Iana, wir fahren nach Prag." Olja.

Auf dem Rückweg, auf dem Olga und Franz sehr langsam und behutsam gehen mussten, hatte Olja plötzlich den
Wunsch, mit der Gondel ins Hotel zurückzufahren. Es verfügte schließlich über einen privaten Anlegesteg und einen
adretten, jungen Hotelfachlehrling aus Frankreich, der Tag
und Nacht an der Anlegestelle vor der Pforte des Hotels wartete und immer herzzerreißend lächelte. Sie wolle durch die
schwarzen, feuchten Gassen ins Hotel, wie sie sagte, und
Franz fand ihre Bemerkung ungemein poetisch und sagte, sie
führen durch die schwarzen, feuchten Gassen zurück. Iana
meinte, wer von den beiden sich in der Gondel übergäbe,
hätte das Spiel verloren.

Sie fanden tatsächlich noch einen Gondoliere, der seine
Gondel gerade reinigte, aber nach dem Bieten einer sehr hohen Geldsumme bereit war, sie zur ihrem Hotel zu bringen,
obwohl er die traditionelle Tracht bereits abgelegt hatte. Olga
war sehr begeistert von ihm – er sah extrem gut aus, obwohl
er sehr klein war – sodass sie während der Fahrt unentwegt irgendwelche tiefgreifenden Fragen an ihn richtete, die er aufgrund der Sprachbarriere immer nur mit „si, si" beantwortete.
Iana fragte ihn schließlich, ob er nicht singen könne, cantare,
cantare?!!, und sie und Olga lachten und hörten nicht mehr
damit auf. Iana sagte immer wieder „cantare", und Olga erstickte fast an ihrem Lachen, lehnte sich weit über die Gondel
und übergab sich. Der Gondoliere begann in diesem Moment

zu singen und schien vom langsamen Davontreiben von Olgas Halbverdautem auf dem Wasser nichts zu bemerken, was sie nur noch mehr in Ekstase versetzte.

Franz fand das Spiel der beiden Mädchen zu bizarr und lag mit einem schwindligen Gefühl rücklings in der Gondel. Er dachte, dass er nie wieder so viel trinken sollte. War er zu betrunken, so geschah das, was ihm gerade auch widerfuhr. Er fühlte sich machtlos und ängstlich. Bezüglich der Zukunft, bezüglich seines Lebens, bezüglich allem. Er verlor die **Kontrolle**. Und dann war alles eine Bedrohung. Selbst die Vorstellung, morgen einen Schnupfen zu haben, weil er jetzt ein bisschen fror, krank zu werden, zu altern, zu versagen, leben zu müssen, Fehler machen zu können. Und in diesem Moment, wie er so wehrlos und mit zunehmender körperlicher Übelkeit auf dem harten Gondelboden lag, dachte er zum ersten Mal an Die Tat zurück, wie er sie mittlerweile in Gedanken nannte, Die Tat. Sie, die ihn zu dem gemacht hatte, was er nun war, ihm RUHM gebracht hatte und von der die Welt nur die eine Hälfte kannte. Die andere kannte nur er. Er musste daran denken, wie damals sehr viele Leute zu Schaden gekommen waren und auch einige Existenzen zerstört wurden. Und während seine Augen an den mit langen Algenzöpfen bestückten Mauern der im Wasser stehenden Paläste entlangwanderten, deren poröser bräunlicher oder rötlicher oder gelblicher Putz unaufhaltsam auszublühen schien, überkam ihn eine Höllenangst, dass irgendjemand die andere Hälfte aufdecken und er auffliegen könnte. Sein fabelhafter Kosmos in nur einem Moment implodieren würde. Iana lag zuckend und sich vor Lachen biegend vor ihm auf dem Gondelboden, und Olga hing mit dem Gesicht über dem canale und weinte vor Lachen, während der Italiener mit einem Lächeln im Gesicht elegant und stolz sein Ruder durchs Wasser tanzen ließ und nun „*O mio bambina caro*" sang. Wie

Franz das sah, dachte er, dass er jetzt gerne gestorben wäre. Die Bühne war perfekt dafür. Ihre hirnlosen Darsteller. Die trauerschwarze Gondel. Das lautlos plätschernde Wasser des Kanals. Aber er konnte nicht sterben. Sterben ging nicht auf Befehl. Man konnte es herbeiwünschen, es provozieren oder vorantreiben. Aber einfach nur sterben, das ging nicht.

Man stirbt überhaupt nie, dachte Franz Kappa und merkte noch im letzten Moment, gerade vor der totalen Verzweiflung, dass er betrunken war, stockbetrunken. Worin wohl der Hauptgrund für seine gerade anlaufende Superdepression zu vermuten war - Alkohol. Weinen wäre eine Idee gewesen. Er hätte gerne geweint. Aber auch das ging nicht. Genauso wenig wie sterben. Und gerade als der Gondoliere das Tau an einem dicken Steinpoller verknotete, kam ihm ein Einfall. Für eine Skulptur in einem Brunnen, bei der das Wasser nicht aus dem Mund, nicht aus dem Zipfelchen oder von einer Schale, die von der Figur gehalten wurde, strömte, sondern aus ihren Augen.

Olga hatte Angst, von der Gondel zu steigen und kauerte verstört auf der niedrigen Sitzbank. Iana redete permanent auf sie ein, während der Gondoliere allmählich begann, die Contenance zu verlieren. Zeigte ständig auf die Aussteigestelle und keifte bald italienische Drohlaute. Franz blieb ausgestreckt auf dem Bretterboden der Gondel liegen und war von seinem Einfall begeistert.

„Iana! Kannst du dir was merken?! Eine Idee für einen Brunnen. Ich vergesse es sonst."

„Eine Idee für einen Brunnen!! Komm sofort her und hilf mir! Schließlich habt ihr euch gemeinsam in die Bewusstlosigkeit gesoffen."

„Ich kann dir nicht helfen. Ich kann nicht aufstehen."

„Franz!!"

„Ich kann nicht aufstehen.
Es geht nicht. Ich muss jetzt liegen."
„Du Arsch. Komm jetzt! Sie steht nicht auf.
Sie hat Panik. Sie wird nicht aus der Gondel steigen,
wenn du nicht kommst!"
„Was hat das mit mir zu tun?"
„Du hast mit ihr gesoffen.
Und du bringst sie jetzt auch aufs Zimmer."
„Sie hasst mich!"
Der Gondoliere war ausgestiegen und
telefonierte nun über sein Handy mit den Carabinieri.
„Warum sollte sie dich hassen?!"
Olga wiederholte, dass sie nicht aus dem Boot
steigen würde, nicht jetzt und nicht morgen
„Sie hasst mich. Ich weiß es. Außerdem musst du
dir folgendes merken. Ein Brunnen. O.k.?!
Ein Brunnen mit einer ..."
„Leck mich! Ich hasse es... Ich hasse deine ganze
Scheißkunst und das Leben, das wir führen. Merkst du nicht,
dass wir nur noch saufen und nichts anderes mehr können
und alles sich ausschließlich um dich und deine Dreckskunst
dreht?"
„Die Nüchternen sind immer die Dummen. Die Nüchter-
nen waren immer die Dummen." Franz als Antwort. Er stand
auf, stellte sich auf den Stehplatz des Gondoliere und begann
zu singen:
„Don´t cry for me Argentina / The truth is, I never let you /
All trough my wild days, my mad existence"
Und dann „From Russia with love / I fly to you"

Er drehte sich ein wenig und erkannte Olga, wie sie mit
verdrehten Augen und seltsam verwinkelten Beinen gegen die
Innenseite der Bootswand lehnte. Er fand, dass sie jetzt, mit

aschfahlem Gesicht und starken Augenrändern noch schöner aussah als sonst. Eine Sterbende, graziös Dahinsiechende. Er musste wegsehen. Aber in diesem Augenblick ordnete sich ihr Blick für einen Moment und streifte seinen, und es lagen Vorwurf und Vernichtung darin.

Deutschland lag in diesem Moment im Schatten, gänzlich bedeckt von tiefen Nimbostrati. Für den nächsten Tag waren lokale Schauer und für die kommende Woche sinkende Temperaturen vorhergesagt.

In Deutschland war nicht nur das Wetter schlecht, sondern dort arbeitete auch ein Künstleragent. Er arbeitete für Franz Kappa. Und das schon recht lange. Und er arbeitete permanent. Von morgens sechs bis abends halb zehn, am Wochenende länger. Hatte kräftiges, blondes Haar, eine kleine, spitze Nase, und zwei sehr wache, große Augen. Er hatte nur große Namen vertreten bisher.

Hatte ohne zu überlegen reagiert, damals, als der Name Franz Kappa das erste Mal fiel, in den Feuilletons. Ihn sofort kontaktiert und offene Türen eingerannt. Tobias Flieht. So hieß er. Und er hatte Herrn Kappa deutlich gemacht, dass er von nun an alles übernehmen würde. Er übernähme Kappa. Und das hieße, dass Kappa nun nicht mehr nachzudenken hatte. So drastisch waren seine Worte. Das übernähme jetzt er. Er ist verrückt, dachte Kappa, der absolute Geschäftsmann, wie ein junger, von der Wahrheit besessener Gottsucher, Eremit, nur, dass er nicht Gott suchte, sondern Geld. Dies aber auf so reine und klare Art und Weise, dass Franz vom ersten Moment an begeistert von ihm war. Er verbarg seine Gier nicht. Er vertrat sie offen. Und er wollte ihn. Er wollte den Namen Kappa. Egal wie.

Franz wusste, dass ihn und Herrn Flieht eine sehr tiefe und sehr alte Feindschaft verband, die Feindschaft zweier

Tierarten, von denen die eine normalerweise die andere fraß und die andere normalerweise ihr Leben lang vor der einen auf der Hut war. Er wusste das, und er wusste, dass vielleicht gerade deshalb diese Verbindung Enormes bewirken könnte.

Dieser Flieht hatte gemeint, er würde wirklich alles für ihn tun, sagte: den Arsch abputzen, und sagte: anschließend die Hose wieder hochziehen.

Womöglich fühlte sich Flieht ja von Kappas Tat angezogen. Von der Unverfrorenheit seiner Tat. Unerschrockenheit und Unbesonnenheit. Und von diesem gewissen Dunklen, dass sie in sich barg. Ähnliches zieht sich an.

Franz Kappa hatte ihm gleich erklärt, was er wolle, wie er die Welt sah und was er mit dieser Welt tun wolle. Flieht verstand kein Wort, hörte aber zu, als empfinge er zum ersten Mal die Heilige Kommunion. Franz Kappa hatte ihm dann gesagt, er sei weder Künstler noch Autor, Maler oder Komiker. Sondern Kappa. Er sei Kappa. Und das sei eine eigene Marke. Eine Berufsbezeichnung. Das verstand Flieht auf Anhieb, und er lächelte sogar beim Wort ‚Marke', lächelte wie ein kleines, glückliches Kind.

Franz fand ihn verrückt und war froh, dass sie sich zumindest darin ähnlich waren.

Flieht arbeitete im Moment an Kappas Politkampagne. Eine Woche vor seiner Abfahrt zur Biennale hatte er Flieht in sein neues, großes Konzept eingewiesen. Deutschland war gerade im Amerikahassfieber, und jedes Sachbuch, dass George W. Bush oder seine Familie oder seinen Heimatort oder seine Zigarrenmarke in irgendeiner Weise als pathologisch und äußerst bedenklich darstellte, war im Handumdrehen auf der Spiegel-Bestsellerliste:

Rise of Evil
End of Days
Live an let die

Dort wollte Franz Sprengstoffladungen anbringen. Er wollte sein bereits fest gegründetes Image als nicht Einordnungsbarer wieder aufleben lassen und unkte nun:

Ein Herz für George!
Ick bin ein Amerikaner!

Franz glaubte weder an Bush noch fand er ihn besonders sympathisch, aber für eine Gegenpolarisierungskampagne, mit der er das kitschige Bewusstsein der Deutschen, wie er es nannte, verändern wollte, waren Bush und die Amerikapolitik gerade recht. Als kitschig empfand er deren derzeitige Einhelligkeit in der Ablehnung aller Dinge, die links des Atlantiks lagen.

Franz hatte seinen Agenten beauftragt, von dem Geld, das seine letzten Selbstbildnisse eingebracht hatten, Anzeigen in sämtlichen großen deutschen Tageszeitungen zu schalten, die seine Pro-Amerika-Slogans in dicken, aufdringlichen, wüsten Majuskeln deutschen Lesern vorhielten. Flieht fand die Idee nicht gerade irre gut, weil sie politisch war und seiner Auffassung nach das Politische in der deutschen Kunst deplaziert war. Darauf hätte er in den letzten Jahren immer geachtet: No politics! Das hatte schon einmal einem großen Nachwuchstalent, das er in den Neunzigern betreute, das Genick gebrochen. Flieht hatte eine Anfrage hereinbekommen, aus Dubai, von einer Schwägerin des Neffen des politischen Landesoberhaupts. Dubai, ein Staat, der sich momentan selbst erschuf. Das müsste ihn doch interessieren, Kappa. Fehlanzeige.

Nichtsdestotrotz vertraute Flieht Franz Kappa blind. Schließlich hatte der in den letzten Monaten ausschließlich Knapp-daneben-Aktionen durchgeführt und nahezu jedes Mal einen großen Treffer gelandet. Zeitgleich zu den Anzeigen in den Tageszeitungen gab Flieht also Rundfunkwerbung in Auftrag, in der Franz Kappas eindringliche und sanfte Stimme zum Mitgefühl für die USA aufrief.

Franz und Iana und Olga entschlossen sich, doch noch einen Tag länger in Venedig zu bleiben, obwohl Olga beim Frühstück in sarkastischem Tonfall darüber geklagt hatte, dass keine auch nur halbwegs annehmbaren Boutiquen in Venedig existierten und sie längst ein neues Kleidungsstück benötigte, um ihr abgeschwächtes Selbst wieder ein wenig aufrichten zu können. In der vergangenen Woche hatten sie deshalb damit begonnen, ihre Röcke und Hosen und Oberteile auszutauschen und alles unvereinbar und rücksichtslos miteinander zu mixen. Dann veranstalteten sie auf ihren Zimmern launische und exaltierte Modeschauen, die auch Franz amüsierten und die sie anschließend mit 700-Euro-Champagner tunlichst begossen.

Selbstkarikierend meinten Iana und Olga, wenn sie in Prag ankämen, gingen sie dort erst mal so richtig shoppen. Würden sich komplett identisch einkleiden. Das fände doch sicher auch er witzig. Wegen der mangelnden Einkaufsmöglichkeiten in der Lagunenstadt begann Olga, ihre langen Haare ständig in neuen Kreationen von Zöpfen, Knoten und Dutts zu arrangieren. Unentwegt öffnete sie ihr Haar und flocht in Cafés, Restaurants oder Museen geflissentlich immer neue Arrangements, die Franz stets aufs Neue verwirrten. Er liebte es, wenn Frauen vor ihm die Form ihrer Haare veränderten. Betrachtete dies als gestische Liebeserklärung. Und hätte nun darauf schwören können, Olga mache dies mit Absicht. Um ihn verrückt zu machen. Da sie wusste, dass es zwischen ihnen nicht mehr war wie früher, und nun wollte sie ihn quälen, reizen. Meinte er. Auch ersann Olga dann doch noch ein Mittel, ihr Aussehen durch Einkäufe zu verändern. Sie steckte sich kleine kitschige und geschmacklose Glasbroschen und Anstecknadeln aus Souvenirläden ins Haar, in die Knoten oder zwischen die eingeflochtenen Zöpfe und ließ aus diesem Grund keinen Touristenladen mehr aus.

Franz überkam immer stärker das Gefühl, Olga hätte all jene Poesie, mit der sie ihn am Anfang ihrer Beziehung bewegt und aus seiner Einsamkeit geholt hatte, nun vollends in den Kanälen von Venedig ertränkt und verhielt sich stattdessen so konsumorientiert wie früher Iana. Iana dagegen hielt sich nun stärker zurück, zeigte sich an der Geschichte der Stadt interessiert, kam hin und wieder zu ihm, fragte ihn etwas oder machte ihn auf etwas aufmerksam, das sie entdeckt hatte in einer Fassade, auf einem Dach oder an einer Skulptur.

Am letzten Tag wollte Franz unbedingt noch in die Veccia Libreria, die Markus-Bibliothek, in der es eine bedeutende Sammlung sehr alter Bücher und so genannter Codices gab. In den Räumen dieser Bibliothek befand sich auch die berühmte Weltkarte von Fra Mauro. Die musste Franz noch unbedingt sehen, bevor sie abreisten. Olga fand die Idee furchtbar, zumal sie grausame Kopfschmerzen hatte und einfach nur im Hotel auf ihrem Zimmer bleiben wollte. Iana war stark interessiert. Olga kam dann im letzten Augenblick doch noch mit. Sie hatte sich kleine, braune Lederbänder ins Haar gebunden und sich um ihre Augen intensiv echsengrün geschminkt. Sie trug einen dicken, schwarzen Kaschmir-Strickrolli, darüber ein weites, nougatbraunes Herrenjackett im used-Look und hatte einen knielangen, engen Bleistiftrock aus russisch-rotem Samt an.

„Eine Weltkarte, ja!?", fragte sie verächtlich.

„Ja", sagte Franz und schloss die Tür des Hotelzimmers hinter sich zu. Auf dem Markusplatz sah er zu der Stelle, an der ein kleiner Streifen Meer zwischen den gotischen Fassaden der Paläste zum Vorschein kam, und am Abend sah er, vom Licht der Laternen, die auf der Karlsbrücke standen, silbrig beschienen das ruhige Wasser der Moldau dahin fließen. Prag.

Er spürte, so wolle er immer leben. Unterwegs. Als Halbnomade. Wie das frühe Volk Israel und seine überragenden Propheten. Nie zurückkehren. So lebte er jetzt!

In der ersten Nacht in Prag, im Hotel Pariz, träumte er noch von Venedig. Von einer Wasserleiche, die von einer Gruppe alter Männer aus einem Kanal an Land gezogen wurde. Nachdem sie die Leiche auf das Pflaster gelegt hatten, verschwanden sie, jeder flugs in eine unterschiedliche Richtung. Also ging er hin, um zu sehen, wer die Leiche war. Als er sich über den wässrigen Körper beugte und einen süßlichen Geruch wahrnahm, konnte er das Gesicht nicht erkennen, da die Leiche bäuchlings auf den Pflastersteinen lag. Er musste sie herumdrehen. Und als er sie anfasste, zerfiel sie. Er griff ins Leere. Sie löste sich in Luft auf. Daraufhin kamen die alten Männer plötzlich wieder aus den Gassen, in die sie verschwunden waren, zurück, schlugen auf ihn ein und schrieen: „Lass die Seelen ruhen! Lass die Seelen ruhen!", warfen ihn in den kalten Kanal, und er ging unter. Und dann sah er im Traum, wie sie ihn wieder herausfischten, die alten Männer. Ihn an dieselbe Stelle wie die Wasserleiche legten. Und als sie verschwunden waren, kam niemand, um ihn umzudrehen. Und so blieb er liegen, mit dem Gesicht auf dem kalten Pflaster, und in diesem Moment erwachte er aus dem Traum und merkte, dass er gar nicht tot war. Konnte sein Herz rasen fühlen. Es pochte wie eine Marschtrommel. Er musste aufstehen und umhergehen, um wieder normal zu werden.

Um zu verstehen, dass er nicht tot war.

In den letzten Monaten hatte etwas nachgelassen. Dabei handelte es sich nicht um das oft beschriebene Phänomen der plötzlich auftretenden Leere und Sinnlosigkeit, sobald ein großes Ziel erreicht und hinter der Ziellinie der Streckenverlauf nun nicht mehr auszumachen war, weil die Strecke endete. Hier lag nicht das Problem. Es war auch nicht der RUHM – ebenfalls ein gängiges Klischee – der ihn betäubte oder versaute oder verdarb. Alles das konnte er ausschließen. Seiner Meinung nach handelte es sich um ein Nachlassen seiner Aufmerksamkeit. Die er sonst so gut beherrschte und spielen konnte, in sämtlichen Oktaven, dass ihm nichts entging, er drei Dinge auf einmal tun konnte. Schreiben und hören, was jemand erzählte, fernsehen und telefonieren, Fingernägel schneiden und Auto fahren und die Sinnesrezeptoren auf ein so hohes Erregungsniveau bringen, dass ... Er war nicht mehr manisch. Wahrscheinlich. Im Grunde war er, seit er denken konnte, in **Aufruhr** gewesen. Nervös. Und jetzt hatte sich eine Art Ruhe eingestellt, die er niemals erwartet hätte. Denn wie konnte man überhaupt ruhig sein!?

Ruhig konnte man nur sein, wenn man betäubt war. Das heißt, wenn die gängigen Mittel der Welt eingesetzt hatten und nun Wirkung zeigten. In der Medizin nannte man das „bis ein Medikament anschlägt". Wahrscheinlich musste er deshalb reisen. Er musste nach New York. Als nächstes. Es war jetzt nicht mehr umgänglich. Er konnte jetzt nicht nach München zurück. Und danach musste ihm etwas Neues einfallen. Eine andere Stadt. Er hatte sich noch ein paar aufgespart. Ein paar gute. Lemberg etwa, westliche Ukraine. Soll der Wahnsinn sein. Völlig intakte Altstadt. Nichts renoviert seit achtzig Jahren. Noch völlig unentdeckt. Zusammen mit Olga. Aber die hasste den Osten ja anscheinend. Aber mit ihr würde es ihm gelingen, die Dinge wieder zu regeln. Seine. Und dann könnte er auch ihre regeln. Automatisch.

Aber was hatte ihn so abgerieben in letzter Zeit? Neulich, als sie über das Gelände der Biennale gingen, war ein Begreifen über ihn gekommen, das ihm erst jetzt aus zeitlicher Entfernung präzise erschien. War es doch bisher nur als Ahnung vorhanden gewesen - nun war es Begriff: Kunst. Die Kunst hatte sich abgenützt angefühlt. Aufgesogen. Als könne man mit ihr, ebenso wie mit allen anderen Dingen, auch nur das sagen und tun, was man eben sagen und tun konnte. Nichts darüber hinaus! Er konnte sich noch genau die Stelle erinnern, an der es ihn überkommen hatte, auf der Biennale. Eine junge Frau mit einem Kinderwagen ging an ihm vorbei. Konnte sich an ihren Gesichtsausdruck erinnern, das rote Kopftuch. Eine helle Kreidezeichnung, nein, Schabkunst. Doch war es nicht das Bild, das ihm begegnet war und nicht der Kinderwagen, der ihm die Realität bewusst gemacht hatte. Das war nur Zufall. Sie kam nur zufällig vorbei gerade.

Das Gefühl dabei: so schlimm, dass er sich am liebsten auf der Stelle vom Campanile am Markusplatz gestürzt hätte.

Kopfüber.

Andy Warhol hatte einmal tief i. d.
Nacht Gunther Sachs angerufen & ihm
i. großer Aufregung dargelegt, er
müsse auf d. Stelle vorbeikommen
i. d. factory. ~~Sie habe~~ Er hätte gerade e.
Triptychon geschaffen, ausschließlich für ihn, Sachs. Als er dort ankam, führte ihn Warhol feierlich &
angespannt ~~Hinting~~ in e. abgedunkelten
Raum. In e. Ecke stand e. ~~Bett~~ ~~in tiefes~~
in dem e. Mann & e. Frau miteinander
Beischlaf hatten (?). Warhol nahm ihn
an d. Hand & führte ihn in einen
weiteren Raum & dann in noch
einen, wo ähnliches geschah, in
unterschiedliche Facette & Variante.
So stellte sich Frans Rappa das vor
— eines der wichtigsten Werke der
Kunstgeschichte im ~~Bewu~~ Gedächtnis
nur eine Erinnerung. Unsterblich
durch ~~die~~ Rumbeligkeit des Werkes

Sah man sich die wirklich Großen an, Musiker etwa, Bob Dylan oder Bono, dann hatte man gleich ein Meinungsbild. Sobald sie älter wurden und ihre wichtigsten Songs geschrieben und vorgesungen hatten, mussten sie sie noch tausendmal wiederholen und immer wieder singen. Bis an ihr Ableben. Denn jeder wollte immer nur dieselben Lieder von ihnen hören. Wehe, es waren andere! Und wenn man den U2-Sänger heute ansah, dann sah man nur noch einen hochdepressiven, alten Mann, der schon lange kein Musikant mehr war. Genau wie Bob Dylan, der permanent peinlicher wurde und in seinen jüngsten Biographien erklärte, wie er immer nur ein kleines Häuschen mit Gärtchen und, Zitat: rosa Rosen besitzen wollte. Dessen einst vernichtendes und einschneidendes Gesicht, das auf der Bühne zu reiner Poesie wurde, nun eine verlefzte, tote Maske war. Und fast allen großen Geistern erging es so, Berthold Brecht, Alain Delon, Stanley Kubrick und so weiter und so fort. Am Ende waren sie Masken, die an sich selbst zu erinnern versuchten. Was sie im Grunde längst nicht mehr wollten und sie höchstwahrscheinlich anwiderte.

Und die Ursache hierfür lag auf der Hand: Kunst errettete auch nicht. Sie, die Großen, hatten das Schild ‘Welt-Ausgang’ auch nicht gefunden. Und erst im Alter wurde ihnen das klar. Das Leben war dunkel, und nichts konnte Aufklärung bringen. Der Kriminalfall ‘Existenz’ blieb ungelöst. Bis zum Schluss. Nur unterbrochen durch ein paar schöne Songs, einen Atem stocken lassenden Film, ein gutes Dutzend verklärender Gedichtzeilen, eine gotische Kathedrale und so weiter. Kurz angehalten von der Hand eines Genies. Und schon drehte sich alles wieder wie gewohnt weiter.

Wie ließ sich dieser Kriminalfall auch lösen!? Es gab ja keinen Toten. Nur Millionen Narkotisierter. Und Narkotisierung war immer schon völlig legal und konnte nicht zur Strafanzeige gebracht werden.

Das war gewesen, was er zu beenden angetreten war, Franz Kappa.

Das Wachkoma.

Aller.

Aber wie?

Er selbst hatte ja schon seit knapp einem Jahr keinen Moment des Wachseins mehr gehabt. Und seine Aktionen und Provokationen, mit denen er die Geräte, an die der Patient angeschlossen war, ausschalten wollte, diese Aktionen waren längst nicht mehr provokativ oder irritierend, sondern hatten schlichtweg **Kultstatus** erreicht. Und Kultstatus bedeutete, sie waren messbar, berechenbar, voraussagbar. Kappa eben. Typische Kappas. Als er vor zwei Monaten zum Beispiel den kleinen Ausstellungskubus vor der Münchner Pinakothek der Moderne zugestellt bekam, nachdem zuvor ein mexikanischer Künstler dort ausstellen durfte, entschied er sich kurzum dazu, den Ausstellungsraum niederzubrennen, um dann mit der Asche die blanke Beton-Nordwand der Pinakothek zu beschmieren. Mit obszönen Beschimpfungen.

Sie fanden es genial.

„Apokalyptisch", schrieb die Süddeutsche.

„Das Ehrlichste seit langem", die Frankfurter.

Kunstsammler kehrten sogar die Asche- und Holzreste zusammen. Obwohl er auf Anfeindungen gehofft hatte. Endlich ein Rausschmiss. Aus München. Aus ihren Sammlungen. Ihrer gekauften Kultur. Das Gegenteil trat ein. Sogar das Böse, kam es nur von ihm und war seine Handschrift daran abzulesen, wurde besungen. Im Chor.

Im Grandhotel Pariz schlief Iana im gemeinsamen Dreibettzimmer. Sie schlief sehr fest, und Franz beobachtete ihr Gesicht, das durch das fahle Licht von der Straße ein wenig beschienen war. Dabei musste er an gestern denken, als er kurz mit Olga im Restaurant alleine gewesen war, da Iana nach draußen gegangen war, um eine Zigarette zu rauchen.

„Was ist mit dir?"
„Mit mir ist nichts!"
„Olga!"
„Ja?"
„Irgendwas ist doch!?"
„Nein. Mit dir ist was!"
„Nö."
„Na siehst du! Mit mir auch nicht."
„Aber..."
„Du machst mich kaputt!" O.
„Wie!?"
„Du machst mich kaputt."
„Was redest du!"
„Hast du nicht gehört! Du machst mich kaputt."
„Nein. Ich habe nicht gehört..."
„Du bist so..."
„Was!?"
„Du machst mich einfach..."

Olga stand abrupt auf und sagte: „Du hast unsere Liebe kaputtgemacht. Das ist jetzt vorbei!" Und sie wandte sich ruckartig von ihm ab, ging quer durch den Speisesaal und verschwand durch die Restauranttür nach draußen.

Franz sah immer noch zu Ianas schlafendem Gesicht hin, ohne es zu betrachten und dachte über Olgas Äußerung nach... kaputt gemacht... er soll sie kaputt gemacht haben?!

Vielleicht damals, als er einfach verschwand, aus dem russischen Restaurant, in München, als er mit seinen Eltern und ihr an einem Tisch gesessen hatte. Sich danach über eine Woche nicht bei ihr gemeldet hatte, während sie ihn permanent zu erreichen versuchte. Vielleicht da!? Vielleicht hatte er da etwas zerstört. Vielleicht war seine Berühmtmachaktion an allem schuld, letztlich!

Iana seufzte plötzlich im Schlaf, knurrte leise, abweisend, öffnete ein paar Mal sprachlos den Mund, als wolle sie etwas sagen, drehte sich auf die andere Seite.

Wenn Olga ihn wirklich geliebt hatte. Dann. Dann. Was war Prag jetzt noch wert. Oder Venedig. Oder St. Petersburg, das er als nächstes Ziel mit Olga und Iana besuchen wollte, wenn sie meinte, ihre Liebe sei vorbei?!

Doch hatte ihre Geste, mit der sie so flugs und entrüstet und vorwurfsvoll gestern das Restaurant verlassen hatte, nicht auch etwas noch Vorhandenes? Etwas noch von ihrer Liebe Vorhandenes? Das er jetzt nur retten musste, bergen, so schnell wie möglich. Er dachte daran, dass sie eben alleine in Prag unterwegs war und fragte sich, wo sie wohl hinging. Er hatte gemeint, sie solle sich unbedingt das riesige Metronom über den Hügeln von Prag ansehen, aus der Zeit der Kommunismus. Hatte ihr erklärt, wie sie dort hinfände. Machte er denn etwas falsch? Es war ein Hilfeschrei, gestern, im Restaurant, kein echtes Aus. Er würde sie wiederfinden. Olja.

Es war für ihn unmöglich, nur dazusitzen, jetzt. Also nahm er sich sein Konzeptheft und begab sich, nachdem er leise und vorsichtig die Tür zum Badezimmer hinter sich geschlossen hatte, auf den kühlen, hellblau gefliesten Badboden und arbeitete an seiner letzten Idee weiter. Er verbesserte sie und veränderte sie und fügte ein paar Dinge hinzu, bis sie wirklich gut war. Er fühlte sich kein bisschen müde. Und er musste an Flieht denken. Der weder wusste, wo Franz gerade war noch irgendeine Nachricht von ihm erhalten hatte, seit Wochen. Und das, obwohl die Bush-Aktion gerade lief, in Deutschland. Gestern war der letzte Tag, an dem die großen Anzeigen geschaltet wurden. Franz wusste das genau. Hatte an jedem Tag der letzten Wochen nahezu ununterbrochen daran denken müssen, aber nie Flieht angerufen, um nachzufragen, wie es lief. Jetzt war die Aktion vorüber, und morgen würde er anrufen.

Franz musste niesen. Er hatte sich wohl auf den kalten Fliesen, auf denen er seit über zwei Stunden saß, einen Schnupfen geholt. Er ließ sich ein Bad ein und legte sich in das heiß dampfende Nass. Am nächsten Morgen lief seine Nase immer noch, und gegen Mittag, als sie zu dritt auf dem Weg zum Prager Eiffelturm waren, kaufte er sich in einer Apotheke ein Nasenspray in einem aggressiv geformten Behälter.

Dieser falsche Eiffelturm war zu Sowjetzeiten dem Pariser Eiffelturm nachempfunden und auf einer Wiese, oberhalb von Prag, aufgerichtet worden. Er war eigentlich schon eine Bauruine und hing ein bisschen nach einer Seite. Er sah ganz und gar nicht aus wie der Eiffelturm, es fehlte ihm jene kunstvoll geschwungene elliptische Silhouette der unteren Stockwerke. Außerdem war er winzig und rostete. Franz verliebte sich sofort und meinte, er müsse ihn unbedingt noch fotografisch dokumentieren, bevor ihn die tschechische Bausicherheitsbehörde wahrscheinlich demnächst einreißen würde.

Olga war sehr ruhig gewesen an diesem Vormittag. Sie war zwar immer noch dauernd in Ianas Nähe und wich ihr nicht von der Seite, aber ihr gemeinsames überzogenes Turteln war völlig verschwunden. Franz war ihr gegenüber sehr vorsichtig und wagte nichts zu sagen, bis sie ihn schließlich unvermittelt fragte:

„Soll ich ein Bild von dir und dem Eiffelturm machen?"
In ihrer Stimme klang nichts Angenehmes und nichts Unangenehmes.

Franz stellte sich vor seinen Turm und ließ sich von ihr fotografieren. Er versuchte in die Kameralinse, hinter der Olgas Auge lauerte, das andere hatte sie zugekniffen, zu lächeln, aber es gelang ihm nicht. Es wäre geheuchelt, dachte er, und Olga versteckte ihr Auge ziemlich lange hinter dem Sucher, bis sie endlich abdrückte. Iana fragte, ob etwas nicht funktioniere, und Olga meinte: „Nein, nein, nur noch einen Moment." Franz fühlte sich dämlich, hingestellt, und er dachte an ihr Auge. Wie es ihn jetzt wohl ansah. Mit Hass? Mit Hohn? – Zuneigung?

„Ich geh da nicht hoch, Franz."
Iana sah ihn vorwurfsvoll an.
„Und ich weiß, dass du da hoch willst!"
„Ach kommt!" Er wandte sich abwechselnd
an Olga und an Iana.
„Auf keinen Fall!" Iana sah in die Höhe.
„Der ist nur noch Rost."
„Und Olga? Was ist mit dir!?" fragte er sie fast ängstlich.
„Ich weiß nicht."
„Sag."
„Ich weiß nicht."
„Sag schon."
„Iana?" Sie sah Iana fragend an.
„Klar."
„Gut."
Nachdem sie bei einer alten, traurigen Frau, die in einem winzigen Kassenhäuschen saß und sie unverständlich ansah, einen so geringen Eintrittspreis bezahlt hatten, dass sich Franz dafür schämen musste, stiegen sie langsam und unsicher die steile, enge Wendeltreppe hinauf. Eine stärkere Windböe ließ den Turm leicht schwanken, und Franz fragte Olga, ob sie wirklich mit ihm weitergehen wolle. Sie meinte, dass seine

Bedenken lächerlich seien, sah in die zunehmende Tiefe und zuckte abschätzig mit den Schultern. Ihr Blick war wieder gleichgültig und beherrscht.

„Was ist!? Willst du nicht weiter, oder warum stehen wir hier rum!?"

Als sie auf der obersten Plattform des Turmes angekommen waren, lehnte sie sich sofort an das mannshohe Geländer, sah starr in eine Richtung und bewegte sich nicht mehr von der Stelle. Franz ging ganz um das Rondell herum und suchte nach einem Platz, von dem aus er die Altstadt sehen konnte. Aber Altstadt oder sonstiges war nicht auszumachen. Nur die Wipfel der Bäume, die um den Turm standen, und in der Ferne ein gigantischer grauer Wohnblock. Er sah, dass Olga immer noch an der gleichen Stelle des Geländers lehnte.

„... man sieht überhaupt nichts ... von hier oben ...", meinte er angespannt.

„Was glaubst du!", erwiderte Olga selbstsicher. „Du siehst doch den Wohnblock da hinten."

„Ja und?"

„Da siehst du alles. Mehr brauchst du nicht sehen. Vom Osten. Was glaubst du, wo ich aufwuchs ... in was!? In dem da! In so einem Wohnblock. Du willst die alte Stadt sehen, ja?! Hier gibt es keine alten Städte. Jetzt tun sie so, als gäbe es welche. Aber davor gab es nur Arbeiterstädte und Wohnsiedlungen und Fabriken und Erholungsheime. Jetzt tun sie so. Ich hasse es hier. Von alldem hier bin ich geflohen. Das weißt du nicht. Du weißt das alles nicht. Für dich ist alles nur romantisch."

Olga verharrte regungslos in derselben Stellung, ihren Kopf vorgedrückt, die Zähne zusammengebissen. Franz fasste ihr an die Schulter.

„Du hast recht. Ich sehe nur die Hälfte. Ich habe bei dir auch nur die Hälfte gesehen. Lange." Er ließ sie sofort wieder los. „Aber du musst zugeben, du wolltest hierher, du wolltest nach Prag, als ich euch fragte."

„Sag nicht immer euch! Sag wieder du zu mir! Ich wollte wegen dir hierher." Sie drehte sich zu ihm hin „Damit du es siehst. Damit du siehst, wo ich her bin. In Russland sieht es genauso aus. Nur schlimmer. Noch grauer. Noch viel schlimmer. Du weißt es nicht." Olga sah ihn an, wie sie ihn noch nie angesehen hatte.

„Dann fahren wir heute noch weg hier, aus Prag."

„Nein, das machen wir nicht. Du musst es hier aushalten."

Franz wandte sich von ihr ab und lehnte jetzt, wie sie zuvor, am Geländer. „Ich sehe vielleicht wirklich alles zu romantisch." Er versuchte irgendeinen Punkt in der Ferne anzuvisieren. „Und ich sehe vielleicht einiges falsch. Vielleicht alles. Ich weiß." Er hatte einen Punkt gefunden, und seine Augen krallten sich an ihm fest. „Ich weiß von deinem Leben in der alten Sowjetunion nichts, und ich weiß vielleicht von keinem Leben wirklich etwas. Du musst wissen, ich habe eben alles immer schon eingefärbt, koloriert. Die Wirklichkeit ist schnell erkannt, im Gegensatz zur Kunst. Weißt du, das Leben, das normale, das habe ich ziemlich schnell kapiert. Da gibt's ein paar Grundregeln, ein paar Tabus, und viel mehr gibt's da nicht. Ich war halt immer schon recht schnell. Da kann ich nichts dafür. Und dann, das heißt, und deshalb entschied ich mich schließlich gegen die Realität." Franz' Augen ließen den Punkt in der Ferne wieder los und begannen umherzuwandern. „Ich bin ein Trottel, ein Idiot. Ich weiß das. Ich bin eigentlich keiner, der sich zum Überleben eignet. Nur zum Dichten eben."

„Du bist zu schwarz und zu weiß. Du hast alles zu schwarz und zu weiß", wandte Olga ein.

„Und jetzt ... mit der Zeit beginnt mich auch schon meine

Gegenrealität zu nerven." Er drehte sich wieder zu ihr. „Zu schwarz-weiß, meinst du?!"

„Ja. Ich war früher auch so."

„Ja?"

„Ja. Bis es nicht mehr ging." Olga blickte ihn an.

„Nicht mehr ging ... sagst du."

„Ja." Sie.

„Ich weiß gar nichts von dir.

Ich will nicht über mich reden. Ich will über dich reden."

„Komm, Iana wartet."

„Du verbirgst ziemlich viel, oder?!"

„Ich habe es sehr gut versteckt.

Niemand kann es finden."

„Das klingt wie ein Schatz!"

„Wenn du das Schlechte wie einen Schatz verbirgst, wird es nach einer Weile auch einer."

„Du hast einfach Poesie, weißt du das?!" Franz sah sie an.

„Und wenn du das Gute verbirgst, den eigentlichen Schatz, dann ist er nach einer Weile überhaupt nichts mehr wert."

„Hör auf. Du machst mich schwach." Er lächelte sie an.

Ich muss mir das notieren."

„Du verbirgst gar nichts!" Sie, bewundernd.

„Nein. Das will ich nicht.

Ich will alles zeigen und alles hergeben."

„Ich weiß."

„Ist das schlecht?" Es war eine wirkliche Frage.

„Nein."

„Doch!"

Am Abend hatte Franz Fieber. Iana bemerkte es am Glanz seiner Augen. Sie fasste ihm an die Stirn und gab die Diagnose, ein Triumph.

„Du musst ins Bett!!"

„Auf keinen Fall."

Sie saßen im Marquise de Sade und hatten gerade ihren Sekt-Aperol bekommen.

Olga schob das Glas beiseite und sagte: „Wir gehen sofort. Wir bringen dich ins Hotel."

„Wir müssen zunächst noch unsere Gläser leeren", wandte Franz ein.

Olga lehnte sich in das tiefe, rote, zerrupfte Samtsofa zurück und sank fast vollständig ein. Die Bar, die aus einem dunklen, hohen Raum bestand, war früher einmal ein Theater gewesen. Ein Piano, in sämtliche Teile zerlegt, hing an den Wänden. Sofas, die beim Sitzen vollständig zu Boden gingen. Eine prachtvolle Stuckdecke. Und auf der alten Kühltruhe hinter der Bar stand ein ausgestopfter Schimpanse. Franz, der das Marquise de Sade schon sehr lange kannte, nannte es aus diesem Grund „der Affe".

Seitdem er denken konnte, war er jedes Jahr mindestens einmal in Prag gewesen. Vorfahren von ihm waren aus Böhmen gekommen, und irgendetwas verband ihn mit Tschechien. Deshalb. Meinte er. Spüre er etwas. Dort. Meinte er. Wahrscheinlich wegen seiner Vorfahren, die in dieser Gegend Jahrhunderte lang herumliefen, liebten, krank wurden, ums Überleben kämpften, vielleicht sogar sehr liebten, Pragerinnen oder Marienbaderinnen... F. spürte es, ihre ganze Liebe und den Lebenskampf. Und deren vollendetes und schönes Langeschontotsein. Dass sie seit Ewigkeiten schon tot waren und sie alle, auch sie sich gegenseitig, vergessen hatten, stimmte ihn romantisch.

„Wetten, dass sich der Affe manchmal bewegt!" Franz hustete und nahm einen großen Schluck aus seinem Sektglas. Die Kellnerin ging an ihrem Tisch vorbei und sah Franz dabei an. Sie war sehr hübsch und pragerisch.

„Aber nach dem verdammten Cocktail stecke ich dich ins

Bett!" Iana verschränkte ihre Arme, lehnte sich nach hinten und sah der Kellnerin hinterher. Sie schlich eher durch das Lokal, bewegte sich sehr elastisch, ein bisschen träge und sehr sexy. Als sie wieder zurück an die Bar ging, sah sie Franz nochmals an, und er sah sie an.

„Der Affe lebt. Er bewegt sich."

„Wenn du hier raus gehst und stockbetrunken bist, wahrscheinlich schon", meinte Iana. „Dann redet er auch. Oder nicht?!"

Franz wusste, dass Olga den Blickwechsel mit der Kellnerin gesehen hatte und passte genau auf, wie sie sich ihm gegenüber nun verhalten würde. Wenn er ihr etwas bedeutete, würde sie in irgendeiner Weise darauf reagieren, wenn auch nur nuanciert.

„Eigentlich sollten wir nächste Woche in New York sein und uns das MOMA ansehen."

„Wir gehen nirgendwohin!", bestimmte Iana. „Du musst zurück nach München. Du musst wieder arbeiten. Wir können nicht dauernd reisen."

„Wenn ich das will, dann kann ich das", meinte Franz höflich.

„Ach, du bist jetzt berühmt. Ich vergaß", erwiderte sie schnoddrig.

„Ich will noch einen!", beharrte er und drehte sich nach der Kellnerin um. Die kam sofort an ihren Tisch, sah ihn mit stechendem Blick an und fragte:

„Yes?"

„This one was good. I´d like to have another one."

"For me too!", sagte Olga und lächelte die Kellnerin neckisch an. Franz sah es. Er rückte näher an Iana heran und meinte: „Und ihr wollt wirklich nicht nach New York? In die 53. Straße, ins Museum of Modern Arts?"

„Du spinnst!", sagte Iana, und Franz dachte, dass sich im

Grunde nichts geändert hatte. Seitdem er berühmt war. Zumindest bei Olga und Iana nicht. Die behandelten ihn immer noch als den gleichen Spinner, als den sie ihn schon früher angesehen hatten.

„Ihr glaubt noch immer, dass ich spinne, oder?!"

„Natürlich", erwiderte Iana.

„Aber seht ihr denn nicht, dass es was bringt?!"

„Das sehe ich schon. Aber..." Iana.

„... aber ich spinne trotzdem noch, stimmt´s?!"

„Ja. Tut mir leid." Iana sah Olga an und grinste. Olga reagierte nicht. Sie griff zu ihrem Drink und führte ihn langsam, in Zeitlupe, zum Mund.

„Kapiert denn keiner von euch...", meinte Franz gereizt, „... was ich mit meinen Sachen sagen will!?"

Iana antwortete nicht und sah wieder zu Olga. Die unterstützte sie aber nicht mehr. Seit Venedig. Sie schlug jetzt einen eigenen Kurs ein. Ging auf Distanz zu ihr.

„Das kann schon sein, dass dich keiner kapiert", schaltete sich Olga plötzlich ein. „Das einzige, was ich nicht verstehe, ist, wie du damals diese Sache tun konntest!!?"

„Ach lass das doch!!", meinte Franz.

„Ich will es aber nicht lassen. Du hast noch nie darüber gesprochen. Und jedes Mal, wenn man es anspricht, drehst du bis unter die Haut durch."

„Man sagt nicht ‚bis unter die Haut durchdrehen'. Man sagt, ‚etwas geht einem unter die Haut' beziehungsweise ‚jemand dreht durch'." F. redete laut und deutlich.

Die Pragerin kam an ihrem Tisch vorbei und sah Franz´ gehässigen Gesichtsausdruck, obwohl er ihr eben noch zugelächelt hatte.

„Es geht mir unter die Haut", gab er zu. „Die Sache geht und ging und wird mir immer unter die Haut gehen. Und sie tut es jeden Tag mehr."

„Dann rede davon!", sagte Olga.

„Rede darüber." F.

„Korrigiere mich nicht ständig!" Olja.

„Das war das Widerlichste, was ich jemals getan habe. Und niemand ... und auch ihr nicht wisst im Geringsten, was ich da tun und durchstehen musste." Er sank in seinem Sessel ein und fasste sich mit der linken Hand an die Stirn.

„Ich weiß, dass du was Schreckliches getan hast", meinte Olga leise.

„Das weiß niemand." Er.

„Doch. Ich weiß es." Sie.

„Wenn du das wüsstest, würdest du nicht mehr hier sitzen." Er sah sie an. „Du würdest mich nicht mehr sehen wollen oder hören wollen oder irgendetwas mit mir zu tun haben wollen. Das garantiere ich dir!"

„Ich schon", erwiderte Olga, und Iana sah sie skeptisch an.

„Nein, auch du nicht. Überhaupt niemand. Ich werde mit dir nicht darüber sprechen, das garantiere ich dir. Und wenn es mich umbringt."

Am Ende des Abends waren sie betrunken. Olga und Iana übergaben sich direkt hinter der Teynkirche, und Franz hielt bis zur Astronomischen Uhr am alten Rathausturm durch. Sie beschlossen, noch auf die Karlsbrücke zu gehen, obwohl die nicht auf ihrem Weg zum Hotel lag.

Franz erzählte ihnen auf dem Weg dorthin die Geschichte von dem kleinen, weißen Pudel, der vor einigen Jahren vor seinen Augen von der Karlsbrücke in die Moldau gesprungen war. Selbstmord. Und wie seine Besitzerin, eine ältere Dame, furchtbar schrie und dann weinte, während ein Trupp junger, betrunkener Engländer sich halb tot lachte. Der Pudel sei einfach in den Abgrund gesprungen. Olga und Iana lachten. Und Olga legte ihren Arm um ihn und fing an, russische

Volkslieder zu singen – völlig schräg und unmelodiös – und sie warf dabei immer wieder ein Bein in die Höhe.

Franz war noch völlig klar im Kopf, obwohl er wieder einmal weit über seinen Level getrunken hatte. Es zog ihn körperlich extrem zu Iana hin.

F. fühlte Olga neben sich hergehen. Ihren weichen Arm um seinen Hals. So leicht wie jetzt war sie seit Monaten nicht gewesen. Federte regelrecht. Wie gesagt, seit sehr langem hatte er dieses Feine und Zärtliche nicht mehr wahrgenommen. Hätte es am liebsten konserviert jetzt. Versuchte ihr das Gefühl zu geben, sie sei richtig so, und nur so. Er schlug vor, noch im Jazzkeller des Malehu Gleno auf der Kleinseite Prags einzukehren, eine Ecke Prags, die noch nicht restauriert war und in der an einem noch kleine, alte, tschechische Wagen mit fünf Köpfen im Inneren über verwegenes Kopfsteinpflaster oder entlang der eingesunkenen Eisenschienen der Straßenbahn vorbeiratterten. In der Nähe der Wenzelskirche, deren Fassade schwarz vom Ruß des Verkehrs war und in der einmal irgendeiner seiner Vorfahren zum Priester geweiht worden war. Überhaupt hatte es viele Priester gegeben, in seiner Familie. - Nur auf ein kleines Bier. Denn wenn er jetzt noch vielleicht zwei Biere trank, meinte er, könne er es vielleicht wieder finden. Sein Gefühl zu Olga. Sie rehabilitieren.

Als sie zu dritt in angeheitertem Zustand aus dem Malehu Gleno ins Hotel zurückgekehrt waren, legte sich Olja mit dem Nachtportier an. Grundlos nannte sie ihn einen Lügner, als er auch nach der dritten Wiederholung ihre Frage, ob jemand eine Nachricht für sie hinterlegt habe, immer noch verneinte. Sie begann darauf sehr laut russisch zu sprechen und kletterte sodann auf den Walnussholz-Tresen der Rezeption, fiel herunter und ließ sich schließlich von Iana beim Erklimmen behilflich sein. Am Ende saß sie mit dem Rücken zum Portier oben, ließ ihre Füße hin- und herbaumeln und begann leise ein kommunistisches Armeelied zu singen. Ihre Stimme war wunderschön, und Olja wirkte unbedarft und kindhaft - bis schließlich der Portier den Hoteldirektor im Morgenmantel herbeirief.

Am nächsten Morgen hatte Franz hohes Fieber. Endlich. Jetzt kam er nicht mehr aus dem Bett. Selbst wenn er gewollt hätte. Olga und Iana blieben abwechselnd bei ihm im Zimmer, während die andere loszog, in die Stadt, und einkaufte, internationale Kunstzeitschriften, Gürtel, Stadtführer, kuriose Feuerzeuge, Prag-T-Shirts, Bücher von Werfel und Kisch oder eine Mini-Thora aus dem Laden in der Alten Jüdischen Synagoge, die sie ihm dann, während er im Bett die vollkommene Kraftlosigkeit erfahren musste, auf die nackte Brust legten und verschiedene große und kleine Kerzen, die Olga aus einer Kirche entwendet hatte, um sein Bett herum aufstellten und entzündeten.

In diesen Momenten kam es ihm vor, als wären die beiden wie früher. Wie am Anfang. Als es anfing. Alles. Die Geschichte. Ihre. Zu dritt. In München. Zukunftslos. Alles noch provisorisch. Kopflos. Und rein. Warum fiel ihm `rein´ ein? Ein veraltetes, aussterbendes Wort, zumindest dann, wenn man damit den Charakter einer Person beschreiben wollte. Franz schaltete mit der Fernbedienung den Hotelfernseher an. Auf MTV wurde eben ein Live-Auftritt von Amy Winehouse angesagt. Das Publikum schrie.

Die Winehouse kam auf die Bühne und begann zu singen. Franz bemerkte, wie sie ständig ihren Rocksaum befummelte, festhielt, nach unten zog und dann wieder hochschob. Die staksigen Bewegungen ihrer langen Beine, als wolle sie fortrennen und wüsste, dass sie doch nur hier sein konnte. Um zu singen. Dass sie also bleiben musste. Auf der Stelle. Und nun zappelte wie ein kleines Kind, das nicht wusste, ob es vor oder zurück wollte. Kokettierte mit sich selbst. Mit der schieren Unbeholfenheit ihrer Bewegungen. Und kam nicht zurecht mit der sexuellen Wucht ihrer langen, wunderschönen Beine, die in dunklen Nylonstrümpfen unter ihrem kurzen Rock hervorkamen wie zwei lange, schlanke Arme. Sie wehrte sich. Gegen ihr eigenes Aussehen. Während ihre Stimme selbstständig sang. Ohne eine Verbindung zu ihrem Körper. Je schöner die Stimme wurde, desto unabhängiger schien sie zu singen. Ein Tierchen, das ihr nicht gehörte. Sondern zu ihr gekommen war. Von Gott. Ihre Stimme.

F. wartete immer nur auf die Zeit, in der Olga bei ihm war, im Zimmer, am Bett saß, am Rand des Bettes, gleich neben seinem Kopf, ihm zugewandt, und einmal legte sie ihr rechtes Bein auf das Bett, längs, neben seinen schlaffen, dünnen Körper. Dann hob sie es wieder herunter. O. versorgte ihn nicht, wie etwa I. Die passte wie ein Spürhund ständig darauf auf, wie es ihm ging. Um gleich einschreiten zu können. Etwas zu bringen. Ihm. Ans Bett. Ins Bett. Hinein. In seinen Mund. Auf seine Haut. Die heiße. Seine Wangen. Auf die Stirn. Sie wartete beständig. O. hingegen war nur da.

„Ich will, dass du redest", sagte er und schnaubte laut auf vor Erschöpfung. „Ich kann nicht reden. Es strengt mich zu sehr an." Er drehte seinen vor Hitze brennenden Körper zur Seite. „Ich will, dass du etwas redest. Ich will deine Stimme hören."

Und Olga begann zu erzählen. Von ihrer Kindheit. Von ihrem ersten Freund. Der Neonazi war. Russischer. Und den sie nur liebte, weil er sich ständig mit anderen prügelte. Was sie damals furchtbar romantisch fand, männlich. Und von dem Bach hinter der großen Siedlung, in dem sie im Herbst Flusskrebse fingen. Und dass sie die einzige war, die sie töten konnte. Weil ihre Freundinnen es nicht konnten. Und dass sie kein Erbarmen mit den Krebsen hatte. Und von ihrer ersten Begegnung mit Kunst. In der Pubertät. Als sie sich in ihren Kunstlehrer verliebte. Der den Großen Kiewer Kongresssaal gestaltet hatte. Und erst seit kurzem an ihrer Schule war. Weil sie ihn gefeuert hatten. Im Kulturministerium. Wegen uneindeutiger Äußerungen. Und wie sie es roch, immer wenn er an ihren Schultisch kam und sich über sie und ihr noch feuchtes, welliges Wasserfarbenbild beugte, wie sie es roch, dass er nach Alkohol stank. Und sie es ebenfalls furchtbar romantisch fand. Die Vorstellung, dass er ein verlorener und einsamer Trinker war. Und eines Tages ging sie nach der Kunststunde, nachdem die Schulklasse, der sie damals weit voraus gewesen war, hinausgestürmt war, langsam an das Lehrerpult vor. Sie sah F. an und erzählte, dass der Lehrer dabei nicht aufsah und sie vor ihm stand und er immer noch nicht aufsah und sie stehen blieb und stehen blieb und er immer noch nicht aufsah, sie dann hinausrannte, aus dem Klassenzimmer, und weinte. Und er am nächsten Tag in der Malstunde sich abermals über ihr trockenes Wasserfarbenbild beugte und wieder nach Alkohol roch und zu ihr sagte:

„Du malst gut. Konzentriere dich auf das, was du tust und nicht auf das, was du willst!"

Und sie dann in den Westen kam, mit neunzehn, einfach die Schule hinschmiss, als Au-pair anfing, in einem Haushalt in Frankfurt, einer alten Villa am Mainufer, in der nur ein altes Ehepaar wohnte, ohne Kinder, und sie nicht wusste, wo sie helfen sollte, weil die beiden Alten alles selber machten und selber machen wollten und es soweit kam, dass sie auch noch ihr halfen. Sie bekochten, ihre Wäsche wuschen und bügelten, für sie einkauften. Was absurd war. Aber wenn sie ihnen irgendwie zur Hand ging, fassten sie es sofort als eine Art Beleidigung auf. Also hielt sie sich zurück, tat nichts, den ganzen Tag. Saß in ihrem Zimmer und sah auf das stark bewachsene Mainufer hinab. Sie langweilte sich, und während sie sich langweilte und auf den Main hinunter sah, bekam sie mit einem Mal panische Angst, niemals die deutsche Sprache zu erlernen, da sie immer nur in ihrem Zimmer saß und nie nach draußen kam. Und dann hatte sie panische Angst davor, eine tödliche Krankheit zu bekommen. Dann bekam sie Angst vor dem Altern. Immer unsinniger wurden ihre Ängste.

Ein altes, abgegriffenes, russisches Exemplar von Anton Tschechows *„Drei Schwestern"* las sie bis zur Besinnungslosigkeit, bis sie es irgendwann zerriss. Sie wurde in der Gründerzeitvilla fast wahnsinnig. Bis sie dem freundlichen, alten Ehepaar eines Abends eröffnete, dass sie befürchte, die deutsche Sprache nicht zu erlernen. Von da an durfte sie nach draußen, und...

Franz unterbrach sie. „Du hast ein verrücktes Leben. Lauter schöne Romanepisoden!" Olga setzte sich wieder zu ihm aufs Bett, nachdem sie während des Erzählens unruhig im Zimmer auf und ab gegangen war.

„Warum schreibst du nicht wieder mal ein Gedicht?!", fragte sie ihn, während sie irgendwas auf einen Teelöffel tröpfelte und ihm dann verabreichte. „Gedichte sind der Anfang des Sprechens. Ich kenne fünf Puschkin-Gedichte auswendig. Wir mussten sie lernen."

„Du bist eines", sagte er, nachdem er die süßlichen Tropfen geschluckt hatte.

„Das ist aber nicht sehr originell!", meinte sie. „Wenn du dich da nicht ein bisschen mehr anstrengst..." Und sie fing an, Puschkin zu rezitieren, während sie starr zum Ende der Bettkante hin sah.

Я вас любил, любовь еще,
быть-может,
В душе моей угасла
не совсем.
Но пусть она вас больше
не тревожит;
Я не хочу печалить вас
ничем.
Я вас любил безмолвно,
безнадежно,
То робостью, то ревностью
томим;
Я вас любил так искренно,
так нежно,
Как дай вам бог любимой

Franz betrachtete ihr Gesicht und versuchte, den Klang der russischen Sprache mit ihrem Gesicht zu verbinden, was ihm auch gelang.

„Das war…" Er wollte etwas sagen.

„Das ist das traurigste Gedicht, das ich kenne", unterbrach sie ihn.

„Von was handelt es?"

„Es ist nicht übersetzbar. Man kann es nur in russischer Sprache sprechen. Das Russische hat etwas Hilfloses, und deutsch ist zu kräftig dazu."

„Deutsch ist eindeutig."

„Ja." Sie sah ihn an und strich ihm über die Wange.

„Ich will etwas über dein… darf ich etwas über dein Gesicht sagen!?"

„Ich hasse mein Gesicht."

„Ich muss aber etwas dazu sagen!"

Olga stand auf und ging wieder im Zimmer umher.

„Du wirst sagen, dass du es schön findest. Und das kenne ich bereits von dir."

Er merkte, dass sie nervös war, schon seit Iana in die Stadt gegangen war. Ihr unentwegtes Herumgehen im Zimmer, sie sah oft aus dem Fenster, sie zupfte Wollkätzchen von ihrem Kaschmirpullover, schnippte sie gegen das Fenster, packte sämtlich Beipackzettel der Medikamente aus, las darin, bemerkte, dass das Tschechische viel Übereinstimmung mit dem Russischen hatte, faltete sie wieder zusammen, falsch, drückte sie in die Packungen zurück und holte sie irgendwann wieder heraus.

„Dann werde ich dich eben zeichnen, wenn ich dich nicht beschreiben darf", sagte Franz und begann sich mühsam im Bett aufzurichten. „Ich will nur, dass du hier bleibst!" Er rückte das Kissen zurecht und lehnte sich gegen die quietschende Bettlehne. „Ich will, dass du ewig hier bei mir am

Bett sitzt und ich ewig krank sein kann."

Olga verschwand für einen Moment im Bad und kam dann wieder zurück. Sie hatte ihr Haar zu einem kunstvollen Knoten geflochten.

„Willst du es so?" Sie ging vor seinem Bett auf und ab.

„Ja." Er stierte sie an und wollte, dass sie zu ihm hinsah und bemerkte, wie er sie anstierte. „Ich will aber auch sehen, wie du ihn flechtest!"

Olga sah nicht einmal zu ihm hin, drehte sich um und ging zum Fenster. Sie sah auf die Straße hinunter und öffnete ihren Dutt. Sie verhielt sich, als sei sie allein. Sie schüttelte ihr Haar und ergriff es dann, ganz langsam, bündelte es, hob es nach oben, drehte es ineinander und verflocht es. Dann blieb sie regungslos stehen und senkte ihren Kopf leicht nach unten, so dass er den leichten Flaum in ihrem Nacken sehen konnte. Und dann fragte sie:

„Noch mal?"

„Ja."

Sie löste den Knoten wieder

und begann von neuem, ihn zu binden.

„Noch mal?"

„Ja, noch mal."

Ein drittes Mal fragte sie nicht. Sie ging vom Fenster weg, quer durch den Raum, ohne ihn anzusehen, holte ihre Jacke aus dem Kleiderschrank und verschwand durch die Tür.

Am selben Abend entschloss sich Franz, seinen Agenten anzurufen, daheim, in München. Er hatte es jetzt seit Wochen aufgeschoben und konnte sich nun nicht mehr davor drücken. Flieht war dem Wahnsinn nahe. Fluchte, kündigte und verwünschte Franz. Die Aktion sei völlig fehlgeschlagen. Mit Bush. Warum er sich so lange nicht gemeldet habe. Überhaupt alles sei schief gegangen. Wenn er vor Ort gewesen wäre, hätte er vielleicht noch etwas retten können. Die zwei Werbeverträge, einer mit Meta Systems, der andere mit AUDI, seien geplatzt. Seine Graphiken, Zeichnungen und Fotografien verkauften sich nicht mehr. Und er brauche hier, in München, in Bayern, überhaupt nicht mehr aufzutauchen. Er könne gleich dort bleiben, wo er sei. Es wisse sowieso kein Mensch, wo er sei. Und das sei jetzt auch vollends egal.

Franz versuchte zu erfahren, was genau passiert war. Er musste sich noch weitere zehn Minuten Tiraden und niederträchtige Beleidigungen anhören, bevor Flieht zu erzählen begann. Die Pro-Bush-Kampagne sei absolut in den falschen Hals der Deutschen geraten. Die Deutschen seien zutiefst beleidigt, gerade die Intellektuellen, gerade die, die ihn verehrten, die, die das Umstürzlerische an ihm so geliebt hatten, die sind unverzeihlich enttäuscht. Kappa würde nun sogar ein Kriegshetzer genannt. Die Süddeutsche schrieb: *„Ein Hofnarr verlässt die Bühne."* Und die Bild-Zeitung titelte: *„Zieh doch nach Amerika – Wir wollen dich nicht mehr!"* Darunter sein Bild, wie er gerade einen Obdachlosen auf der Straße mit hochgehobener Faust beschimpft – ein gestelltes Foto, mit dem er vor einem Jahr auf das Elend in den Straßen aufmerksam machen wollte. Die Plakate, auf denen er zur Sympathie für Bush aufrief, wurden heruntergerissen, beschmiert und verklebt, und ein bekannter Radiosender, auf dem seine Bush-Parolen liefen, wurde binnen Tagen derart boykottiert und von Leserbriefen bombardiert, dass zig Gegendarstellungen über den Äther geschickt werden mussten, um die eigene Existenz nicht zu gefährden.

Der württembergische Ministerpräsident indessen hatte Kappa gelobt. Für seine Vorurteilsfreiheit. Es sei ein richtiger Schritt gewesen, den er auf Bush und die Amerikaner zu gemachte hatte. Nachdem sich jedoch die Protestwelle zu ihrer vollen Höhe aufgebäumt hatte, zog auch der sich zurück und sagte gar nichts mehr dazu.

Während Flieht erzählte, hatte Franz den Impuls, sich zu übergeben. Ihm war, als sei ein riesiger Zeigefinger auf ihn gerichtet, der ihm seine moralische Schuld bewusst machte. Ja, Schuld war das richtige Wort. Vor allem im Sinne seines Verschuldens, also dass er schuld war, an seinem Untergang, er selbst und nur er. Und höchste Scham. Andererseits. Franz spürte, wie sein Kopf knallrot wurde, während Flieht sprach. Obgleich niemand im Raum war. Sein Schädel wurde heiß, und er spürte, wie sich auf der Stirn binnen Sekunden Schweißperlen bildeten. Flieht sprach noch eine gute Stunde weiter, nicht mit ihm, sondern nur Monolog. Mit jener falschen Bescheidenheit und Selbstgerechtigkeit, wie sie nur denen zustand, die letztlich doch Recht behielten und etwas Schlimmes hätten verhindern können. Am Ende seines Monologs eröffnete ihm Flieht zudem, dass kein Geld mehr da sei und sogar Schulden, da die Luftschifffirma, in die Kappa sein gesamtes Vermögen, das durch den Verkauf seiner Kunstwerke zusammengekommen war, investiert hatte, ausgerechnet auch noch vor ein paar Tagen Insolvenz angemeldet hatte. Sprach, als wäre Franz Kappa gar nicht mehr existent, und legte dann, am Ende seiner Rede, einfach auf.

Für immer.

Franz hielt den Hörer weiterhin am Ohr und stellte sich vor, es sei überhaupt nichts geschehen. Irgendjemand habe sich verwählt. Gleich wieder aufgelegt. Und er müsse nun darüber nachdenken, wer dieser Kerl war. Von irgendwoher kannte er seine Stimme. Es war kein Unbekannter. Er müsse nur... er müsse einfach... einfach nur lange... lange genug nachdenken... und dann käme er auf die Lösung des Rätsels.

Das Rätsel aber war schon lange gelöst. Jemand anderes hatte die Zahlen addiert, die Summen multipliziert und dann das Ergebnis in das dafür vorgesehene Kästchen eingetragen.

Und die Endsumme ging glatt auf. Ohne Dezimalstellen. Das Ergebnis war richtig – niemand hatte sich verwählt. Sein relativ hohes Fieber war in der Tat mit einem Mal verschwunden. Er hatte vergessen, dass er vorher noch krank war und stellte den stilvollen Telefonapparat aus Holzimitat vom Bett auf das Nachtkästchen, stieg aus dem Bett, zog seinen Schlafanzug aus und seine alte Jeans und den bereits getragenen Rolli an. Er verließ das Hotelzimmer, ohne abzusperren – er vergaß es – und ging wie in Trance die Treppen des weiten und vornehmen Treppenhauses des Pariz hinunter. Und als er unten im Parterre angekommen war, ging er sie wieder hoch, langsamer jedoch als zuvor, bedeutend langsamer. Dann verlangsamte er seinen Schritt so sehr, dass er schließlich zum Stehen kam und regungslos wie ein unbehauener Marmorblock dastand. Er hatte, seitdem er den Telefonhörer aufgelegt hatte, keinen einzigen Gedanken gedacht und kein einziges Gefühl empfunden. Wohlweislich. Und indem er nun regungslos und völlig angespannt dastand, gelang es ihm weiterhin, tatsächlich nichts zu denken und nichts zu fühlen.

Plötzlich hörte er unten im Treppenhaus Olgas und Ianas Stimme. Dann Schritte, die näher kamen, die Stufen hinaufgingen, in seine Richtung. Zwei Menschen, die ihn völlig überrascht jeden Moment mitten im Treppenhaus antreffen, ihn erblicken würden, seinen Rücken, erst einen fremden Rücken, irgendeinen Rücken, den sie nicht kannten, dann seinen, weil sie ihn plötzlich erkannten, seinen Rolli, seinen Hinterkopf, seine Körperform, wie er dastand, wie ein tumbes Pferd, das sich nicht von der Stelle bewegte - Pferde tun das, sie stehen einfach so da, auf einer Stelle, stundenlang, atmen nur, sonst nichts - und ihn dann erstaunt fragen würden: „Was treibst Du hier!? Du bist krank! Was machst Du hier mitten auf der Treppe!?"

Er reagierte erst einmal nicht, ließ sie näher kommen, Stufe um Stufe, rührte sich immer noch nicht, bis sie um ihn herum gegangen waren und ihn vorwurfsvoll ansahen.

„Ich habe die Stufen gezählt, und jetzt weiß ich nicht mehr genau, die wievielte die hier ist. Ich hab´s vergessen." Er zeigte auf die Stufe vor sich und schaute so dämlich, dass Iana lachen musste. Sie lachte allein. Ohne Olga. Was noch bis vor zwei Wochen undenkbar gewesen wäre. Damals lachten sie immer zu zweit. Über alles. Über jeden Dreck. Wie zwei gleichzeitig Pubertierende. Hatten einen Code. Über das, was witzig war und was nicht. Nur von ihnen dechiffrierbar.

Iana lachte noch immer, und Olga sah ihn ernsthaft an und fragte:„Was ist passiert?! Es ist etwas passiert!"

Iana meinte: „Du bist noch krank."

Doch er rührte sich nicht von der Stelle, sah Iana an und antwortete dann: "Nein, ich bin geheilt. Ich bin absolut geheilt."

„Du spinnst!" Iana berührte seine Stirn. Dann noch einmal und sagte: „Sie ist tatsächlich kühl. Gar nicht mehr heiß."

Franz setzte sich auf die Stufen.

„Sag ich doch. Außerdem gehe ich nicht mehr in dieses Zimmer zurück. Nie wieder."

Olga sah ihn an. „Jetzt sag, was los ist!? Was ist passiert?!"

„Nichts." Franz starrte auf den Boden. „Ich bleibe jetzt hier sitzen. Das ist alles, was ich will." Er blickte sie beide flehend an. "Das ist wirklich alles, was ich jetzt will. Und ihr müsst es mir erlauben. Ich habe kein Fieber mehr. Ich muss... ich muss nur hier sitzen bleiben. Für eine Weile noch. Das ist alles. Wirklich. Das müsst ihr mir erlauben. Das ist alles!"

Iana erwiderte: "Gut. Wenn du meinst. Dann gehe ich jetzt in unser Zimmer."

"Ich gehe auch in unseres", meinte Olga, sah ihn abermals an, fragend, unsicher, verschwand.

Blaugrüne Mosaikjungfer, Kleiner Fuchs, Bluttröpfchen,

Weberknecht, Gelbrandwasserkäfer, Kreuzspinne, Eintagsfliege, Nachtpfauenauge. Noch mehr Insekten. Namen von Insekten, die ich kenne. Nein. Schlecht.

Alles ist auf der Handfläche eingezeichnet. Die Adern der Haut. Der Verlauf. Der Verlauf der Adern auf der Haut. Es heißt nicht Adern, sondern Falten. Keinem Wahrsager glauben! Wahrsagern aus dem Weg gehen. Im Sinne von Zukunftsvorhersehern. Aber nicht im Sinne von Wahrheitssagern. Wahrsagern. Ich bin ein... ein Wahrsager. Nein. Falsch. Falsches Thema!

Taube. Tauben versauen Städte. Ihr Kot ätzt. Überträgt Milben. Gefährliche Krankheiten. Tauben töten. Nein. Das nicht. Verscheuchen. Aber wohin. Tauben auf Denkmäler setzen. Tauben erforschen und dem Menschen näherbringen. Interessant für den Menschen machen. In Sendungen. Reportagen. Taubentage. Tag der Taube. Weltweit. Unterschätztes Tier. Erstaunliches Sozialverhalten. Ein Gedächtnis, fast wie das des Menschen. Ein Wahnsinnsgehör. Hört alles. Die Taube. Mag den Menschen. Sucht den Menschen. Seine Nähe.

Franz atmete kurz tief ein. Er durfte jetzt nicht schlapp machen. Ein neues Thema.

Stühle. Wackelnde Stühle. Das Schlimmste, was es gab, für ihn, ein Stuhl der wackelte. Als wackle das Universum. Wenn ein Stuhl zu wackeln beginnt, nicht reparieren. Gleich wegwerfen. Ein Stuhlmuseum. Ebenfall unterschätzt, stark, der Stuhl. Das wichtigste Möbel. Nach dem Bett. Für den Arsch. Alles für den Arsch. Die Verachtung des Menschen für alles, was unterhalb seines Kopfs liegt. Auf der Höhe der Köpfe. Auf der Höhe unserer Köpfe. Kopfschmerz regiert die Welt. Kopfschmerzen sind die höchste Form von Krankheit. Die Erlesenste. Im Vergleich zu Bauchschmerzen, zum Beispiel, oder Zahnschmerzen.

Wenn es ihm jetzt gelänge, einen körperlichen Schmerz zu entwickeln. Wäre vielleicht das Beste. Um dann daran zu leiden. Nur mit Willenskraft. Wenn man mit Willenskraft Positives entwickeln konnte, dann doch auch Negatives. In Wittgensteins Zettelsalat hatte er doch irgendetwas über Schmerz gelesen. Dass es unmöglich sei, die Zahnschmerzen eines anderen zu fühlen. Mitleid also überhaupt keinen Sinn mache. Da man nicht den Zahnschmerz des anderen fühlen könne. Wittgenstein versuchte alles immer zu überprüfen, Empfindungen, Aussagen, den Gebrauch von Wörtern, ob sie richtig benutzt wurden, oder sich Fehler einschlichen, unbemerkt, in unsere Sprache. Von der er sagte, sie sei alles, was wir haben. Dass wir sie nicht überwinden könnten. Nirgends. Wir uns immer innerhalb ihrer Grenzen aufhielten.

Etwas gegen die BILD-Zeitung unternehmen! Jeder hat den Kampf gegen die BILD-Zeitung bisher verloren, in der kurzen Geschichte der Bundesrepublik und der BILD-Zeitung. Jeder, der ihn aufgenommen hat. Ob Politiker oder Intellektueller. Eine Plakatkampagne vielleicht. Ein rotes Plakat und nur ein Wort darauf, in riesigen, weißen Lettern:

ungeBILDet

Jetzt meinte er, er könne aufstehen. Er atmete bewusst ein, setzte seine Hände auf die Knie und stemmte sich in die Höhe, immer noch sehr behutsam und langsam. Wunder: Er konnte sich bewegen. Er war nicht gestorben. Ging die Stufen hoch und blieb vor ihrer Hotelzimmertür stehen.

Dreihundertdrei.

Sah nur die Null in der Mitte. Ein ovaler Kreis, an dessen Rand man für alle Zeiten entlang wandern konnte, ohne eine Entscheidung fällen zu müssen.

Fasste mit lückenloser Aufmerksamkeit den verchromten Drehknopf, öffnete die Tür mit mittlerer Geschwindigkeit und betrat den Raum zügig.

Er sagte den beiden, dass sie morgen nach München zurückkehren und nicht weiterreisen würden,

nicht nach New York

oder Lissabon

oder sonst wo hin.

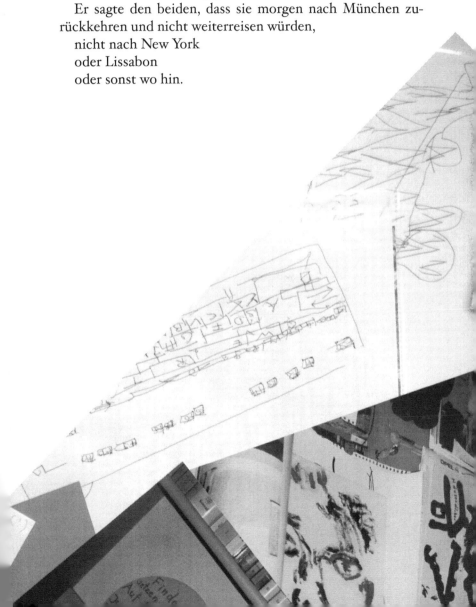

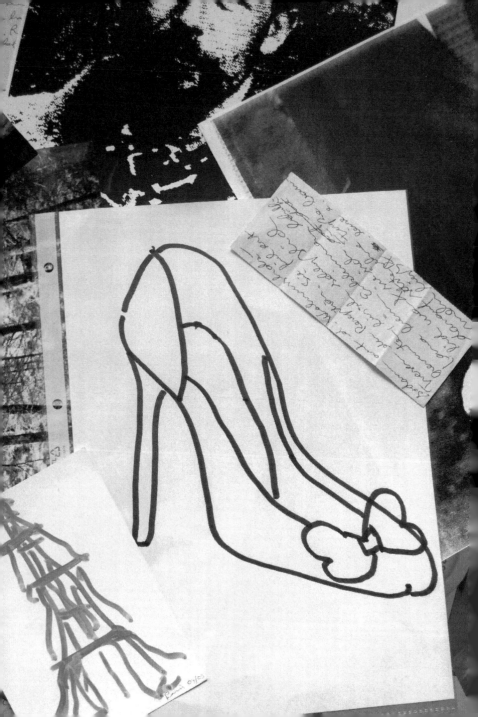

III

Von München zogen sie schließlich nach Berlin. Franz war mit Olga vorausgezogen, da Iana in München noch eine wichtige mündliche Prüfung für ihr Studium zu absolvieren gedachte und erst im Anschluss daran nachkommen wollte.

Franz arbeitete während der nächsten Wochen ununterbrochen an einer Romanidee. Schrieb ganze Kapitel, die er kurz darauf wieder verwarf. Entwarf einen Protagonisten, der zornig war und sensibel, unberechenbar und grausam. Er sollte hässlich sein, von nicht anziehender Art, kurz: unsympathisch. Und stolz, und sich etwas auf sich einbilden, und sein Leben müsste den Bach runtergehen. Deswegen. Franz schrieb immer am Vormittag. Er schrieb in einem hohen Zimmer einer Altbauwohnung in Berlin – Prenzlauer Berg. Dort saß er also immer am Vormittag an seinem Buch, und der Nachmittag sollte ihm und Olga gehören. Doch Letzteres brachte nicht das, was Franz vorgeschwebt war. Die Abwesenheit von Iana bewirkte einen fast dogmatischen Zustand der Fühl-, Denk- und Handlungsfähigkeit, sowohl bei ihr als auch bei ihm. Im Grunde nahmen sie sich nicht mehr wahr und waren sehr bald auch unfähig, sich als Paar zu betrachten. Also verhielten sie sich wie gute Freunde eben. Sie verbrachten die Nachmittage allein und mieden sich, wo es ging. Bis Iana nachkommen würde. Um wieder dieses Schweben herzustellen, wie sie es vor langer Zeit, lange vor Venedig, zu dritt empfunden hatten. Wann das sein würde, konnte keiner sagen. Olga nicht und Iana auch nicht. München war einfach zu weit weg. Am anderen Ende der A9. Eine Ewigkeit. Weit genug weg, dass Iana aus seinem Kopf verschwinden konnte, und nah genug um Franz Kappas Illusion zu bewahren, alles würde irgenwann einmal wieder so wie früher sein. Dreisamkeit. Keiner ohne den anderen.

Zu zweit, jetzt, das war unangenehm verbindlich, für ihn. Es fühlte sich falsch an. Und sie war sowieso seit Venedig eine andere. Olja schienen alle Dinge belanglos. Vor allem er. Sie sagte Franz nicht, woran es lag, und er fragte nicht danach.

Sie wären aneinander geraten.

Und das wollten sie nicht. Noch nicht.

Zunächst nannte er den Roman „Syntax". Doch der Titel sagte ihm nicht zu. Schließlich kam er zu „Schneeblind". Was ihm außerordentlich gefiel. Der Held des Romans war von Schneeblindheit geschlagen. Geblendet von zu viel **Schönheit**. Und weiter folgte er immerzu nur diesem hellsten und ihn unentwegt blendenden Licht.

Franz hatte das Gefühl, er schreibe recht passable Prosa. Romane hatte er bisher zwar nur drei oder vier gelesen, weil er von nichts beeinflusst werden wollte, das Schreiben hingegen entpuppte sich im Gegensatz zum öden Lesen als sehr viel aufregender. Wieder war alles möglich. Konnte alles geschrieben werden. Jede Sekunde. Und es war herrlich und tödlich zugleich. Es konnte so beängstigend sein, dass er stockte und auf die Straße eilte und ging und ging und erst Stunden danach wieder zur Ruhe kam und in die kleine Wohnung zurückkehrte. Die Wohnung war zwar im vierten Stock eines einst herrschaftlichen Bürgerhauses des **Fin de siècle**, aber für zwei Personen recht klein. Bezahlt wurde sie von den Resten der Tantieme für eine Fernsehshow, die Franz sich vor zwei Jahren ausgedacht und spontan an einen deutschen Privatsender gesandt hatte. Die Sendung wurde ein großer Publikumserfolg, und von den 0,35 % der Einnahmen aus der Fernsehshow konnte er seinen jetzigen Lebensunterhalt recht gut bestreiten – freilich nur einen einfachen Lebensstil. Seine Videoarbeiten, Objekte und Fotografien, die noch vor ein paar Monaten erschreckend hoch gehandelt wurden, brachten nichts mehr ein. Er versuchte noch einige der bekannteren Motive an einen kommerziellen Posterfabrikanten zu verkaufen, aber selbst der lehnte ab, weil ihm der Name Kappa „zu politisch" sei.

Olja hatte vor einem Monat mit dem Studium der Germanistik begonnen, ging seitdem nach den Vorlesungen und Seminaren regelmäßig in den großen Lesesaal der Staatsbibliothek und lernte dort bis in den Abend hinein. So war er die meiste Zeit allein, was ihm gerade recht kam und die nötige Muße zum Schreiben gab. Der Starrummel erschien ihm jetzt wie etwas, das er aufgrund der Schnelle der Zeit überhaupt nicht erlebt hatte, das ihm mit einem Mal weggerissen worden war, was er ebenfalls nicht erlebt hatte, da er von der einen auf die andere Sekunde abgeschrieben war. Und aus dem Gefühl heraus, dass er alles gar nicht wirklich erlebt hatte, sagte er sich jetzt, dass alles auch gar nicht geschehen sei. Er bemühte sich in der Zeit nach dem Bush-Flop, mit einigen öffentlichen Auftritten und Stellungnahmen den Schaden ein wenig einzudämmen, wollte sich aber keineswegs dafür entschuldigen beziehungsweise sich erklären. Nicht verstanden zu werden und ein Verblüffen zu erregen, war ja stets sein erklärtes Ziel gewesen, wodurch eine nachträgliche Erklärung seiner Kunstaktion im Grunde unmöglich war. Keiner hatte etwas kapiert, von ihm. Und nun lag sogar eine ganze Nation falsch. Als er noch nicht bekannt war, erkannten sie ihn nicht. Und jetzt erkannten sie ihn nicht nur, sondern verkannten ihn auch noch. Unterschied: Damals erkannte ihn keiner. Heute verkannte ihn jeder. Was war jetzt besser?! Sämtliche Interviewer lauerten nun nur noch einer Frage auf. Die Bush-Sache. Kappa ein *Ichhabegesündigt* zu entlocken. Was ihn so aufrieb, dass er schließlich sämtliche öffentlichen Auftritte und Stellungnahmen ablehnte. Mochte, konnte sich nicht mehr mit diesem Thema auseinandersetzen. Sagte sich, er habe sein höchstes Ziel erreicht: Totales Unverständnis.

Er führte einige weitere kleine Kunstaktionen durch, die durchwegs floppten, und gab kurz vor dem Start der letzten größeren plötzlich auf. Seine Zeichnungen und Bilder wurden in der Folgezeit von denselben Feuilletons, die früher in seinen Klecksen einen „Staatsstreich gegen die Malerei" erkannt hatten, nun als „bloße Wiederholungstaten" oder „ästhetisch kriminalisiert" angesehen.

Alles das kam ihm immer wieder blitzlichtartig zu Bewusstsein, während er dasaß und gerade keinen rechten Einfall hatte und auf die leere weiße Fläche auf dem Flachbildschirm seines Computers starrte. Bis ihm irgendwann ein Satz oder ein Wort zur Hilfe kamen und die Geschichte und seinen Anti-Helden weiterlaufen ließen. Er schrieb ein paar Sätze und geriet wieder ins Stocken. Es fehlte ihm ein Wort. Er suchte nach einer Bezeichnung, die den Zustand zwischen Angst und Erwartung beschrieb. Er versuchte, sich das Gefühl vorzustellen. Angstvolle Erwartung – nein. In Angst und Erwartung. Nein. Er versuchte sich zu erinnern, wann er dieses Gefühl das letzte Mal empfunden hatte. Gab es ein solches Gefühl überhaupt?! Hoffnung, die Angst machte. Vielleicht. Hoffnung gebar Angst? Das war zu pathetisch!

An manchen Tagen schrieb er auch ein Gedicht, wie etwa:

seeborreliose

*bilderbuch spätsommer tag sitzen auf
einer bank am see blick hinaus auf den
wellenlosen glattsee im silberschimmer
fahl licht rasende eng an der wasserober*

fläche mücken setzen ihre eier in das nass
hinein mit meinem menschenblut gesogen
fünf minuten zuvor an meiner dünnen wade
jucken kratzen wundervoller weitblick auf den
herzogstand abendfels tiefer zug von nikotin und
teer in meine lungenäderchen entspannen jetzt sein

das erste braune laub in diesem jahr unter meiner
bank das erste wird es schon herbst nein nein
das ist die kastanienminiermotte dreiundacht
zig eingeschleppt aus asien keine natürlichen
fressfeinde wer hat das schon auf erden die
macht kastanienblätter früher herbstreif
ist doch schön ein rascheln winzige
wühlmäuse die springen süß eine
glückliche zecke fällt von meiner
kniekehle auf den kies mit meinem

süßen warmen blut bis an den rand
gefüllt borrelia burgdorferi emigriert
zwischenzeitlich in meine blutlaufbahn
übernimmt meine ländereien und höfe im
handumdrehen lehne mich zurück bewundere
den frieden und die schönheit der sanften natur
nur der mensch der mensch der verhält sich schlecht!

Franz fand sein Gedicht fürchterlich und bemerkte indessen, dass es kalt geworden war im Zimmer. Und er ging zum weit geöffneten Fenster, um es zu schließen. Draußen dämmerte es bereits. Ein kühler Herbstabend begann, und er dachte daran, wie er früher immer mit Iana und Olja nächtelang unterwegs gewesen war.

Olga war eine große Romanleserin und hatte sämtliche Klassiker europäischer Schreibkunst schon lange durch. Indessen glaubte sie nicht an Franz als Schriftsteller. Was wird geschehen, wenn er von seiner Illusion erwacht und erkennen muss, dass er keinen Roman schreiben kann?! Einmal hatte sie heimlich seine Dateien durchstöbert und darin gelesen – was er ihr sonst untersagte - in seinem großen Roman. Das Problem: Er konnte keine Geschichte erzählen. Handlung war nicht vorhanden. Nur immer ein Beschreiben-Wollen von etwas, das er nicht benennen wollte und das er nicht benennen durfte. Nichts geschah in diesem Roman. Alles drehte sich ausschließlich um den großartigen Kappaschen Nullpunkt, das Nicht-Sagen.

Auch hatte sie bemerkt, dass sich seit seiner künstlerischen Niederlage an ihm etwas verändert hatte. Hinsichtlich seiner Verrücktheit. Sie dachte, dass er sie eingebüßt hatte, diese Verrücktheit. Und sich nicht mehr traute, wahrhaft verrückt zu sein. An den wenigen Tagen, an denen sie gemeinsam in ihrem Bett fernsahen, versuchte Olja von Zeit zu Zeit, ihn zu provozieren. Um etwas von dieser altbekannten Nonchalance und seiner untrüglichen Chuzpe herauszukitzeln. Was er aber immer gleich als Beleidigung auffasste und dann stundenlang ausschwitzte.

Wenn sie ihn gerade nicht provozierte oder provoziert hatte, waren die verschwiegenen, gemeinsamen Abende vor dem Fernseher jedoch noch das Erträglichste und Authentischste in ihrer Beziehung. Ganz selten sagte Olja etwas. Und sie sagte es immer dann, wenn im Film gerade etwas Wichtiges gesprochen wurde, befand zumindest Franz. Gerade dann, wenn aufgeklärt wurde, wer den Mord begangen hatte und, was noch bedeutender war, auf welche Art und Weise er es getan hatte. Oder als der Zeuge befragt wurde, dessen Aussage den ganzen Fall auf den Kopf stellte, mit nur einem Satz. Aber während dieses Satzes redete sie. Nur das fiel Franz Kappa auf, nur das.

Es hatte sich ein neuer mimischer Aspekt in sein Gesicht eingeschmuggelt, eine kleine Falte, schmal, fast unmerklich, zwischen den Augenbrauen, horizontal, eine winzige Verkrampfung. Doch sie löschte dieses Unzerknirschte, das Heroische, das früher immer in sein Gesicht geschrieben stand. Zukunftsangst. Das war das Wort. Er hatte es. Zukunftsangst. Sein Anti-Held litt unter schwerer Zukunftsangst. Er speicherte die Datei ab, schloss das Schreibprogramm und fuhr den Computer herunter. Er streckte sich aus, stöhnte laut und stand dann langsam von seinem Stuhl auf. Olga war bereits vor zwei Stunden heimgekommen. Jetzt wollte er sie begrüßen.

„Hi."

„Grüß dich!"

„Wie war´s?!"

„Was??"

„Die ... deine ... deine Vorlesung."

„Meine ... meine."

„Jetzt sag!"

„Nichts Besonderes."

„Nein?"

„Nein. Was soll daran interessant sein?"

„Ich weiß nicht. Ich weiß ja nicht, was ihr gerade macht. Welchen Roman ihr gerade durchnehmt.

Ihr besprecht doch Romane, oder!? Du studierst doch Germanistik, oder liege ich da falsch!?"

„Nein. Ich glaube, du liegst nicht falsch. Und du?

Du schreibst doch Romane, oder liege ich da falsch?"

„Nein. Das tust du nicht."

„Ah, wusste ich´s doch. Dann erzähl mal!"

„Was."

„Von deinen Romanen."

„Ich rede nicht über meinen Roman.

Das weißt du genau. Ich will nicht darüber reden.

Weil ich nicht darüber reden kann."

Olga griff zu ihrer Zigarettenschachtel und zündete sich fahrig eine Zigarette an. Franz verzog missbilligend das Gesicht. Sie öffnete ihr Fenster, um den Rauch nach draußen ziehen zu lassen, drehte Franz den Rücken zu, sah in den Himmel hinaus und sagte:

„Gehen wir heute aus?!"

„Jetzt hab ich keine Lust mehr!" F.

„Och, jetzt bist du beleidigt." O.

„Nee. Ich will einfach nicht mehr ausgehen." F.

Er ging in sein Zimmer zurück und schaltete den Computer wieder ein. Er glotzte auf die sich aufbauenden, bunten Programmsymbole, als Olja hereinkam und sagte: „Wir gehen aus. Komm, wir gehen aus. Du willst ausgehen. Ich weiß es. Und du musst es. Du musst diesen verdammten Computer ausschalten und rausgehen, zusammen mit mir. Wir können das noch!"

„Klar." Er lehnte sich zurück und seufzte leise. „Wahrscheinlich ist es dieser verreckte Scheißroman." Er zog Olga zu sich auf den Schoß, umfasste mit beiden Händen ihre Wangen, zog ihren Kopf nahe zu seinem und küsste sie auf den Mund, kräftig und schnell. Sie zog blitzartig ihren Kopf zurück und meinte:

„Warum liest du nicht einfach Romane?!

Warum musst du sie auch noch schreiben!?"

Er antwortete nicht und bewegte den Maus-Pfeil auf `Beenden´.

„Man muss keinen Roman geschrieben haben, um gut

leben zu können!" Sie fasste sein linkes Ohr an und begann daran herumzukneten.

„Man muss nicht. Ich schon. Ich kann nicht anders. Es will es so. Es ist stärker."

Als Olja sein Ohr sanfter massierte, ließ er seinen Kopf langsam nach unten sinken. „Ich werde nicht in die Analen der Kunstgeschichte als Fußnote eingehen. Und mit der darstellenden Kunst bin ich durch." Er drückte sein Kinn bis an die Brust. „Was bleibt mir also?! Die Musik, die Poesie und die Literatur. Singen kann ich nicht, für die Poesie bin ich zu grobkörnig, und Prosa, Prosa ist noch das Letzte, was mir bleibt."

„Und ich -"

„Ja?"

Das Lachen, das für ihn immer eine Art Entbergung der Wahrheit gewesen war, die hinter den Dingen schlummerte, den falschen Dingen und den vermeintlich falschen Menschen, vermeintlich, weil sie nicht wussten, dass sie falschlagen, verstummte. Vielleicht kann man sagen, Franz Kappa hatte aufgehört, belächelt werden zu wollen. Hatte den Zenith, der dem zugesichert war, der als Letzter lachte, der jederzeit und über alles lachen konnte, verlassen und die Majestät des Verstehens, die hinter allem Lachen steckte, eingebüßt. Sein neues, erklärtes Ziel: keine Wolken mehr schieben oder Luftdome bauen, keine gigantischen Luftschiffe in den Himmel mehr losschicken. Er würde sich von jetzt an mit Bodenhaltung beschäftigen, mit der Bodenhaltung seiner Ideen und überhaupt seines ganzen weiteren Lebens. Seine Lebensform als Narr sah er für beendet an. Denn er war zwar ein Idiot, aber er war kein Vollidiot. Der Hofnarr hatte seinen König verloren. Und vor wem sollte er dann noch spielen. Wem seine Sprünge und seine Tänze und seine Lieder darbieten.

Doch wohin war der König gegangen?
Weiß ich nicht - es ist mir auch egal!

Der kleine, goldbraune Irisch-Setter rannte vom schmalen Uferpfad ins dichte Unterholz. Olga und Franz hatten ihn irgendwann einmal im Tierheim abgeholt, um ihn auszuführen, und dann ins Herz geschlossen. Jetzt war Olga meistens allein, wenn sie ihn abholte.

Sie bückte sich, um zu sehen, wo er blieb, und rief ihn. „Bobik!!" Dann sah sie eine Bank direkt am Ufer des Sees und setzte sich. Sie holte ihre Zigarettenschachtel heraus und suchte in ihrer Tasche nach dem Feuerzeug. Er war schließlich doch nicht mitgekommen. Hatte wieder den Computer hochgefahren und seine Schreibarbeit fortgesetzt. Sie war nicht mal wütend gewesen, sondern entschied sich für einen ausgedehnten Spaziergang am Plötzensee, wollte sich dann später etwas Schönes zu essen machen und vor dem Schlafen noch das klausurrelevante Kapitel „Lexikalische Verwandtschaft und Mehrdeutigkeit" lesen. In einigen Tagen war mündliche Prüfung.

Sie sah zum See hinaus, hauchte den Zigarettenrauch in die Ruhe, die sie umgab und dachte, dass hinter den Bäumen die Stadt lag. Und dann versuchte sie sich vorzustellen, dass weit und breit keine Stadt war. Dass sie in einem riesigen, einsamen und unwegsamen Naturpark auf einer erdachten Bank saß und auf einen See hinaus sah. Die Wasseroberfläche des Sees stand. Nicht die geringste Bewegung erkennbar. Damals, an ihrem ersten Tag mit dem Hund aus dem Tierheim, flogen Stechmücken in großen Schwärmen knapp über dem Wasser, um dort Larveneier abzulegen.

Sie beobachtete, wie eine Gruppe von Stockenten, die am hinteren Rand des Sees aufstieg, in sehr große Höhe flog, dann plötzlich wendete, wieder Richtung See flog, dann abermals die Richtung änderte und schließlich am Rand des linken, mit jungen Föhren bestandenen Seeufers wieder auf dem Wasser aufsetzte. Sie dachte nicht, sie beobachtete nur. Etwa wie am rechten, baumlosen Seeufer in weiter Entfernung jemand einen Stock ins Wasser warf und daraufhin ein großer, dunkler Hund hinterher sprang und lange durchs Wasser paddelte, zum Stock hin und wieder zurück. Er schien den Stock nicht zu finden. Sie hatte sogar ihren Hund dabei völlig vergessen und die Zigarette, die sie in der Hand hielt, als eine Schnauze ihre Waden anstupste, und Olja sogleich rief:

„Bobik!! Du solltest auch mal ins Wasser. Wie der brave Hund da drüben. Aber du bist zu sehr ein Angsthase, ja!?"

Sie führte die Hand, in der sie die Zigarette hielt, zu ihren Lippen, um einen Zug zu nehmen, und sah das lange Ascheteil. Klopfte ab und nahm den Zug. Der Hund am rechten Ufer hatte den Stock ans Ufer getragen und schüttelte sein Fell aus. Die winzigen Wassertröpfchen, die von seinem Körper stoben, fingen das letzte Sonnenlicht ein, leuchteten, umgaben den Hund mit einem Strahlennimbus. Er ließ den Stock auf die Wiese fallen. Olga dachte daran, dass sich fünf Prozent der Berliner Pärchen kennengelernt hatten, nachdem sie mit ihren Hunden Gassi gegangen waren. Hatte sie in einem Stadtmagazin gelesen. Die Menschen sahen den Tieren zu, wie die sich kennenlernten und taten dann dasselbe. Sie führten ihre Hunde aus, nur um sich dem Instinkt ihrer eigenen Tiere zu überlassen. Auf dass sie passende Hunde mit passenden Besitzern fänden und ihre Besitzer damit dem bedeutungslosen Single-Leben in einer kalten Großstadt ein Ende setzen konnten.

„Komm. Spring rein!"

Olga stand auf, nahm einen Stock in die Hand und warf ihn ins Wasser.

„Los. Hinterher."

Der kleine Irisch-Setter sprang immerzu an Olja hoch.

„Du musst ins Wasser. Hinein ins kalte Wasser."

Sie setzte sich wieder auf die Bank.

„Ach, Bobik. Du taugst einfach nichts."

Weil sie dessen entferntes Rauschen wahrzunehmen glaubte, erinnerte ich Olga daran, dass sie nun in Berlin lebte. Als fiele es ihr jetzt zum ersten Mal auf. Und dass sie die Stadt eigentlich furchtbar fand. Berlin war dermaßen selbstverachtend und selbstverletzend. Wollte sich nicht und andere eigentlich auch nicht. War kaputtmacherisch, mürrisch. Alt, so alt und weit und verloren. Dermaßen vernarbt und zu oft schon vernäht. Es gab da nur den Namen, **Berlin**, und dessen Klang. Sie zogen alle nur wegen des Namens hierher. München hingegen war für O. vital gewesen, und kraftvoll und frisch. Berlin abgetakelt, eine alte... es war keine Stadt, sondern der Versuch einer solchen. Der andauernd fehlschlug. Auch lag sie schlichtweg am falschen Ort, am falschen Ort gegründet. Während der Mauer schon. Da wusste sie nicht, wo sie hingehörte, und jetzt wusste sie es auch nicht. Jetzt wusste sie es erst recht nicht. Olga dachte darüber nach, was Berlin in ihr erzeugte. Sie strich behutsam über das weiche Fell des kleinen Köters und dachte, **Mitleid**. Berlin erzeugte Mitleid in ihr.

Sie war von der Bank aufgestanden und den sandigen, weichen Uferweg ein kleines Stück weitergegangen, als sie einen sorgsam zusammengefalteten Papierbogen aus ihrer inneren Manteltasche herausnahm und während des Gehens entfaltete. Es war ein Brief von Iana. Olga las ihn, während sie ging. Ihr Gesichtsausdruck war sehr ernst. Ihre Augen rannten immer wieder über die gleiche Stelle. Ihr Hund sprang winselnd und aufdringlich an ihrem Bein hoch. Olga ignorierte ihn und ging weiter. Als er zu kläffen begann, gewann sie ihre Geistesgegenwart zurück. Er stand am Ufer und kläffte einen großen Schwan an, der gerade in stolzer Haltung aus dem Wasser ans Ufer kam. Der Schwan fauchte den kleinen Hund an, öffnete dabei halb seinen Schnabel und zeigte seine orange Zunge. Bobik bellte wie ein Wahnsinniger. Sie hielt den Briefbogen ruckartig höher, als wolle sie ihn vor Hund und Schwan schützen, und rief Bobik zurück. Als er kam, hatte sie Lust, selber ein bisschen auf den Schwan zuzugehen, um zu sehen, was er tun würde. Sie trat auf ihn zu und zeigte ihm die Zähne und fauchte ebenfalls. Der Schwan ließ seinen kabelartigen weißen Hals nach vorne schnellen und biss nach ihr. Olga wich zurück und beschimpfte ihn mit zischlautartigen, russischen Schimpfworten. Alsdann fand sie ihr Verhalten lächerlich, wandte sich um und ging mit ihrem Hund weiter, der sie nun als Alphatier akzeptiert zu haben schien, so wie er bei Fuß lief. Sie hatte immer noch den Brief in der Hand und sagte zu Bobik: „Jetzt hast du mich wieder abgelenkt. Siehst du!" Sie überlas die Stelle nochmals, legte den Briefbogen wieder an den gefalteten Stellen sehr langsam und konzentriert zusammen und steckte ihn in die innere Manteltasche.

Es war bereits dunkel, als sie kehrtmachte und Richtung Trambahn zurückging. Und wie es mit der Dunkelheit zusehends kühler wurde, dachte sie, dass bald Winter sein würde und dann Schnee fiele. Auf alles. Weißer Schnee. Und sie freute sich auf den Winter. Und sie freute sich darauf, dass es bald sehr kalt sein würde und man sich dick einmummen musste und die Luft, die man atmete, spüren würde, wie Wasser, das man trinkt, weil sie so kalt war und so rein – gefühlsmäßig. Kalt und rein gehörten zusammen für sie.

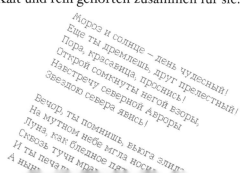

Мороз и солнце – день чудесный!
Еще ты дремлешь, друг прелестный!
Пора, красавица, проснись!
Открой сомкнуты негой взоры,
Навстречу северной Авроры
Звездою севера явись!

Вечор, ты помнишь, вьюга злилась,
На мутном небе мгла носилась;
Луна, как бледное пятно,
Сквозь тучи мрачные желтела,
И ты печальная сидела –
А нынче...

Nachdem Olga die Wohnungstür aufgeschlossen hatte, klopfte sie ihre Schuhe auf dem zerfledderten Fußabstreifer ab, und Sand fiel heraus. In der Küche dann hörte sie, dass Franz immer noch schrieb, sie hörte das leise, zarte Klicken der Computertastatur und spürte die angestrengte Stille, die sich immer aufbaute, wenn er arbeitete. Wie eine Diktatur, jeder Aufstand zwecklos. Eine Atmosphäre, die sie nicht zum ersten Mal hasste, ja, verabscheute und gerne mit einem Voodoo-Zauber für alle Zeiten verscheucht hätte. Am liebsten geschrieen hätte sie, gegen diese stille Wand, wie eine moderne Furie, geschrieen und getönt und sich lächerlich gemacht. Sie wusste aber genau, dass selbst das seiner Gedankendiktatur nicht zu imponieren vermochte. Und als Franz gerade das Dokument abspeicherte, hörte er, dass Olga zurückgekommen war, und er dachte abermals über seine Romanentscheidung nach. Den Protagonisten einen Mord begehen zu lassen. Und er mochte die Idee. Auch sollte es nicht irgendein Mord sein. Kein Mord aus Habgier oder Verzweiflung, kein Racheakt oder Auftragsmord. Ein normaler Mord nicht. Es sollte anders laufen. Sein Protagonist brachte jemanden grundlos um. Grundloser Mord. Oder besser: ein unsinniger. Richtig. Ein unsinniger Mord. Bar jeden Sinns. Seine Romanfigur wollte damit zeigen, dass etwas auch ohne Gründe geschehen konnte. Bei einem Mord, der doch etwas sehr Gewichtiges war, oder sagen wir Einschneidendes, musste, das verlangte die Volks- oder Leserseele, auch ein nicht unerheblicher Grund her. Eine große Ursache. Mit gräulicher Wirkung eben. Das herrliche alte Ursache-Wirkungs-Ding. Was war eingängiger für normale Hirne als eine ordentliche, eine feine, klare Ursache. Ein Grund.

Und der wurde nun verweigert. Haha. Der Protagonist handelte in einer Art mystischer Gleichgültigkeit.

Sancta indifferentia.

Er war erhoben über das Schema der Welt. Das der Begründung. Grausam. Keine Frage. Aber vielleicht nur auf diese Art vermittelbar. Schließlich war es nicht bloß ein beziehungsloser Einfall, eine Laune des späten Nachmittags, das mit dem grundlosen Mord. Sie war Franz geläufig, diese Erhabenheit über das Weltliche. Sie war der Moment, in dem er seine besten Werke geschaffen hatte. Und sie war das, weshalb er noch lebte. Und sie war unfassbar. Genauso unfassbar wie ein Kerl, der einfach jemanden umbrachte, derselbe Irrsinn, dieselbe Unlogik, die gleiche Freiheit.

Franz war so zufrieden wie schon lange nicht mehr. Er wusste jetzt, dass das der Roman war. Jetzt wollte er sogleich etwas unternehmen mit Olga. Ende des Fluchs – vorerst.

Franz ging zu Olga in die Küche, und sie begannen zu streiten. Olga saß am Tisch, über ihrem Essen, Franz hatte sich ein Flaschenbier aufgemacht, und sie stritten. Während sie ihn angriff, konnte sie weiter essen. Er bekam nicht mal einen Schluck von seinem Bier herunter. Die Auftaktsattacke ging von ihr aus. Ob er vielleicht nicht noch mal zurück an seinen Computer wolle. Ignorierte ihren Ausspruch, blieb völlig ruhig. Aber nicht für sie. Sie sah es. Er war immer schon lesbar gewesen, wie ein Buch. Sie: Du bist beleidigt. Er: Nein. Sie: Doch. Er: Ich bin nicht beleidigt. Und er versuchte zu beweisen, dass er nicht beleidigt war und fragte sie interessiert, wo sie gewesen sei, vorhin.

Draußen.

Aha.

Ja?

Was ja.

Sie sagte, dass sie den Hund ausgeführt habe, weil er das ja nie tue. Franz sah sie wie der Teufel an und rastete aus. Was sie für eine gemeine Sau sei.

Eine Sau?!

Ja. Eine Sau.

Und er erklärte, sie lege es darauf an zu streiten. Sie halte keinen Tag aus ohne Streitereien. Und er habe es satt –

Satt!!?

Ja, satt.

Ich auch!!!

Du auch?

Sie verwendete seinen Affront. Er war nicht darauf vorbereitet. Sie war zu schnell. Nahm sogar noch einen Bissen von ihrem Tofu-Steak.

Hatte sie ihn wirklich satt, dachte er, dann... dann sollte er sicherheitshalber vielleicht doch wieder ein bisschen zugehen, auf sie, nachprüfen, ob sie es womöglich ernst meinte. Lächelte sie also verschmitzt an, sagend: Lass uns doch aufhören mit dem Blödsinn! Und in genau diesen offenen Gesichtsausdruck hinein, in diese kurze Schwäche seinerseits, stach sie nun mit einem schnellen und deutlichen und vernichtenden Du-kannst-mich-mal!, sah auf ihr Essen, zerschnitt die großen Salatblätter auf ihrem Teller und tunkte sie bedächtig in das fettarme Dressing. Franz wollte aufspringen, von seinem Stuhl und ihr in die Seite schlagen. Dermaßen perfekt war die Verwundung. Was er jetzt auch tun oder sagen würde, war bereits beschlossene Niederlage. Sie war unverwundbar, wie sie da aß. Wie sie die aufgespießten Salatblätter andächtig zum Mund führte und nicht einmal aufsah oder in irgendeiner Weise den Anschein erweckte, zu zweifeln, nachgeben zu können oder falsch zu liegen.

Bitte!!

Versuch der Mitleidserweckung.

Bitte, Olga...

Er duckte sich ein wenig, senkte die Schultern nach vorne und rückte seine Gesichtsfläche in ihre Nähe. Doch sie sah nicht einmal auf. Sie war mit ihrem Bio-Tofu beschäftigt. Sie kümmerte sich um ihn. Umsorgte ihn. Liebevoll.

Und Franz sah, wie jeder Bissen in ihrem Mund verschwand, und er fand es grausam, und er dachte an Thomas Manns Ausspruch, der schlanke Frauenarm sei auch nichts anderes als die Kralle des Urvogels und die Brustflosse des Fisches, oder so ähnlich. Beschäftigte sich schließlich gerade mit Manns Fähigkeit, unendlich fabulieren und schwadronieren zu können, jeden Füllfederhalter oder jeden Jackettknopf bis ins Kleinste zu beschreiben, was ihm, Franz Kappa, misslang, und was er anstrebte, einfach dahererzählen zu können, also zu schwatzen, ja, Mannsche Geschwätzigkeit. Er schrieb zu sehr am Eigentlichen, hatte nur das Absolute im Fokus. Trotzdem sah und sah Olga nicht auf. Und diese bereits zweite äußerst rabiate Abschlagung seines Friedensangebotes war jetzt zu viel. Er warf im Aufstehen kraftvoll den Stuhl um, raste mit seinem Kopf auf ihren zu und schrie: „Du dumme Drecksau!", trat nach dem auf dem Boden liegenden Stuhl, schrie noch lauter: „Du bist ein so gemeines Schwein!", bis sie Messer und Gabel hinlegte, ihn kurz ansah, oder besser musterte, mit dem Blick einer völlig Fremden, einer Person, die ihm und der auch er zuvor noch nie begegnet war, ihren Teller nahm, ihn zum Spülbecken brachte und mit ruhiger und gefasster Stimme erwiderte, während sie den halbvollen Teller ins Spülbecken stellte: „Ok! Das war´s", haarscharf an ihm vorbei in ihr Zimmer ging und die Tür hinter sich abriegelte. Er trampelte auf eine Stelle auf dem Küchenboden ein, wimmerte weinerlich, schrie dann grollend wie ein Vieh, ging zu ihrer Tür, schlug mit der flachen Handfläche dagegen und schrie: „Wenn du jetzt nicht sofort – auf der Stelle – herauskommst und aufmachst, dann ... dann schlag ich die Tür ein ... ich schlage sie ein. Ich schwöre es dir. Ich schlag die Türe ein. Es ist mir egal. Mir ist alles egal. Du bist. Ich schlag. Ich schlag sie ein. Mach die Scheißtür auf. Du. Du. Du machst jetzt auf. Hast du mich verstanden. Ich bin nicht dein Vollidiot. Ich bin nicht dein scheiß Vollidiot. Du glaubst wohl, ich sei ein Vollidiot. Ich bin auch ein Mensch, hörst du!"

Er schlug mit dem Fuß gegen die Tür, nicht fest jedoch. Hatte der Materie noch nie etwas antun können und schonte Dinge, wo er nur konnte. Im Leben hätte er keine Tür eintreten können. Er lehnte sich mit dem Rücken gegen sie und ließ sich langsam an ihrem glatten, hellen Holz nach unten sinken. Er begann zu weinen. Saß gegen die Tür gekauert und hechelte eselig. Doch dass sie es nicht hören konnte. Und er hasste sie so tiefsinnig in diesem Moment, so ehrlich, dass er sie hätte zerstückeln können und danach noch erwürgen und davor erschlagen.

Die Ruhe, die in dem verschlossenen Zimmer herrschte und die er genau abhörte, auf den geringsten Laut, auf einen Hinweis, auf einen Fehler, der nicht eintrat, diese Ruhe zerschnitt ihn. Mit größter Wahrscheinlichkeit achtete sie aufs Penibelste darauf, keinen Laut zu erzeugen. Um zu dominieren. Ihn zu dominieren. Das heißt, im Unklaren zu lassen, was sie jetzt tat. Ob sie verzweifelte oder nur eine Zeitschrift las, ob sie gerade das Fenster öffnete, um herauszuspringen, oder ob er ihr vollkommen gleichgültig war. Dieses Nichtwissen war in diesem Moment die perfideste Form der Streitfolter. Für ihn zumindest, denn Franz reagierte immer nur auf andere. Selbst agierte er nicht – im sozialen Kontext. Also musste er nun auch exakt wissen, wie Olga momentan handelte, um effektiv darauf antworten zu können. Da war auch ein kurzer Moment, in dem er beinahe laut aufgeschrieen hätte, als er im Türrahmen kauerte, ein Moment also, in dem er beinahe gehandelt hätte, von sich aus. Doch er besann sich, schluckte den geheulten Schleim herunter und fragte mit leiser Stimme: „Was machst du??"

Am nächsten Morgen fuhr Olga alleine zum Lehrter Bahnhof, um Iana abzuholen. Franz wusste nichts davon. Olga und Iana hatten ein Treffen in Berlin vereinbart, nachdem sie sich bereits seit längerem Briefe geschrieben hatten, mehrseitige, ausführliche, innige Briefe. Manchmal schickte eine der beiden sogar zwei Briefe am selben Tag weg, oder die andere antwortete, obwohl der Brief der einen noch nicht mal von der Post zugestellt worden war. Weshalb sie angefangen hatten, sich gegenseitig Briefe zu schreiben, war beiden anfangs relativ unklar gewesen. Die Briefe hatten zunächst keinen bestimmten Zweck. Es war, als wäre das Briefeschreiben eine ganz natürliche und selbstverständliche Fortsetzung ihres früheren Lebens, das sie auf diese Weise irgendwie wieder herzustellen versuchten. Und solange sie sich schrieben, war diese Illusion intakt. Über Franz wurde anfänglich kein Wort gewechselt. Er kam nicht vor, in keiner einzigen Zeile. Sie wussten, dass sonst das Ganze sehr schnell wieder hätte zerstört sein können. Mit der Zeit aber begannen sie sich auch über ihn auszutauschen, und sie waren sich einig, dass er nicht mehr auszuhalten war und es das Beste sei, sie träten vollständig aus seinem Leben, damit er das seine vollends seiner einzigen wahren Liebe hingeben konnte, der Kunst. Auch begannen sich die beiden Frauen durch die stockende und springende Form des brieflichen Zwiegesprächs näher kennenzulernen und bemerkten dabei, dass sie sich noch gar nicht gekannt hatten. Nicht in München, nicht in Rouen oder Prag und nicht in Venedig. Bereits öfter hatten sie ein Treffen vereinbart, aber im letzten Moment immer wieder verschoben. Außerdem war nicht klar, ob München oder Berlin. Und nun war es also Berlin, weil Iana die Museumsinsel sehen wollte.

Als Olga Iana am neuen Berliner Hauptbahnhof abholte – sie kam mit dem ICE am obersten Gleis, direkt unter der gläsernen Kuppel an – stand sie zufällig genau dort, wo Iana aus dem Zug ausstieg. Sie umarmten sich so heftig und so lange, dass sie, als sie sich schließlich umsahen, plötzlich ganz allein am Bahngleis standen und bereits wieder die Einfahrt eines anderen Zuges per Lautsprecher ausgerufen wurde. Als sie sich wieder losließen, lächelten sie sich leicht beschämt an, und Iana gab Olga einen kurzen Kuss auf den Mund.

Auf dem Weg zur Museumsinsel nahm Iana Olga an die Hand und ließ sie nicht mehr los. Und Olga musste nur an diese Hand denken und sah nichts von der Stadt und spürte sie und spürte sie. Iana wirkte nach all der Zeit nicht verzagt, wie Olga es erwartet hatte. Im Gegenteil, sie war souverän und überlegen, lachte weniger als früher und ging fester, das heißt, sie trat fester auf. Olga an der Hand haltend, sprach sie fast nichts. Was Olga wiederum verunsicherte und dazu brachte, ununterbrochen zu reden. Iana schmunzelte dabei immer siegessicher, in gewisser Weise, ja. Ein unmerkliches Lächeln, mit einer Brise Überheblichkeit. Olga erklärte ihr alles, was sie von der Stadt wusste, in der sie nun lebte und studierte, vom unglücklichen Abriss des Palasts der Republik, vom Verein zum Wiederaufbau des Berliner Schlosses, von Hegels Grab auf dem Dorotheenstädtischen Friedhof oder dem kleinen Café gegenüber der jüdischen Schule in Berlin-Mitte, von den Inkneipen in der Oderberger Straße und von den Sessions der Trommler und Jongleure im Mauerpark. Iana schien nicht interessiert. Als Olja dies merkte, stockte sie kurz und fragte dann:

„Was meintest du eigentlich in deinem letzten Brief?!"

„Was denn?" I.

„Ja du weißt schon. Du weißt doch, oder nicht?"

„Nein."

„Stelle dich nicht zu blöd an.

Du weißt genau, was ich meine." O.

„Nein, ich weiß es nicht. Ich weiß es wirklich nicht."

248

„Dann werde ich es dir auch nicht erklären!"

„Doch. Das musst du, Olja. Sag´s mir.

Was hab ich geschrieben?" I.

„Du musst es selber wissen!"

„Ach das meinst du!" Iana, plötzlich.

„Ja. Das."

„Wie hast du es denn aufgefasst!?" I.

„Ich weiß nicht. Es kommt doch darauf an,

wie du es gemeint hast."

„Blödsinn! Die Frage ist doch,

wie du es aufgefasst hast." Iana, angreifend.

„Nein. Wie du es gemeint hast. Das ist die Frage."

„Hm."

„Du wolltest, dass ich es auf eine bestimmte Weise auffasse.

Gib es zu!!" Olja, unsicher.

„Nein. Ich wollte gar nichts."

„Das glaube ich dir nicht."

„Vielleicht reden wir ja nicht über dieselbe Stelle!" I.

„Doch, wir reden schon über die!"

„Welche?!" Iana, schneller gehend.

„Das weißt du selbst."

„Na ja. Ich weiß nicht. Ich ahne es." Iana, wegsehend.

„Siehst du, und warum ahnst du es!?"

„Ich ich ich. Du machst mich ganz wahnsinnig." I., laut

Olga hatte Ianas Hand losgelassen und war stehen geblieben. Iana blieb auch stehen und sah Olga lange an. Dann sagte sie: „Du hast schon Recht, wenn du denkst, was ich denken könnte."

„Ja?" Olja.

„Ja."

„Ich denke es manchmal auch." O., sehr vorsichtig.

„Ja?"

„Ich habe es schon oft gedacht." O.

„Wirklich?"

„Ja, wirklich."

Der Himmel über Berlin war vanille. Er war weit, und die Wolkenbänder standen sehr hoch und bildeten rippenförmige Raster bis zum Horizont aus. Aber nur zu einer Seite hin. Denn der Himmel war geteilt. Auf der anderen Seite beherrschte ein dünner, zarter Wolkenschleier die gesamte Stratosphäre. Zur wellenförmigen Seite hin hatte er eine fast sogartige Tiefenwirkung. Zu mild war es für die Jahreszeit, und zahlreiche Passanten liefen in kurzen Hemden und T-Shirts umher, um durch die Darstellung ihrer Vitalität die Vortrefflichkeit ihrer Gene zum Ausdruck zu bringen. Höchstwahrscheinlich sollte es einer der schönsten Tage des Herbstes werden. Olga und Iana hatten sich ins Café Weltempfänger gesetzt. An einen Tisch in der Sonne. Iana wollte noch nicht ins Museum. Und als sie ihre Getränke bekamen, meinte Iana plötzlich:

„Was würdest du denn davon halten, wenn ich nach Berlin zöge und nur du davon wissen würdest?"

„Nur ich!" Dumpf.

„Ja, nur du. Liebe Olga. Nur du."

„Natürlich. Ich fände es wunderschön..."

„Ich ziehe aber nur hierher, wenn du das von mir verlangst! Ausdrücklich. Und du mich jeden Tag besuchen kommst, in meiner Wohnung, und Franz gar nichts davon wissen wird."

Olga nahm einen Schluck von ihrem Latte Macchiato, stierte auf die runde, metallene Tischplatte und wischte die winzigen Brotkrumen, die schon auf dem Tisch lagen, als sie sich hingesetzt hatten, von der Platte. Dann zog sie ihre Kaffeetasse zu sich heran und platzierte den kleinen, schweren Metalllöffel, dessen Oberfläche stark zerkratzt war, direkt neben ihrer Tasse. Iana kramte ihre Zigarettenschachtel aus der Handtasche, zündete sich sehr hastig eine Zigarette an, lehnte sich in den niedrigen, unbequemen Metallstuhl zurück und sah Olja an. Olja sah von ihrer Tasse auf, Iana in die Augen, und meinte: „Ich will das."

Gerade schrieb Franz an seinem Roman „Syntax". Er war vollkommen in den Prozess des Schreibens eingedrungen, lebte dort und musste nur noch den Spuren der Figuren folgen. Denn im Grunde taten die, was sie wollten. Er musste es nur noch abschreiben. Und so beschrieb er gerade die Stelle der Geschichte, an der der Protagonist in seinem alten Wagen dem neuen Wagen der Person folgt, die er als Opfer gewählt hat, auf der Autobahn, Richtung Alpen. Das Opfer unternimmt alleine einen Wanderausflug auf die Benediktenwand. Dort wird er es dann hinter sich bringen, oben, auf dem Berg:

Verfolge ihren Wagen
Ausfahrt
Ortsschilder
Blaues Land
Paar Seen
Nicht übersehbare Berge
Überall
Wo man hinsah
Echt schön
Blau dazwischen
Himmel
Reinste Kerosinstreifen
Von Flugzeugen
Ganz klar
Wie mit Pinsel
Riesenkreuz
Entstand gerade
Oben

Zwei Linienflüge
Die sich kreuzten
Als sie einbog
Auf den Wanderparkplatz
Kann sie nicht gesehen haben
Ich beobachte den Himmel immer
Riesenkreuz
Zwei Streifen längs
Zwei quer
Jetzt in Auflösung begriffen
Keine Autos
Auf dem Parkplatz
Ideal
Ihr letzter Tag
Heute
Zieht sich ewig an
Flies
Jacke
Das ganze Klump
Braucht doch kein Mensch
Ich hasse das
Den Ausrüstungswahn
Und diese Geilheit
Wie sie es sich langsam anlegen
Wie mit Liebe
Für Dinge
Klick klack
Lieben die Geräusche
Frische Geräusche
Teurer Gurte
Neuer Zipper
Zieh den Scheiß jetzt endlich an
Aufgelöst

Das Kreuz
Schade
Habe nur ich gesehen
Wieder mal
Die bestimmt nicht
Sie regt mich nicht auf
Nein
Hast du´s jetzt endlich an
Jetzt fühlst du dich richtig
So neu
Ausstaffiert
Gepolstert
Leicht
Luftdurchlässige Außenhaut
Goretex
Atmungsaktiv
Nur für dich
Für deinen kleinen Individualismus
Noppen
Kapuze
Wanderstöcke
Für was brauchst du diese furchtbaren Stöcke
So unsexy
Wie nichts anderes
Fahrradhelme höchstens noch
Mensch
Glaubst du, Du könntest dich retten
Mit Neopren
Du könntest für eine Sache vorsorgen
Für eine einzige Sache
Vergiss es
Dein scheiß Airbag wird dich erdrücken
Dein Gurt reißen

Dein Ersatzreifen sich lösen
Unter dem Wagen
Bei hundertachtzig
Dich in die ewigen Jagdgründe befördern
Mit Navigationssystem
Das dir sowieso nie den richtigen Weg gezeigt hat
Immer nur falsche
Richtiges Leben im Falschen
Gibt es nicht
Hat ein deutscher Philosoph gesagt.

Franz speicherte das Text-Dokument ab, lehnte sich zurück und sah angespannt auf den Bildschirm. War die zentrierte Schreibweise der Sätze fehl am Platz? Sie waren so kurz. Er musste es so machen! Aber waren die Sätze vielleicht wirklich zu kurz? Er wollte kurze, knallharte Gedankenimpulse der Hauptfigur schildern. Ohne jeden Zierrat. Beschluss: Das war jetzt gut. Das gefiel ihm. Sehr gut. Sehr, sehr gut. Es kribbelte in seinen Waden. Jetzt musste er noch konkreter werden, direkter. Sich unmittelbar an den Leser wenden. Ihn ansprechen. Wie diese Straßenprediger. Ungefähr so:

Nehmt doch mal eine andere Straße
Als die, in die ihr immer abbiegt
Biegt anders ab
Fahrt nicht mehr nach Hause
Nach der Arbeit
Biegt anders ab
An der Kreuzung
Als Versuch
Nur als Versuch
Fahrt weiter
Und seht, wie euch geschieht

Manchmal kommt es mir vor
Als hätten die Menschen Angst davor
Dass die Angst ausgehen könnte
Auf der Erde
Und nicht mehr genug Angst da wäre
Wäre furchtbar
Für manche
Glaube ich manchmal schon
Allmählich
Bää
Ihr Verlierer
Loser
Sterbt von mir aus
Am Ende
Wie alle
Und vorher
Zeugt neues Leben
Wie immer
Neue Generationen
Voll ergebenster Diener
Der Angst
Der Göttin
Die allein befriedigt
Allein rechtfertigt
All euer Mühen
All den Dreck
Jeden Tag
Bis zum Ende
Die es ermöglicht
Die Göttin
Angst
Dass ihr euch nicht schämen müsst
Für euer einfältiges Herumleben

Tag für Tag
Denn wäre Göttin Angst nicht
Dann würdet ihr blöd dastehen
Dumm aus der Wäsche schauen
Wie man so schön sagt
O Danke
Danke, dass es dich gibt, Angst
Ohne dich sähen wir blöd aus
Wirklich blöd.

Franz überflog die letzten Sätze nochmals. Sie waren wirklich sehr kurz. Vielleicht doch zu kurz. Obwohl er das ja angestrebt hatte, Staccato-Sätze. Brüche, aus den Gedanken der Romanfigur. Den Urgedanken direkt aufs Papier gebracht. Schließlich denkt niemand in vollständigen Sätzen. Eher in ein paar zusammengehörigen Wörtern. Franz hatte sich selbst über Wochen beim Denken beobachtet. Aber ob das auch lesbar war, für einen Fremden, also für den Leser? Und jeder Leser war ein Fremder, ein brutal Fremder. Franz Kappa verstand Franz Kappa. Aber ein unvorbereitetes Gehirn... Franz Kappa war sich nicht mehr sicher. Vielleicht war auch die Handlung des Romans zu befremdlich. Jemand, der aus Prinzip tötet. Dem Prinzip der Prinziplosigkeit. Vielleicht war das zu brutal. Zu abstoßend. Für Leser. Für diesen verdammten, verfluchten, scheiß Leser. Franz Kappa hasste ihn. Der Leser war viel schwieriger zu befriedigen als ein Museumsbesucher. Dem konnte man ja alles vorsetzen. Und das hatte er in der Vergangenheit auch ausgiebig getan. Mit dem Betrachter getan, was er wollte und ihm gerade in den Sinn kam. Und je verwegener und unnatürlicher das war, desto lebhafter wurde seine Kunst diskutiert. Romanleser hingegen waren von anderem Wesen. Sie konnten das Buch jederzeit weglegen, wenn es nicht gefiel. Konnten jederzeit fliehen.

Unmöglich, ihnen einfach einen zu einem Herz geformten, hart gewordenen Brocken Kuhmistes oder Stücke von Eisen hinzuwerfen, wie dies Beuys getan hatte, oder er. Nein. Sie mussten Appetit bekommen. Franz musste sie anlocken und sich gut stellen mit ihnen. Verwickeln, in eine Geschichte. Waren sie erstmal darin, konnten sie sehr wohl gequält, hinters Licht geführt oder hingehalten werden, enttäuscht, belehrt. Aber das alles auch nur in einem gesunden Maß.

Franz schloss das Schreibprogramm und dachte über den Schluss nach. Er war fast am Ende der Erzählung angelangt. Was sollte er jetzt mit seinem Mörder machen, nun, nachdem er die Tat begangen hatte? Er sollte nicht einfach so davonkommen. Sein Gewissen würde ihn einholen. Seine Menschlichkeit. Er musste stürzen. Fallen.

Nach nur sechzehn Wochen Schreibarbeit war der Roman fertig, und Franz Kappa begann, Leseproben an verschiedene große Verlage und Literaturagenturen zu versenden. Danach geschah sechs Wochen lang erst mal gar nichts. Wahrscheinlich lasen sie es. Und an einem verregneten Mittwochmorgen dann steckte ein auffällig weißer Umschlag des Rohkamp-Verlags im Briefkasten.

Der Gang zum schmalen Sichtfenster des Briefkastens war in diesen sechs Wochen stets ein Gang nach Canossa gewesen. Würde er abgelehnt, dann ... ehrlich gesagt, darauf hatte er sich nicht vorbereitet. Franz glaubte an sein literarisches Erzeugnis, und er wusste, dass andere, begabte Menschen auch daran glauben würden, wenn sie nur ein paar Zeilen davon lesen würden. Genius erkennt Genius. Und in den Lektoraten saßen ja wohl belesene Menschen. Sein Name konnte ihm dabei keinen weiteren Schaden zufügen – er hatte das Manuskript unter dem Pseudonym `Matthias Renert´ eingereicht. Warum dieser Allerweltsname!? Eben deswegen.

Olga war bereits aufgebrochen, in den Lesesaal der Staatsbibliothek, als er noch geschlafen hatte, heute morgen, und nun saß er in der stillen Wohnung am leeren Küchentisch, und vor ihm lag der große Umschlag des Rohkamp-Verlags. Festes, hochqualitatives Papier. Eine dezent gehaltene, große Sondermarke, die den FDP-Gründer Rudolf von Bennigsen vor Hintergrund des Chiemsees zeigte.

Matthias Renert c/o Olga Snitkina
Bornholmer Straße 91
10439 Berlin

...in Handschrift, Tinte. Musste ein gutes Zeichen sein. Franz saß vor dem Umschlag und hob unmerklich seine Augenbrauen. Er hatte ein Gefühl, in diesem Moment. Er war sich plötzlich sicher, dass es eine Zusage war. Es dem Umschlag anzusehen. Der Umschlag lächelte. Er wunderte sich nur, warum er so dünn war. Vielleicht sollte er aber auf Olga warten und ihn mit ihr zusammen öffnen. Aber die hatte nie Interesse gezeigt an seinem Schreiben. Im Grunde hatte sie ihn gemobbt, wenn er schrieb oder geschrieben hatte oder schreiben wollte. - Also aufmachen.

Das erste Wort, das sein Blick nach dem Auffalten des Briefbogens auffing, war `leider´. Und innerhalb einer Zehntel Sekunde transportierten seine Sehnerven den gesamten Satz:

Wir haben uns leider gegen eine Veröffentlichung Ihres Romans „*Syntax*" entschieden. Bitte haben Sie Verständnis, dass wir aufgrund der Vielzahl von Einsendungen, die uns täglich erreichen, keine Begründung unserer Entscheidung abgeben können.

Dann stand da noch, dass er einen Euro vierundvierzig in

Briefmarken, sowie ein Rücksendecouvert einsenden solle, falls er sein Manuskript zurückhaben wolle. Sein Blick blieb an der Ziffer Vierundvierzig hängen. Er sah immer nur auf die Vierundvierzig und erlebte in diesem Moment das billigste Gefühl, das er bis dahin erfahren hatte. Er wusste, dass er genau das in Euro wert war: **Einsvierundvierzig**. Und das gesamte letzte Vierteljahr, in dem er über acht Stunden täglich mit dem Schreiben seines verfluchten Romans zugebracht hatte, einsvierundvierzig wert war. Die Rohkamps hatten es ihm auf den Cent genau ausgerechnet. So, dass keine Möglichkeit eines Zweifels bestand. Bezüglich einer Nachricht, die man erhalten hatte, gab es nämlich immer zwei Möglichkeiten von Zweifel. Einmal den Zweifel, den man hinsichtlich guter Nachrichten hegte. Das war der Schlechtere. Und den Zweifel, den man hinsichtlich schlechter Nachrichten hatte. Das war naturgemäß der Bessere. So bestand eigentlich immer eine Möglichkeit des Zweifelns. Nur bei ihm – er faltete den Briefbogen lax zusammen – bestand sie nicht mehr. Er steckte den Brief in den Umschlag zurück und legte ihn wieder auf die Tischplatte des Küchentisches. Dann wischte er mit seiner Hand ein paar winzige Brösel, die er neben dem immer noch blütenweißen, aber jetzt an seiner oberen Kante durch das gedankenlose Aufreißen stark zerfransten Briefumschlag entdeckt hatte, vom Tisch. Augenblicke der Erleichterungen, als die Brösel vom Tisch waren – dann wurde es noch schlimmer. Er fühlte sich wie der letzte Vollidiot. Und er dachte an all die Szenen der letzten Monate, in denen er Bekannten und Freunden – er hatte nur noch zwei – und auch seinen eigenen Eltern - zu denen nun wieder besserer Kontakt bestand - lang und breit erzählt und dargelegt hatte, was seine neuen großen Pläne seien. Er nun Schriftsteller sei. Die einzige und die wahre Existenz. Die des Schriftstellers. Denn im Schreiben könnte man, konnte er das höchste Maß an Rücksichtslosigkeit und Deutungswahrheit erreichen. Was in der bildenden Kunst immer nur strecken- oder ansatzweise funktionierte. Und als sie ihn fragten, was er denn schreibe, erwiderte er, einen Kriminalroman, der keiner sei. Ein Alibikriminalroman also. Alibi für das, was er eigent- lich sagen wollte und er es deshalb in einen plumpen Mord verpackte, einschnürte. Wem er die Geschichte auch damals erzählt hatte - seinen beiden Freunden, seinem Vater und sei- ner Mutter – sie alle verstanden nicht, was er damit meinte.

In diesem Moment hatte Franz Kappa zum ersten Mal in seinem Leben wirklich Angst.

Es gibt viele Arten von Humor. Es gibt stumpfsinnigen Humor, das heißt Klamauk. Dann, wenn jemand mit dem Kopf in eine Schüssel mit Tomatensauce fällt, und dann muss er natürlich den Kopf auch noch herausziehen, so dass jeder seine bescheuerte Fresse sehen konnte, um sich dann über soviel Dämlichkeit einen Ast ablachen zu können. Schneller funktionierte das Ganze natürlich mit der berühmten Torte, die ihm ein anderer, ein Aufgebrachter mitten ins Gesicht schleudert. Aber die Torte-im-Gesicht war im Fernsehen nur bis in die Achtziger hinein **en vogue** gewesen, und man sah sie heute eigentlich nirgends mehr. Die Torte gab es nicht mehr - die Art von Humor immer noch. Das war der Witz der einfachsten Sorte. Er funktionierte im Grunde immer. Der Gelackmeierte nahm keinen besonderen Schaden. Der Lachruf dazu: Ha ha ha. Ein offenes, ehrliches und einfaches a. Dann war da noch das verlegene Lachen: Ho ho ho. Das wurde immer dann angewandt, wenn eine Person durch ei- nen Witz in Misskredit gebracht wurde, desavouiert, indem etwas Peinliches über sie aufgedeckt wurde. Etwa wenn in ei- ner vornehmen Gesellschaft der Redner sich aus der Gruppe löst, um nach vorn an den Redneramboss zu gehen und jene seit langem erwartete Verlautbarung zum Besten zu geben. Und als er sich dem Auditorium zuwendet jeder der im Saal Anwesenden sehr deutlich sehen kann, dass sein Hosenschlitz weit geöffnet ist. In diesem Fall ist die Empfindung der Scham und des peinlichen Berührt-Seins vorherrschend. Eine Art Offenlegung aller menschlichen Karten eines einzelnen homo erectus. Hu hu hu hingegen macht man auch, wenn etwas Obszönes vernommen oder gesichtet wird, etwas Sexuelles. Dann hätten wir noch das He he he oder Hi hi hi, welches darauf hinwies, dass jemand einen Schaden genommen hatte und diese Tatsache einem oder sogar mehreren Menschen zum allergrößten Vergnügen gereichte. Diese Art von Gelächter fand in der Mehrzahl der Fälle in der Stille statt. Im Innern des Gehirns. Höchstens noch kleine Kinder oder Jugendliche bekannten sich unverhohlen zum He he he und schrieen es solange hinaus, bis der Gedemütigte schier wahnsinnig wurde und davonrannte oder im irren Zorn auf sie zuraste und losprügelte.

So liest sich die Geschichte des Lachens als eine Geschichte der Menschheit. Für Franz Kappa waren die Welt und das Leben immer der Witz gewesen. Im positiven Sinne.

Das Problem: Nur er kannte die Pointe.

Seine Kunst: der gescheiterte Versuch,
anderen diese Pointe sinnbildlich zu erklären.

Sein Ziel: sie damit glücklicher zu machen.

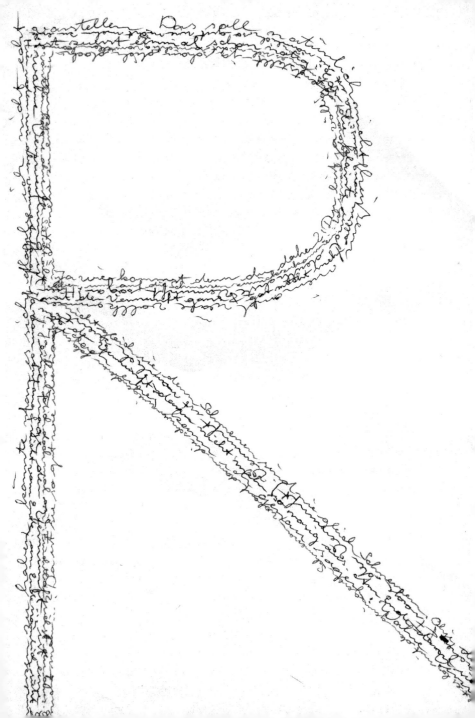

IV

Draußen hatte es angefangen zu regnen. In der kommenden Nacht sollte der Regen zu Schnee werden. Der erste Schnee. Es war bereits Dezember. Der Sommer hatte schon Anfang August abrupt geendet, nachdem er davor zwei Wochen lang noch ein kurzes, eindrucksvolles Gastspiel gegeben hatte. September und Oktober wurden gleichartig trist, Schauer und Wolkenbrüche, und für ein paar, an einer Hand abzählbare Tage Auflockerung. Doch auch an diesen Herbsttagen zogen die breiten Wolkenflöße, zwischen denen hin und wieder die Sonne durchschien, gespenstisch schnell und steil über den Himmel. Die Temperaturen sanken in Rekordgeschwindigkeit, und Ende Oktober ging über Süddeutschland ein so blindwütiges Hagelgewitter nieder, dass für zwei Tage der gesamte Verkehr lahmgelegt war. Die Menschen schätzten jetzt die Wahrscheinlichkeit eines Klimakollapses höher ein denn je. Sachbücher, TV-Sendungen und Thriller, die das Ende der Welt in ewigem Eis oder nicht endenden Regenschauern voraussahen, hatten Hochkonjunktur. Die Menschen wussten, dass sie selbst für diese Katastrophe verantwortlich waren, und gleichzeitig hatten sie ein unglaublich selbstbewusstes Gefühl, Opfer zu sein. Opfer des Wetters. Opfer des Klimas. Der Klimaveränderung eben.

Menschen verstehen es nun mal zu trennen.

Das eine vom anderen.

Verdrängen?!

Matthias Renert hatte es endlich auch getan.

Er arbeitete mittlerweile in einer mittelständischen Druckerei am Südrand von Berlin. Er war auch aus seiner Altbauwohnung ausgezogen in eine kleinere, komfortable Wohnung im Westteil der Stadt. Er hatte es dadurch näher zu seiner Arbeitsstätte, was recht praktisch war. Nachdem Olga vor über einem halben Jahr ausgezogen war, war die Wohnung in Prenzlauer Berg zu groß für ihn gewesen, oder zu leer. Irgendwann hatte er die unbestimmte Idee gehabt, in einer Druckerei arbeiten zu können.

Warum eine Druckerei?!

Keine Ahnung!

Er stellte sich in einer persönlich vor, sagte, er habe keine Ausbildung in diesem Bereich, würde aber jede Arbeit machen, die anfiele, und außerdem habe er einen guten Blick für das Grafische.

„Woher!?", wollte der Personalchef wissen.

Als Matthias Renert ins Zögern kam, sagte der schmallippige Personalchef: „Egal!, Das werden Sie sowieso nicht gebrauchen können."

Und er stellte ihn an. Tatsächlich brauchte er dort keinen besonderen Blick. Er verschnürte hunderte frisch gedruckter Werbebroschüren, wechselte klecksende Druckerpatronen aus oder justierte die Laufräder der alten Maschinen. An die neuen wurde er nicht rangelassen. Das änderte sich jedoch schon sehr bald. Die Mitarbeiter erkannten, dass sie es nicht mit einem Idioten zu tun hatten, und vor allem erkannten sie, dass dieser unbekannte Mitarbeiter äußerst fleißig und sich wirklich für keine Arbeit zu schade war. Das imponierte. Ein begabter, junger Mann, der sich für nichts zu schade war, der eigentlich etwas viel Besseres sein könnte und sich trotzdem für nichts zu schade war, das war Größe, wirkliche menschliche Größe. Das musste irgendwie belohnt werden. Und so wurden seine Tätigkeiten immer besser, immer höher stehender. Bis irgendwann eine Aushilfe eingestellt wurde, die nun das erledigen sollte, was bisher er getan hatte. An diesem Tag war er in dem kleinen Unternehmen informell als ausgebildeter Drucker eingestellt worden. Die Einstellung der Aushilfe war der entscheidende Fingerzeig des Personalchefs gewesen. Das einzige, was Matthias Renert an dem Druckereijob störte, war die Tatsache, dass dauernd ein Radio lief. Seine Kollegen schienen das gar nicht mehr zu registrieren, und trotzdem war es eine Art Tabu, das Radio auszuschalten. Es lief den ganzen Tag. Es störte ihn wirklich.

Während seiner Freizeit fuhr er häufig ins Berliner Umland hinaus. Er merkte schnell, dass er das brauchte. Als Ausgleich für den Job. Gegen den Lärm der Maschinen und den Gestank der Druckchemikalien. Außerdem arbeitete er jeden Tag bis in den Abend hinein.

Einmal meinte ein Kollege, der neu in die Firma gekommen war, dass er ihn von irgendwoher kenne, aber nicht genau wisse, von wo. Matthias Renert sah ihn lächelnd an und meinte, das könne gut sein. Er werde oft mit anderen verwechselt, weil sein Gesicht alle Arten von Gesichtern in sich vereinen würde. Und das flöße Vertrauen ein. Der Kollege gab sich geschlagen und zog ihn nur hin und wieder damit auf.

Einmal war er ihr noch begegnet, Olga. Er war zum Rathaus Charlottenburg gefahren, um seinen Reisepass verlängern zu lassen, der bereits seit drei Jahren nicht mehr gültig war. Matthias hatte das Gefühl, ihn verlängern lassen zu müssen, obwohl er weder eine Reise plante noch den Wunsch verspürte, irgendwo anders hinzufahren, sprich: zu verreisen.

Und nachdem er das Amt verlassen hatte und gerade wieder im U-Bahnschacht am Richard Wagner Platz verschwinden wollte – er hatte gerade die Rolltreppe betreten und fuhr in die Tiefe – da sah er oben auf dem Trottoir, unter dem er in wenigen Augenblicken verschwinden sollte, Olga in seine Richtung kommen. Zu seiner Verwunderung sah er auch Iana. Die beiden Frauen gingen nebeneinander her. Sie sahen ganz normal aus, wie er fand. So wie er sie gekannt hatte und immer in Erinnerung haben würde. Also ganz normal. Trotzdem fiel ihm ein letztes Mal auf, wie unglaublich hübsch sie beide waren. Sie sind verdammt noch mal Schönheiten, richtige Schönheiten. Beide! Ja, wirklich beide. Er war sich immer im Unklaren gewesen, welche von beiden schöner gewesen war.

Nach einiger Zeit in der Druckerei kündigte er und übernahm eine eigene Druckerei in einer mittelgroßen Stadt in der Nähe von Kiel. Dort stellte er den lokalen Stadtanzeiger her, alle Arten von Werbesendungen, und druckte außerdem eine monatlich erscheinende Briefmarken-Zeitschrift. Er bekam, neben den Dienstleistungen für seinem Kundenstamm, ausreichend neue Aufträge hinzu und konnte sogar noch zwei weitere Mitarbeiter anstellen. Irgendwann begann er hin und wieder den örtlichen Kunden Verbesserungsvorschläge beim Layout zu machen und konnte dadurch seine grafischen Kenntnisse nutzbringend einsetzen. Bald schon aber musste er die Gestaltung wieder den jeweiligen Werbeagenturen überlassen, da einige seiner Kunden sich beklagt hatten, dass seine Layouts die Verbraucher zu sehr irritiert und sich nachteilig auf den Umsatz ausgewirkt hätten.

In seiner freien Zeit angelte er jetzt. Er kaufte sich deshalb ein Boot und mietete sich einen Liegeplatz am Großen Plöner See. Irgendwann begann er, professionell Rad zu fahren und nahm bald auch an regionalen Radrennen teil, bei denen er sogar einmal zur Siegergruppe gehörte.

An einem lauwarmen, verregneten Tag im Frühjahr fuhr Matthias Renert nach Berlin, um an der Jahresversammlung des deutschen Philatelisten-Bundes teilzunehmen, dessen Monatszeitschrift er inzwischen verlegte und die einen immer größer werdenden Leserkreis im ganzen Bundesgebiet erreichte. Nach Ende der Tagung schlugen ihm seine Geschäftspartner vor, doch noch mit ihnen eine Ausstellung zu besuchen, in der ein junger, tschechischer Künstler teure und sehr seltene Briefmarken erstanden, auf billige Mallorca-Postkarten geklebt und diese dann versendet hatte. Wodurch die Marken, wie ihm die Philatelisten erklärten, enorm an Wert verloren hätten. Und seine Postkarten mit den erlesenen Briefmarken seien nun in der Ausstellung zu sehen. Die Briefmarkensammler schienen von der Tat des Künstlers gleichermaßen entrüstet wie fasziniert zu sein und hatten vor, die Karten samt Marken zu fotografieren und in der nächsten Ausgabe ihrer Zeitschrift zu veröffentlichen. Und obwohl Matthias Renert ein ungutes Gefühl dabei hatte, stimmte er zu, da er seine begeisterten Geschäftspartner nicht enttäuschen wollte.

In der Ausstellungshalle kam, nachdem sie die Exponate abgelichtet hatten, einer der Briefmarkensammler aufgeregt auf Matthias Renert zu und meinte, er habe einen Raum weiter etwas entdeckt, einen Videofilm, und er sei darauf zu erkennen.

Matthias wusste sofort, was es war. „Das kann nicht sein", murmelte er zögerlich und verbesserte sich gleich darauf. „Das ... das muss ..." Die Briefmarkenfreunde lachten über sein seltsames Gebaren, da sie ja wussten, dass es lediglich eine Verwechselung ihres Kollegen sein konnte und schlugen vor, sich das Ganze doch mal genauer zu besehen. Vielleicht bestünde doch eine Ähnlichkeit, und sie lachten.

Das Video zeigte eine damals berühmte Aktion neben der Pinakothek der Moderne in München, wo ein Künstler den kleinen Ausstellungspavillon, den er zu einer Werkschau zugewiesen bekommen hatte, einfach niederbrannte und das Ganze von einem Kameramann aufnehmen ließ.

„Der hat aber Ähnlichkeit mit Ihnen!", meinte einer der Sammler, während ihre kleine Gruppe in einer Art lähmendem Entsetzen zusah, wie der Künstler auf dem Video gewalttätig öffentliches Gut zerstörte und sich dabei bewegte wie eine Art Teufel, behände und sakral.

„Das ist ja das Allerletzte!" meinte der Vorstandsvorsitzende und wandte sich an Matthias mit der Frage, was daran Kunst sein sollte!? Matthias Renert hatte die Arme verschränkt und sah gebannt auf den kleinen Monitor und das Bildmaterial, dessen Tiefenschärfe und Farbkontraste schon etwas nachgelassen hatten. Die Gruppe Philatelisten bewegte sich wie auf Befehl geschlossen von dem Bildschirm weg, verschwand im nächsten Raum und weiter in den nächsten, und weiter, bis ihre Stimmen verklungen waren und kein einziger Besucher mehr in der Ausstellungshalle zu sein schien.

Und Matthias Renert stand noch immer vor dem Monitor und sah sich in der nun schon achten Wiederholung der Filmschleife das Video an. Beim Beginn der neunten Wiederholung drehte er sich langsam ab und verließ dann den Raum. Dabei streifte sein Blick nochmals das kleine Messingschildchen mit der Bezeichnung des Exponats:

Asche zu Asche
Franz Kappa

Noch am selben Tag fing er mit dem Rauchen an.

Ihr seid das Salz der Erde.
Wenn nun das Salz nicht mehr salzt,
womit soll man salzen?
Es ist zu nichts mehr nütze,
als dass man es wegschüttet
und lässt es von den Leuten zertreten.
Ihr seid das Licht der Welt.
Es kann die Stadt,
die auf einem Berge liegt,
nicht verborgen sein.
Man zündet auch nicht ein Licht an
und setzt es unter einen Scheffel,
sondern auf einen Leuchter;
so leuchtet es allen, die im Hause sind.
So lasst euer Licht leuchten
vor den Leuten,
damit sie eure guten Werke sehen

...

Matthias 5 Verse 13-16

Quellen und Sekundarien:

Reinhard Ermen: „Joseph Beuys" (Rowohlt)

Daniel F. Galouye: „Simulacron Drei" (Heyne, München)

Ernest Hemingway: „Über den Fluss und in die Wälder" (Rowohlt Taschenbuch)

Franz Kafka: „Die Verwandlung" (http://www.gutenberg.org/ebooks/22367)

Franz Kappa: „Neodekonstruktivismus - Kunst statt Anarchie 1-5"
(Knaumer & Groß Verlag FFB, 2005)

Andreas Keck: „Schneeblind" (Periplaneta Verlag Berlin, 2008)

Heinrich Mann: „Künstlernovellen" Reclam, 1987

Thomas Mann: „Der Zauberberg" (Fischer Taschenbuch 2000)

Heinrich Totting v. Oyta: „Tractatus moralis de contractibus reddituum
annuorum"

Alexander Puschkin: „Gedichte" (Russisch/ Deutsch) Reclam
(„Ich liebte dich ..." & „Ein Wintermorgen")

Antoine de Saint-Exupéry: „Der Kleine Prinz" (Karl Rauch-Verlag)

Lee Seldes: „Das Vermächtnis Mark Rothkos" (Parthas)

Robert Storr: „Gerhard Richter. Malerei" (Hatje Cantz Verlag)

Lieder:

Zip Tone: „Fame" (Text und Musik: Kerstin Leidner, www.zip-tone.com)

„Don't Cry For Me Argentina" (Lyrics: Tim Rice, Music: Andrew Lloyd Webber)

Matt Munro: „From Russia With Love I Fly To You"(Lionel Bart) 1963

The Velvet Underground and Nico: "All Tomorrow's Parties" (Lou Reed) 1967

The Velvet Underground: „New Age" (Lou Reed) 1969

Jamelia: „Superstar" (EMI)

David Bowie: „Space Oddity" & „Starman"

Kraftwerk: „Radioaktivität" (EMI/Capitol Records) 1975

Richard Wagner: „Tannhäuser und der Sängerkrieg auf Wartburg" 1845

Orte:

Café Weltempfänger Berlin (http://www.weltempfaenger-berlin.de/bar.html)

Pinakothek der Moderne München (http://www.pinakothek.de)

Andreas Keck

Schneeblind

Ein Patientenroman

periplaneta

Andreas Keck „Schneeblind"

Ein Patientenroman
204 Seiten, Englisch Broschur, 12,99 €.
ISBN 978-3-940767-04-2

„Schneeblind" erzählt von einem jungen Menschen, der nicht in das Leben eintreten will. Matthias ist vierundzwanzig und wurde gerade in die Psychiatrie eingeliefert. Mit seinen eigenen Worten erzählt er, wie es dazu kam. Der Komik und dem Zynismus seiner Ausführungen ist dabei ein deutliches Maß an Tragik abzufühlen. Und so muss er als vollkommen untypischer Patient seine Nische und seine Rolle finden, mit der er die Zeit in der Klinik überbrücken kann. Im Laufe der Zeit jedoch findet er zusehends Gefallen an der Kuriosität seiner Mitpatienten, ihren schauerlichen oder wunderbaren Lebensgeschichten. Und er verliebt sich in Anna, die eigentlich auch nicht verrückt ist. Anstatt diesem „verrückt sein" zu entgehen, will Matthias der Welt seinen Stempel aufdrücken. Er droht zu scheitern, aber er leugnet dies und sein Leugnen ist gewaltig. Er begeistert, polarisiert, irritiert und schafft es immer wieder, der gewohnten Realität ein Schnippchen zu schlagen.

periplaneta
Verlag und Mediengruppe
Postfach: 580664
10415 Berlin
Tel.: 030 446 734 34
Verlagsnummer: 940767
Besuchen Sie unsere Verlagsseite
mit Onlineshop, Zeitschrift und Downloadportal:
www.periplaneta.com

Andreas Keck wurde 1973 in Weißenhorn geboren und absolvierte 1997-2001 ein Studium der Sozialen Arbeit an der FH Benediktbeuern, sowie 1999-2005 das Magisterstudium der Philosophie. Er promoviert mit dem Thema „Fürsorgetheorien des Mittelalters"

Andreas Keck ist seit 2002 als Sozialarbeiter im ambulanten Psychiatriebereich tätig. Aus diesen unterschiedlichen Lebensbereichen hat sich der in München lebende Autor einen einzigartigen literarischen Kosmos geschaffen.

Aus diesem entstanden seit 1999 die Rohfassungen mehrerer vielversprechender Romane. Nach dem Zusammenschluss mit dem Verlag Periplaneta nahm Andreas Keck 2007 seine zwischenzeitlich ruhende literarische Arbeit wieder auf und debütierte anfang 2008 mit „Schneeblind".

„RUHM!" ist sein zweiter Roman.